ソトニ　警視庁公安部外事二課

竹内 明

講談社+α文庫
プラスアルファ

〈登場人物紹介〉

筒見慶太郎……在ニューヨーク日本国総領事館警備対策官（元警視庁公安部外事二課係長）
貴志麻里子……在ニューヨーク日本国総領事館領事
飯島久雄……在ニューヨーク日本国総領事
黒崎倫太郎……外務大臣
村尾　彬……外務副大臣
丹波隼人……外務大臣秘書官（政務）
森安修一……外務大臣秘書官（事務取扱）
南部哲夫……警察庁警備局警護室長
清水雄一……警視庁警備部警護課・外務大臣担当ＳＰ
エリック・オニール……ＦＢＩニューヨーク支局副支局長
劉　剣……中国国家安全部の諜報員
サラ・チュー……ピアノバー「月の窓」ホステス
岩城剛明……警視庁深沢警察署地域課（元外事二課ＡＺ班）
岩城順子……岩城の妻

岩城　航……………岩城の長男
浜中忠一……………元警視庁公安部参事官、「影の公安部長」
浜中奈津美…………浜中の妻
浜中直樹……………浜中の長男
富松新造……………興信所経営（元ＡＺ班長）
丸岡哲也……………警視庁江東運転免許試験場（元ＡＺ班）
鴨居千尋……………法律事務所事務員（元ＡＺ班）
津村啓一……………警視庁公安部外事二課（元ＡＺ班）
橋本晴之……………警視庁深沢警察署・刑事組織犯罪対策課強行第一係長
馬宮禎一……………警視庁公安部外事二課理事官
西川春風……………警視庁公安部外事三課理事官
桜庭隆之……………警視庁公安部外事二課係長
小堀　豊……………警視庁公安部外事二課
伊賀年男……………元警察庁警備局外事課指導係
河野　昇……………警察庁長官（元警視庁公安部長）
松島桃香……………株式会社ノーチラス社長
大志田譲……………株式会社ノーチラス取締役

倉持孝彦……………日中友好団体主宰者、失踪中
大志田陸斗、秀也……大志田譲の息子兄弟。幼くして失踪
張　美鈴……………大志田兄弟とつながる在日中国人
奥野　滋……………旭日テレビ外報部長
石井陽太……………世田谷に住む小学生
瀬戸口顕一…………元外務省総合外交政策局総務課長
瀬戸口美希子………瀬戸口の娘
筒見拓海……………筒見の長男、八年前に事故死
筒見七海……………筒見の長女、中学生

プロローグ

額から吹き出た汗が頬を伝う。それは顎《あご》の先で滴となり、左手の甲に落ちた。腕時計のデジタル表示が午前八時五分を示している。

「時間だ……」

窓を十センチほど開ける。おびただしい油蟬の喚《わめ》き声とともに、むせ返りそうな熱風がどろりと室内に入り込む。

〈ドアが開いた……。お、お客さんが部屋から出たよ〉

「身柄班、了解」

望遠レンズの先を窓の隙間から覗《のぞ》かせる。直線距離で七十メートル。液晶画面に映し出された、国家公務員宿舎の玄関を凝視する。

〈A地点に来た……。ん……？　おかしいな〉

「どうしました？」

〈消えた……エレベーターにも乗ってない……〉

「非常階段は……」

脇の下を冷たい汗が流れた。

〈死角はそこしかない。……様子見てくる〉

「行確《コウカク》班は動くな。俺が行く……」

扇風機の前で火のついていない煙草《タバコ》を咥《くわ》えていた係長が立ち上がった。

「私も行きます」

古いマンションの階段を駆け下り、公務員宿舎に続く緩やかな坂を上る。雲一つない青空を見上げたときだ。

ドーン。

雷鳴のような轟《とどろ》き。空気が震えた。

暑さをかき立てるように鳴いていた蟬たちが沈黙し、木々の間で羽が黄金色に瞬《またた》いた。その静寂を、女の絶叫が切り裂いた。

駆け出した係長の背中を追う。

公務員宿舎の敷地に足を踏み入れたとき、五、六人の小学生と出合い頭にぶつかりそうになる。彼らの泣き出しそうな顔にただならぬ事態を予感せざるを得なかった。

「こっちだ……」

係長が左手を向いて眦《まなじり》に力を込めた。

高層住宅沿いの広大な駐車場。その奥に、ぽつんと赤いものが見える。

真紅のランドセル。おさげ髪の少女のうしろ姿だった。頼りないほど細い脚で立ちつくしている。

その先に、ひしゃげた車。屋根が座席にめり込み、周囲のアスファルトにダイヤのようにきらめくものが散らばっている。

「あ、あれは……」

口を動かしたつもりだが、耳に届くのは激しく脈打つ鼓動だけだ。

ふわふわと雲の上を歩くみたいだ。少女の隣に並んで立ち、無残に潰れた車を見つめた。鉄錆《てつさび》の臭いが鼻孔にまとわり付いた。

空を摑《つか》むように突き出された手……、あっちは脚か。白い車のトランクにピンク色の豆腐のようなものが飛び散っている。黒い毛の塊がゆっくりと血の糸を引き、べちゃっと音を立てて地面に落ちた。

視界が揺らぎ、歯がかちかちと鳴った。

係長が車に顔を寄せ、赤黒く染まった布を引っ張っている。こちらを振り返ったその眼は、恐ろしく野蛮な光を湛《たた》えていた。

「飛び降りやがった」

「き、救急に連絡を……」

「やめろ、死んでる！」

取り出した携帯を叩き落とされた。

「皆、よく聞け。作戦は中止だ。身柄班は全員離脱しろ。行確班は拠点に戻ってクリーニングだ。痕跡をすべて消せ」

係長が袖口のマイクに囁《ささや》いた。

「ひっ……、ひっ……」

小さな声。うしろで少女が背を丸めてうずくまっていた。

「おいで。おじさんと一緒に、あっちに行こう」

少女の肩に手を載せ、顔を覗き込む。少女は眼を見開き、金魚みたいに口をパクパクと動かしている。呼吸が出来ず、酸欠を起こしている。

そっと抱きかかえた。羽毛のように軽く、儚《はかな》げだった。

君はいま夢を見ている。目覚めたら忘れるんだ——。

しかし、胸の名札が眼に入った瞬間、全身の毛が逆立つのが分かった。

「放っておけ！　行くぞ」

シャツの襟を乱暴に引っ張られた。

転びそうになりながらも、そっと着地させると、少女はその場にくずおれた。胸に赤ん坊のような香りだけが残った。

間違いない。少女は、父親が肉塊となって絶命する瞬間を目の当たりにしたのだ。

第一章　隠蔽

■九月　ニューヨーク　クイーンズ

冷たい雨のむこうから迫って来た大気の振動が、甲高いエンジン音へと変化した。濡れた白銀の巨体が誘導灯を反射し、尾翼の鮮やかな日の丸が浮かぶ。国連総会に出席する真藤竜一《しんどうりゅういち》内閣総理大臣を乗せた日本政府専用機、ボーイング747－400型機が、到着予定時刻の午前零時半ちょうどに、ジョン・F・ケネディ国際空港の特別駐機場に入ってきた。

筒見慶太郎《つつみけいたろう》は傘も差さず、白鯨《はくげい》に似た機体を見つめていた。濡れそぼった頬の無精髭《ぶしょうひげ》を、衝突防止灯《アンチコリジョンライト》の赤い点滅が照らす。

「真藤総理がご到着です」レクサスの窓をノックした。

サックスの音色が漏れた。僅《わず》かに開いた窓から、在ニューヨーク日本国総領事の飯《いい》島久雄《じまひさお》のつぶらな瞳が覗《のぞ》いていた。

「降りてくるまで時間はあります。濡れますから、車の中でジャズでも楽しみましょう」

「結構です。立っているのも仕事です」

筒見は無感情な眼差しを機体に向けたまま呟いた。

「……ずぶ濡れじゃないですか。あなたも若くないのですから、風邪をひかないでくださいね」

窓が閉じられた。

政府専用機にタラップ車が近づくと、ニューヨーク市警のパトカーに先導された十三台の日本外交団車列が入ってきた。真藤総理の専用車は四台目。シークレットサービスのGMCサバーバンに前後を挟まれている完全防弾仕様のメルセデスだ。

タラップが接続されるや否や、機体後部ドアから黒スーツの集団が飛び出してきた。警視庁警備部警護課のSPたち。筒見の視線は、最後に慌てふためいて出てきた、背の低い男を追っていた。

「そろそろ、お出ましかな……」

飯島の巨体が億劫《おっくう》そうに車から這い出てくる。

「……政治の人気取りのために外交が振り回されるのはこりごりです。実現不可能な国際公約は口にしないで、静かにお帰りいただきましょう」

ぶつぶつ言いながら、はちきれそうなワイシャツの第一ボタンを強引に留め、淡いオレンジ色のネクタイを締め直した。そして機体に二重顎を向けて言った。

「ほら、見ていてごらんなさい。総理のうしろに補佐官が割り込んでテレビに映ろうとしますよ。でも、先進国の首脳は警護官すら一緒に映らせません。なぜかわかりますか？」

「さあ……演出ですか」

「そう。強い首脳をアピールし、大国のイメージを作るためのね。我々職業外交官の言うことを聞いていれば、そんな繊細な演出も教えて差し上げるのですがねぇ……」

タラップ上に姿を現した真藤竜一は、憲政党政権を党内クーデターによって崩壊させ、新風党を結成して政権奪取に成功した策略家とは思えぬほど、好々爺《こうこうや》然とした男だった。飯島の言う通り、茶坊主のような補佐官が背後霊のように寄り添い、テレビカメラのむこうの有権者に存在をアピールしている。

飯島は雨に濡れながらタラップを駆け上がり、真藤にうやうやしく傘を差し出して車までエスコートした。先ほどまでの悪態が嘘のような満面の笑み。これぞ演出、と言わんばかりだった。

そのとき、筒見の携帯電話が震えた——。


「どいて。道を空けてください」

筒見は、廊下を埋め尽くす人々を乱暴に掻き分けた。

救急隊員の足元に、シーツに包まれた男が見える。白目を剝《む》き、食いしばった口角から泡を吹きながら、断末魔の獣《けもの》のような呻《うめ》き声を発している。

日本外交団宿舎が設置された、マンハッタンのエンパイアコンチネンタルホテルの二十四階は混乱の極みだった。国連総会出席のため、第一陣として先乗りしていた外務大臣・黒崎《くろさき》倫太郎《りんたろう》が、自室で意識不明の状態で見つかったのだ。

空港で総理を出迎えていた筒見に「大臣と連絡が取れない」と連絡してきたのは警視庁警護課所属のSPだった。

「何があったんだ」

筒見の問いに答える者はない。救急隊員の周りを取り囲む日本人外交官たちは、なす術《すべ》もなく狼狽《うろた》え、右往左往するばかりだった。

「患者はＶＩＰだ。人目に付かないよう裏口から運び出してくれ」

筒見は黒人の救急隊員に指示した。

「誰だ、君は！」鼈甲《べっこう》柄のセルロイドフレームの眼鏡をかけた男に腕を摑まれた。

「……部外者は口出しするなよ」

顎の尖った蟷螂《かまきり》顔のその男は、興奮した様子で言った。

「ロビーには報道陣《プレス》がいる。外務大臣を晒《さら》し者にしないほうがいい」

筒見がその手を振り払うと、男は吹っ飛んで廊下の絨毯《じゅうたん》に尻もちをついた。

「暴力だ！」眼鏡を斜めにずり下げた男が金切り声を張り上げた。「おい、ＳＰ、こいつを排除してくれ！」

二人のＳＰが飛んできて、筒見の前に立ちはだかった。

「大変申し訳ありません。筒見さん……。ここは外務省の仕切りになりました。のちほど警護部屋で詳しく説明しますので、ひとまず……」

若いＳＰが懇願するように目で合図した。

「Make way, guys!（みんな、道を空けろ）」救急隊員が叫んだ。

筒見の前をストレッチャーが通過する、その時、だらりと垂れ下がった黒崎の左手がふいに持ち上がり、冷たい指先が筒見の右手に触れた。口に酸素マスクを当てられた黒崎に意識はない。だが、その指先には何らかの意志が宿っていた。

「大臣！　黒崎大臣、しっかり！」

外交官たちの悲鳴に似た叫びが、廊下に虚《むな》しく響いた。


SPたちが詰める警護部屋は、その一フロア上、真藤総理が宿泊する二十五階に設けられていた。午前二時だというのに、甲高い叫び声は廊下にまで響き渡っていた。

「なにぃ！　もう一度言ってみろ！」

椅子にふんぞりかえる小男の前で、外務大臣担当SP・清水雄一《しみずゆういち》警部補は裁きを受ける罪人のように頭《こうべ》を垂れていた。

「大臣と連絡が取れなくなったのは何時だっ！」

「それが、はっきりとは……」

「なぜ、おまえは病院に付き添わないんだ？」

「秘書官にホテルで待機するよう指示されまして……」

若いSPに耳打ちされると、その小男は、

「おう、やっとお出ましか」

と、回転椅子をゆっくりと回し、とげとげしい眼差しで筒見を睨《にら》み付けた。

貧弱な身体に、大きな禿頭《はげあたま》が乗っかっている。男の肩書は「警察庁警備局警護室長」。総理警護団を率いて到着したばかりだが、その薄っぺらい体は、警護の現場経験は皆無であることを物語っている。なぜならこの男は警察庁採用のキャリア官僚だからだ。

「君が警備対策官か……」

「はい。在ニューヨーク総領事館の……」

「弛《たる》んでいるっ！　なんだそのだらしない身なりは！　警察官であることを忘れて、外務省のユルい文化に染まったのか！」

警護室長は、筒見のだらしなく伸びた癖毛、無精髭、緩んだネクタイに蔑《さげす》むような視線を順番に走らせた。

「いままで何をやっていた！」

赤黒い顔をして、頭頂部から湯気を立てている。

「総理の出迎えのあと、大臣の搬送に対応しておりました」

「言い訳はいらん！　わが国の次の総理候補が倒れたのだぞ。原因を突き止めろ！」

「原因……ですか」筒見が鼻で笑うと、押し黙っていたSPたちが一斉に不安げな顔を上げた。

「ならば、黒崎大臣を取り調べる許可を頂きたい」

筒見の言葉に警護部屋が凍りついた。

「取り調べだと？　……ぶ、無礼者っ！　私は警察庁警護室長の南部《なんぶ》警視正である！

貴様はどこの県警本部から来た！　名前と階級を言え！」

筒見の鼻先に向けられた指が震えていた。

「警視庁警部の筒見です」

「何っ？　警視庁だと？」視線が宙を彷徨《さまよ》った。

「……あれ？　えっ？　ツ、ツツミ？　もしかして公安部にいらした、ツツミケイタロウさん……」

南部の呆《ほう》けた顔が、驚愕の表情に変わった。

「し、失礼しました！　筒見先輩！」上擦《うわず》った叫びとともに、飛び上がって回転椅子の上に正座した。

「麻布署の研修でお世話になりました南部哲夫《てつお》です！　ご記憶でございましょうか。まさかこんなところで……。大変申し訳ございませんでしたっ」

「もちろん覚えているよ。現場の警官は一度会った相手の顔は忘れないんだ。我々ノンキャリを甘く見ないほうがいい」

「私はバカだ」と言いながら、何度も自分のおでこを平手打ちする南部の姿に、SPたちの失笑が漏れた。

第一発見者は、外務大臣の秘書官だった。秘書官は午前零時頃、朝食会の時間が三十分早まったことを知らせるため、黒崎外務大臣が宿泊する二四一〇号室に内線電話をかけたが、応答が無かった。携帯電話も留守番電話に切り替わった。部屋のインターホンを押したとき、ドアの向こうからシャワーの音が聞こえたので、いったん部屋に戻った。およそ四十五分後、再び部屋に電話をかけたが応答が無く、秘書官は不審に思って、SPの清水に連絡した。このとき清水は電話で、空港にいた筒見に第一報を入れている。その後、予備のカードキーで二四一〇号室を開けると、バスルームで全裸の黒崎が悶絶《もんぜつ》していた。

搬送先はニューヨーク市立大学付属病院。付き添いは二人の大臣秘書官。清水たちSP二人は集中治療室まで同行したが、ホテルに戻って待機するよう指示されたという。

筒見は、憔悴《しょうすい》しきった清水の前に座った。

「大臣に外傷は？」

「……いえ、見当たりませんでした」

清水は少し考えてから首を振った。

「衣類はどこに？」

「室内に散乱していました」

「総領事館の医務官は搬送前に診たのか？」

「はい。総理に随行して来られた自衛隊病院の医官と協議した結果、食中毒ではないかと……」

「きょう大臣が口に入れたものを書き出してくれ。飲み物も、だ」

「すべてワーキングランチやパーティーでして……」

清水は手帳と見比べながら、紙に書き出していった。

「大臣だけが食べたものは？」

「ありません。夜の記者団との懇談では、パーティー用のオードブルを食べていらっしゃいました。酒をほとんど飲まない方ですからペリエしか飲んでいません。記者の中に体調不良を訴えている者はいないようです」

「現場の図面は描けるか。簡単なものでいい」

「いや、それが……、外務省の連中が、ＳＰは室内に立ち入るなと言うもので、しっかり見ることができませんでした」

「外務省の誰だ」

「早見《はやみ》外務審議官《ガイシン》です」

外務審議官といえば事務次官に次ぐ外務省ナンバー2、首脳会談では内閣総理大臣を補佐する重要ポストだ。

二十四階、二四一〇号室の前には、若い事務官が立っており、両手を広げて、筒見、南部、清水の三人の前に立ちはだかった。

「警備対策官の筒見です。室内を確認させて欲しい」

「駄目です。誰も立ち入らせないよう言われています」

ホワイトアスパラガスのように白く、細長い顔をした事務官は、取り付く島も無い。

「誰の指示ですか？」

「部外者には申し上げられません」

「部外者じゃない。在ニューヨーク総領事館の警備対策官だ」

「外交機密がありますから、警察の方は立ち入り禁止です。これ以上申し上げることはありません。おひきとりく……だ、さ……」

南部の右手が伸びて、事務官の色白な頬をがっちりと摑んでいた。指が食い込んで、口が開き、面長《おもなが》の顔がだらしなく伸びた。

「おい、貴様。勘違いするんじゃねえ。このお方を誰だと思ってるんだ。筒見さんはなぁ、大使館の警備員じゃねえんだ。館員の保護から政府代表団の身の安全まで、すべての責任を担《にな》っていらっしゃるんだ。貴様みたいな小僧が……」

「やめてください、室長、まずいですよ」

清水がアスパラガスの顔に食い込んだ南部の指を一本ずつ引き剝《は》がした。

「こんなヤツは、気合いを入れてやる！」

政府専用機機内で一杯ひっかけたのだろう。南部は飲むと興奮して暴れる悪い癖がある。警察大学校から麻布警察署地域課に警部補として半年研修に来たときも、飲み屋に居合わせたチンピラと乱闘を演じた。こてんぱんにのされた挙句《あげく》、翌朝、副署長から禁酒を命ぜられた前代未聞のキャリア官僚だ。

「あなたたち、何やっているの！　やめなさい！」

貴志麻里子《きしまりこ》がまるで子供のいたずらでも見つけたかのように、腕を組んで立っていた。数ヵ月前、在ニューヨーク総領事館に赴任してきた経済部領事。この国連総会では黒崎外務大臣の「リエゾン」、つまり連絡調整担当を務めているキャリア外交官だ。三十代半ば。若く見えるのは、日焼けした小麦色の肌だからだろう。

「警察の野蛮な文化を、神聖な外交の場に持ち込まないで！」

麻里子は汚いものでも見るかのように南部を睨み付けていた。

「そんな言い方しなくても……」

若い女に一喝されて、南部の威勢は萎《な》えている。

「筒見さん、説明して！」

麻里子の切れ長の眼が、同僚である筒見に向けられた。

「事件性の有無を確認する必要があります。妨害しようとするこの若者から理由を聴取していたのです」

「そんな必要ないわ。筒見さんの仕事は暴漢が侵入しないように見張っていることだけでしょう」

「病院から通報を受けた市警が検証に来ます。派手に乗り込まれれば記者団に異変を察知されますが……」

筒見が事務的な口調で言うと、麻里子は細い眉を吊り上げた。

「検証ですって？　そんなものは追い返せばいいわ。大臣の部屋には外交機密があるのよ」

「市警の刑事は外交なんて言葉に関心はありません」

「そんなこと、私が許さない」

「洋の東西問わず、警察ってのは野蛮なものです。まあ、外務省が隠したいのなら勝手にどうぞ。私もそのほうが楽だ」

筒見が背を向けると、麻里子は言葉に詰まった。そして、成り行きを見守っていたアスパラガスに向き直った。

「すぐに鍵を開けなさい」

「し、しかし、貴志さん、……早見外審のご指示で……」

「大臣担当リエゾンである私の責任でやります。あなたはロジ本部に戻って、電報箱《ピジョンボックス》に本省からの指示が来てないか、見てきなさい」

若い事務官は口を尖《とが》らせながら、カードキーを麻里子に渡し、すごすごと引き下がった。

黒崎の部屋は大型リビングに、二つのベッドルームが付いたスイートだった。バスルームの床には水滴が残っている。発見された時は、ここに全裸で倒れていたというから、シャワーを浴びている最中に異変が起きたのだろう。

麻里子を先頭にリビングに入る。

「片付けられています。床に書類が散乱して、このスタンドが倒れていたのですが……」

清水がソファセットの脇にある背丈ほどの電気スタンドを指差した。デスクには書類が山積みになっていて、英語の演説原稿に、赤字を入れて校正した痕跡があった。

「ハウスキーパー以外に誰が入ることができる？」

「秘書官二人が予備のカードキーを保管しているだけです」

「君は大臣を部屋に送り届けたとき、室内の安全確認をしたのか？」

「いえ。我々が室内に立ち入ることは厳禁です。黒崎大臣はプライバシーといいますか、そういうものを大事にされる方ですから。ですから今回も入室を躊躇《ちゅうちょ》してしまい、通報が……」

「SPの苦労も知らずに、面倒な大臣ね」

耳をそばだてていた麻里子が言い捨てた。

筒見は床に残されたスリッパを手に取って、裏返した。「メイド・イン・ジャパン」のシールが底に貼ってある。コーヒーカップ、タオル、歯磨き用のコップ、枕カバーにいたるまで、ホテルの備品ではなく、日本から持ち込んだものだ。

「お察しの通り、すべて持ち込みです。箸《はし》やフォークも私物を持ち歩かれています。我々もこれを常備しています」

清水はウエットティッシュをポケットから取り出した。

「重度の潔癖症ってやつだな」南部が下唇を突き出す。

ベッドルームのナイトテーブルには、高さ十センチほどの薄い水色の瓶が残っていた。

「香水の瓶か……大臣は香水を？」

筒見が尋ねたが、清水は首を傾げるだけだった。

瓶を持ち上げて覗き込む。底に液体は残っていない。全体に、アンティークのような花柄の彫刻が施されている。ライトに透かすと、瓶は美しく輝いた。コルクの蓋《ふた》を開けるとほのかな香りが残っていた。女性ものの香水のようだ。

瓶の下には、薄いピンク色の便箋があった。

「DO YOU REMEMBER ME? PLEASE CALL ANYTIME. ENJOY YOUR STAY!

(私を覚えていますか?　いつでもご連絡を。宿泊をお楽しみください)」

ハウスキーパーからの手紙か。チップ制のアメリカのホテルでは珍しくない。最後に筆記体で署名があった。

「A–N–U–B–I–S……アヌビス」

「……変わった名前ね。私のこと覚えてる……って、どういう……」

脇から覗き込んだ麻里子も引っ掛ったようだった。

「君たちは誰の許可を得てこんなことをやっているんだ」

部屋の入り口に初老の男が立っていた。口髭を蓄え、上等な背広に身を包んでいる。

「早見審議官……私が許可しました」

麻里子はひるむ様子もなく、上司に向き直った。

「貴志君が判断することではない。出て行きなさい。大臣の担当リエゾンは解任だ」

早見が出口を指差すと、控えていたサブ室の若い外交官たちが、大臣の鞄《かばん》や書類をせっせと運び出し始めた。麻里子は早見の横顔を睨み付け、小さく舌打ちして出て行った。


朝、筒見は呻き声とともに、跳ね起きた。純白の大型犬が駆け寄ってきて、ベッドに前足を載せ、冷たい鼻で頰をつついた。

「フィデル……」

枕がじっとりと濡れている。午前七時。蓋の外れたラムのボトルが床に転がり、アルコール臭を発している。ホテルから帰宅したのが午前五時。ラムを一口飲んで、一時間うとうとしただけだ。

老人のように腰を曲げたままでゆっくりとバスルームに辿《たど》り着き、冷たい水で顔を洗った。鏡の中のずぶ濡れの顔を一瞬見たが、すぐに目を逸《そ》らした。

玄関のドアを開けると、食欲をそそる香辛料の匂いが漂ってきた。フィデルは目を細めて鼻を高く上げ、外気を堪能している。週末恒例のストリートフェスティバルから流れてくる音楽と人のざわめき。ここはマンハッタン北東部のスパニッシュハーレムと呼ばれる中南米系移民の居住地域だ。歩行者天国に屋台《ベンダー》が並び、スペイン語が飛び交っている。

路地裏の鶏肉市場《ポウトリーマーケット》で、昼食の品定めに取り掛かった。

「きょうは早いな、ケイ。休みじゃないのかい？」

ヤンキースの帽子をかぶったプエルトリコ系店員と拳《こぶし》をあわせ、この町の流儀で挨拶した。

「ランチをとってから出勤だ」

「朝一番だから、どれも生きがいいぜ。どれにする？」

店員は積み重ねたケージのほうに顎をしゃくった。

「茶色いヤツをくれ。この大きいほうだ」

筒見が近づくと、五羽の鶏《にわとり》たちが羽をばたつかせ、羽毛が舞う。

「こいつかい？ このゴールドのだな？」

店員はケージの扉を少し開けて、手を突っ込む。鶏たちが逃れようと、暴れ始める。一番大きな雄鶏《おんどり》の両脚をつかむと、甲高い悲鳴が上がった。

「お前はラッキーだ。ケイのご指名だ……。痛っ！ くそっ！」

嘴《くちばし》と爪で抵抗を試みているようだ。

「こいつは一番喧嘩《けんか》っ早くてね。この中ではボスだったんだ。重いから値が張るぜ」

店員はボスの脚を掴んで引っ張り出すと、ゴムで脚をくるくると縛った。天井から吊るされた秤《はかり》にゴムを引っ掛ける。ボスは体を震わせ、眼を爛々《らんらん》と光らせながら、生に執着している。

「三ドル五十セントだ。……まったく最近は困るよ。昨日も動物愛護団体がやってきて、残酷だ、野蛮だと、騒ぎ立てやがった」

フリースタイルとかいう即興ヒップホップに凝っているらしく、店員の会話には歌うようなリズムがある。

ケージの鶏たちは、すでに平静を取り戻していた。ぶつぶつと呟《つぶや》きながら、せわしなく動いている。ボスを頂点に保たれていた力関係は崩れたが、新たな秩序が出来上がっている。

「どうした？　何か面白いことでも起きているのかい？」

店員が腰にぶら下げたナイフを引き抜きながら不思議そうに聞いた。

「人間社会と同じだ……」

「その通りだ。社会から弾き出された者はこうなる……」

店員はボスの首を捻《ねじ》りあげると、喉元に鋭い刃を走らせた。頸動脈を切られた頭は力を失い、鮮血を迸《ほとばし》らせながらだらんと下がった。

筒見は自分の喉元に手を這わせた。

漏斗《ろうと》型の金属製の筒に頭を突っ込まれたボスは、逆立ちの状態で血抜きされた。しばらく黄色い脚をばたつかせ、かちゃかちゃと乾いた音をたてていたが、やがて断末魔の抵抗は終わり、突っ張った両脚が痙攣《けいれん》し始めた。

店員はその脚をつかんで熱湯にくぐらせると、洗濯機に似た機械に放り込んだ。ボスはわずか三十秒で丸裸になって出てきた。鉈《なた》のような重い包丁が振り下ろされて、ボスはあっという間に解体されていった。

セントラルパーク中心部の貯水池《リザーバー》は、ニューヨーカーに人気のジョギングコースだ。一周二・五キロ。出勤前にフィデルと三周走るのが筒見の日課だ。陽光を浴びるフィデルの純白の毛並みは、金色に輝いている。シェパードらしい躍動感のある走りは溜息の出る美しさだった。

筒見とフィデルとの出会いは新聞を読んで訪れたハーレムの動物保護施設。虐待されたり、捨てられたりした犬たちは、殺処分まで二ヵ月の猶予が与えられて、里親を待っていた。

「ホワイト・シェパード、生後推定三ヵ月、シャイな性格」との札が掲げられていた純白の子犬は檻《おり》の片隅で、里親希望者が素通りしていくのを見つめていた。三百ドルの寄付と引き換えに連れ帰り、「フィデル」と名づけた。キューバの革命家、フィデル・カストロから取った名前だ。社会主義革命に共鳴したわけではないが、CIAによる数々の暗殺作戦を潜り抜けた生命力が、凄惨《せいさん》な虐待と目前に迫った殺処分を免れた子犬に重なった。

三周目を走り終えようとした頃、背後に足音が迫ってきた。筒見は速度を上げた。フィデルは横目で主人の表情を確認すると、頭を下げ、伸びやかに地を蹴《け》りはじめた。背中の足音もついてくる。一人ではない。大きな歩幅の重量感のある足音に加えて、「ハッ、ハッ」という呼吸と、爪が小石を蹴る音が聞こえる。来た。油断も隙もないあの男はいつも突然、姿を現す。

四周目を走りきり、さらにペースを上げようとすると、悲鳴に近い声が聞こえた。

「おい、ケイ、フィデル。ストップだ」

スピードを落として振り返ると、大きな黒犬を連れた男が胸に手を当て、息を切らしながら追いついてきた。

「くそっ。どこまで走り続けるつもりだよ。昨夜《ゆうべ》飲みすぎるんじゃなかったぜ」

「FBIの副支局長が二日酔いはマズいんじゃないか、エリック」

筒見は百九十センチを超えるダークブロンドの大男と握手しながら、互いに肩を抱いた。

「やあ、フィデル。相変わらずハンサムボーイだな」

分厚い手でがっしりと頭を挟まれ、鼻先にキスされると、フィデルは困ったような表情で、筒見に助けを求めた。

「ますます大きくなったな、エルネスト」

漆黒のジャーマン・シェパードが尾を激しく振りながら、立ち上がり、筒見の口元を舐めた。

ハリウッド映画から抜け出してきたようなこの男はエリック・オニール、FBIの特別捜査官《スペシャルエージェント》だ。ニューヨーク支局で防諜担当副支局長を務め、世界の諜報機関で知らぬものはいない名物男。ホワイトハウスも絶大な信頼を置く確度の高い情報を持っている。

筒見がオニールと出会ったのは十五年前、ヴァージニア州クアンティコにあるFBIアカデミーでの研修中のことだ。世界中の捜査機関から幹部候補生を集めた一ヵ月のプログラムで、防諜技術を教える講師を務めたのがオニールだった。

オニールは一年ほど前から、雄のシェパードを飼い始めた。筒見がフィデルを連れ歩くのを見て羨《うらや》ましくなったらしい。フィデル・カストロの盟友チェ・ゲバラの本名から「エルネスト」と名づけた。エルネストはニューヨーク市警随一の警察犬の子供だけあって、フィデルより一回り大きな体に成長した。

二人はランニングコースを外れてベンチに座った。やんちゃなエルネストがフィデルの首筋に嚙《か》み付いたりして、ちょっかいを出している。はたから見れば、同じ犬種のオーナー同士が雑談している微笑ましい光景だ。

「きょうは伝えたいことが二つある……」

オニールは太い指を二本突き出した。

「まずは、外務大臣のことか？」

オニールは片目を瞑《つむ》った。この男はニューヨークで起きることは何でも知っている。情報の入手ルートを質《ただ》しても無駄だ。

「重金属のタリウムが検出されたそうだ」

「タリウム？　猛毒じゃないか……」

低い声を発した主人に、フィデルのヘーゼルの瞳が向けられた。

「ケイはどう見る？　アクシデントはありえないから除外する。自殺未遂か、殺人未遂かの、どちらかだ」

オニールは眉間に深い皺を寄せ、筒見の反応を待った。

「後者だ。自殺するのに毒物服用はない。窓から飛び降りれば苦しまずに死ねる。それに黒崎は次の総理候補の筆頭で、国連総会の演説でも、中国に対する人権外交をぶち上げて、喝采を浴びたばかりだ。未来ある政治家が死を選ぶはずがない」

「君が間違えていないと分かって、安心した。これはニッポンの危機管理の問題だ。俺は全面的に協力するよ」

そして、もうひとつ……、と形の良い太い眉が器用に動く。

「君のトモダチがマンハッタンに来ている。今もうちの連中が監視している。関心があるのなら、ヤツの動向についての情報を提供してもいい」

差し出された写真には、国連本部前の一番街《ファーストアベニュー》を歩く男が写っていた。オールバックの黒髪、黒いピンストライプスーツに隙《すき》はない。前腕を固定するロフストランド杖で支えられた右足のつま先はわずかに外を向いている。

劉剣《りゅうけん》――。

「ノーサンキューだ」首を振って、写真を押し戻した。

「もう忘れたよ」

「リウ・ジエンの顔は見たくもないのか？」

「リウはロサンゼルスの中国総領事館に勤務している。北京《ベイジン》からの首相随行団に紛《まぎ》れ込んでいるメッセンジャーに接触するはずだ」

「……FBIの健闘を祈るよ」

「なかなか有能なヤツだ。以前、カリフォルニア選出の下院議員が、従軍慰安婦問題で日本に謝罪を要求する決議案を提出しただろ。韓国系ロビーの陳情が発端と報じられているが、実は複数の中国系企業があの議員に巨額の献金をしていた。この動きを裏でオペレートしていたのがリウだ。アメリカでも反日工作に手を染めている。ヤツは執念深いぞ」

「リウが得意とする政界積極工作《アクティブメジャーズ》だ。でも俺は関わるつもりはない。マンハッタンでヤツと偶然出会っても、記念撮影くらいしかやることはないさ」

フィデルとエルネストのじゃれ合いがエスカレートして、引き綱が絡《から》みあっていた。

「おいおい、ストップだ。二人とも首が絞まるじゃないか」

オニールが二匹を引き寄せて、解《ほど》き始めた。

「リウは近く、トウキョウに転勤するそうだ。昔の仲間に知らせてやれ」

「……俺に仲間などいない」筒見は眼を閉じて首を振った。

「知ってのとおり、国家安全部の工作担当官《ケースオフィサー》の任期は三年だ。まだ二年しかLAにいないのに転勤ってことは、よほど重要なオペレーションが待っているという……」

「ありがとう……」筒見は言葉を遮《さえぎ》って立ち上がった。

「でも、リウが東京でどんな工作をしようと俺には関係ない」

「余計なお世話だったかな……。でも、君はいつかもう一度、この男と向き合うことになる。それが君の運命だ」

オニールは真っ白い歯を見せると、「また会おう」と言い残して、エルネストとともに去っていった。

■同九月　東京　世田谷

また、いつもの交番勤務が始まった。岩城剛明《いわきたけあき》は、初秋の高い空を見上げ、心の中で一日の平穏を願った。この習慣のおかげか、ここ数年、勤務中に事件に遭遇した例《ためし》がない。

歩行者用の信号が青に変わると、環状八号線の横断歩道を馴染みの住民たちが渡ってくる。午前十時を過ぎると、主婦や高齢者が多くなり、時はゆったり流れている。深沢警察署地域課地域第二係巡査部長。これが今の岩城の肩書だ。かれこれ七年半も変わってないのだから、近隣住民の顔は八割方、頭に入っている。

交番勤務は閑職だと思っていた。出世とは無縁の警官たちが、小さな違反を見つけては切符を切っている。そんな印象だった。大学卒業後、警視庁巡査を拝命して本部に異動するまでの五年間、交番勤務を経験したことはあったが、二度と戻ることはないだろう、と確信に近いものを抱いていた。しかし、その根拠なき自信はいとも簡単に打ち砕かれた。制服に袖を通した時の違和感は、とうの昔になくなった。

日勤の朝は午前七時四十五分までに出勤、制服に着替えて講堂に集まる。そこで毎朝恒例の署長の訓示が始まる。職質強化月間の実施、不祥事案の根絶、捜査本部の設置、さまざまなテーマで署長の講話を三十分も聞かねばならない。

それが終わると、警視庁重点目標の基本方針を全員起立して唱和するのがお決まりだ。

職員一人一人が、国民からの負託《ふたく》を自覚し、
あらゆる事案に果敢に対応できるよう執行力を高め、
住民の思いを知り、息吹を感じながら、職務に邁進《まいしん》し、
首都東京の安全・安心を守る。

警視庁第三方面のうち、世田谷区南部を管轄する深沢署は、地域課だけで百八十人の警官を擁する。地域課には第一から第四までの係があり、管内を三つのブロックに分けて担当している。岩城の担当は第一ブロックにある瀬田駅前交番だ。午前十時に交番に到着、泊まり勤務だった巡査部長から引継ぎを受ける。未明にボヤ騒ぎと自動車同士の接触事故があっただけだ。管内人口は二十万人で、世帯数は警視庁に百二ある警察署の中で十八番目に多いが、高級住宅街が中心なので、事件といっても侵入盗

がほとんどで、凶悪事件は滅多にない。

この夏は酷暑が続いただけに、秋口の雨上がりの涼しさは心地よかった。そろそろ巡回の時間だ。岩城は両手で顔を叩いて、眠気を吹き飛ばした。

「こんにちは、お巡りさん」

交番の入り口に男の子が立っていた。右腕を肩から吊っている。

「こんにちは。どうした、その腕は。転んだのかい？」

おかっぱ頭の少年が、こくりと頷く。

「車にぶつかられて、転んだんですよ」

母親らしい女性が後ろから言った。このあたりには多い、過保護そうな母親だった。

事故にあったのは昨夜十時頃。石井陽太《いしいようた》、九歳が、学習塾から自転車で帰宅するため、路上駐車していた車の脇を通り抜けようとしたところ、その車が急発進し、接触転倒した。肘《ひじ》と膝の傷は消毒したが、今朝になって肘が腫れていたため、病院でレントゲンを撮ったところ、上腕骨顆上部《じょうわんこっかじょうぶ》の亀裂骨折が判明したのだという。立派な人身事故だ。

「まだ痛むかい？」岩城は陽太の前にしゃがんだ。

「ええ、昨夜は肘が痛いなんて言わなかったのに」と母親。

「……右腕が折れたんじゃあ、勉強できないよねえ」

「そうなんですよ、週末は塾の実力テストがあるのに……」

すべて母親が答えてしまう。

「お巡りさんは陽太君の説明が聞きたいな。この紙に、どんな風に車にぶつかったのか、描いてみてほしいんだ。ゆっくりでいいよ」

陽太はぎこちない動きで鞄《かばん》から銀色のペンを取り出した。

そのとき、岩城の右胸ポケットの受令機が鳴った。

〈警視庁から各局――。深沢管内で人倒《ひとだお》れ、一一〇番入電中。世田谷区野島三丁目、河川内。通報者は匿名の女性、接触希望なし〉

「人倒れ」とは、生死不明の人物を指す。Pフォンの画面を操作すると、入電内容と現場周辺の地図が表示された。現場は交番から八百メートルほどしか離れていない。

このGPS機能付の特殊携帯は、地域課の警察官全員が持たされている。便利な反面、どの警官がどこにいるのかが署の端末に表示されるため、忙しいふりをして、面倒な業務から逃れることはできないという厄介《やっかい》なシロモノだ。

案の定、デスクの警電《けいでん》が鳴る。地域課の係長だった。

〈岩ちゃん、現場を見てきてくれるかい。昼飯前にすまんね〉

石井母子に「あとで連絡します」と言って、自転車で飛び出した。

岩城はいま、かつての認識を改めている。交番勤務は決して閑職ではない。誰よりも早く現場に急行し、事件性や危険性を判断するのは、交番から駆けつける警察官だ。地域警察こそが治安維持の最前線だ。そんな充足感さえ持ち始めていた。

「人倒れ」の現場は、閑静な高級住宅街を流れる小川だった。幅五メートルほどの小川の南側を道路が並行し、北側には住宅が並ぶ。

「お巡りさん、こっちだ」見知った顔の老人が手招きしている。

「おじいさんが第一発見者ですか？」

「うちの婆さんが見つけたんだ。あそこ見てよ。ありゃあ水死体だぞ……。ほら、足が見えるだろ」

しゃがんで小川を覗くと、橋の下の暗がりにうつ伏せの人間が見えた。ワイシャツはまくれ上がって白い背中が見えている。

小川の底と両壁面はコンクリートで固められていて、道路から三メートルほど下を水が流れている。

「もしもし、大丈夫ですか？　聞こえますか？」

声をかけながら壁面にぶら下がり、靴のまま水の中に飛び降りた。水は冷たい。流れはほとんどなく、水深は二十センチ弱といったところだ。ゆっくり近づく。顔を水につけたまま両手を広げている。微《かす》かな腐臭。白髪が生き物のように水に揺れている。服装は白ワイシャツ、濃いグレーのズボン、黒い靴下。年配の男性だ。

「手袋のままご遺体を触るな。自分の親だと思え」警察学校の教官の言葉が頭を掠《かす》める。

首筋に触れるために、右手を伸ばす。後頭部に青黒い皮下出血が見えた。やはり脈はなく、肌はひんやり冷たい。橋からの転落か。それとも……岩城は頭上にそびえるマンションを見上げた。

無線で署の指令台を呼ぶ。

「至急至急、瀬田駅前PB・岩城から深沢PS。先ほどの野島三丁目の人倒れ、一一〇番決着しました。男性が河川内にうつ伏せに倒れている状況。頸動脈で確認したところ、死亡している模様」

〈深沢PSから岩城PM、外傷はありますか？　どうぞ〉

「後頭部に皮下出血が認められます」

〈深沢PS了解、岩城PMにあっては、専務員到着まで現場保存の徹底を願いたい〉

道路を見上げると、近所の住人の不安げな顔が並んでいる。

「警察が調べますので、ご安心ください。皆さんの中で、何か物音が聞こえた、もしくは、不審な人を見た方はいませんか？」

住人たちは首を振り、互いに顔を見合わせた。

小川の北側にある住宅の所有者たちは、年間数万円の使用料を支払って世田谷区に専用の橋を設置してもらうことになっている。各戸にプライベート橋が渡されるので、多いところでは二十メートルおきに橋がある。遺体が見つかったのは、数年前に建てられた高級マンションの住人専用の橋の下だ。

遠くに聞こえたサイレンの音が大きくなり、道路上で止まった。

「おーい、岩ちゃん。ホトケさんだって？」

刑事組織犯罪対策課・強行第一係長の橋本晴之《はしもとはるゆき》警部補が、若い巡査に支えられながら、コンクリの壁を降りてきた。二人とも用意周到に長靴を履《は》いている。

「はい、亡くなっています」

橋本は五つ歳上、剣道の朝練仲間だ。警視庁本部の組織犯罪対策四課から異動してきた九州男児、一本気な頑固者だ。

鑑識係のフラッシュが焚《た》かれる。

「よーし。ホトケさんをひっくり返そう。岩ちゃんも手伝ってくれ」

岩城は遺体の頭側に立っていたことを後悔した。安らかに眠っている遺体は滅多にないからだ。目をつむって両肩の下を支えた。四人がかりでも、死後硬直した遺体は重い。

「せぇーの」という掛け声と共に、遺体を仰向けにした。水飛沫《みずしぶき》が上がり、見物人の女性の小さな悲鳴が聞こえた。遺体のわずかに開いた口から、泥水が「ごぼっ」と音を立てて出てきた。薄く開いた目が天を見つめている。

手を合わせた後、全員が一斉に覗き込む。全体に赤紫色の死斑。鼻、頬、手の親指に擦過傷がある。年齢は六十代半ば、身長百七十センチ前後、大きくはだけたワイシャツの胸元、手足にはしっかり筋肉がついていて恰幅《かっぷく》が良い。

岩城は何か引っかかった。自分の違和感の原因を探ろうと、尻が水に浸かるのも構わず、しゃがんでじっくり遺体を観察した。

「何だい岩ちゃん、えらい熱心じゃねえか」橋本が不思議そうに言った。

「ハシさん、見てくださいこの耳。何かやってますね。柔道か、ラグビーか……」

両耳が腫れ上がった状態で固まった耳介血腫《じかいけっしゅ》。いわゆる「餃子耳《ギョウザみみ》」だ。耳に強い圧迫が加わる格闘技系のスポーツ選手に多いが、高齢者には珍しい。

午後五時、交番勤務を定時に終える頃、濡れた靴下を脱ぐと、足の指が白くふやけていた。靴のまま川に入って四時間も濡れたままだった。コンビニで靴下を買おうと思ったものの、財布の中を確認して断念した。月二万円の小遣いでは、無駄な支出は禁物だ。

交番入り口のドアの向こうに、橋本の鬼瓦《おにがわら》のような顔が覗いた。

「岩ちゃん、ちょっといいかい？」

「どうしたんすか？　暗い顔して」

橋本は交番裏の駐車場に立っていた。

「いま、大塚から戻ってきたところだ……」

「大塚」とは、東京都監察医務院のことだ。行政解剖に立ち会っていたらしい。

「死因は後頭部から川底に激突した頸髄《けいずい》損傷だ。クモ膜下出血、頭蓋骨骨折もある。血中アルコール濃度からすると軽度の酩酊《めいてい》状態。顔の表皮離脱は転落時のものだそうだ」

「橋からの転落ですか？」

「違う。現場より川下で靴が見つからなかった。ということは部屋から小川に転落した可能性が高い。ちょうどホトケが住んでいた三一〇号室のバルコニーの真下が川だ。酔っ払って帰ってきて、乗り出して落ちたんだろう。橋から川に転落したのなら、高さは三・二メートルだけど、三階からなら、十・三メートルになる」

水深が浅いから建物の四階からコンクリに直接落ちたのと同じ衝撃だ。水の流れがほとんど無いから、遺体はあの場所に留《とど》まっていたということか。

「自殺の可能性は？」

「遺書がない。それに酩酊状態で自殺するヤツは滅多にいない。財布と鍵はズボンのポケットにあったから、検視官との協議の結果、帰宅直後の事故ということになった」

「そうですか……かわいそうに」

「それより、岩ちゃん、聞きたいことがあって来たんだ。昔、ハム、ハムにいたんだよな」

「はい、外二《ソトニ》にいました。とうの昔にお払い箱ですけどね」

「ハム」とは、警視庁本部の公安部を指す隠語だ。「公」の文字が「ハ」と「ム」で構成されるからこう呼ばれる。「ソトニ」は中国と北朝鮮の課報事件や情報収集を担当する「外事第二課」のことだ。ちなみに、ソトイチはロシアを担当する外事一課、ソトサンは国際テロを担当する外事三課だ。

「あのホトケさん、浜中忠一《はまなかただかず》ってヤツだ」

「えっ？　浜中って……あのハマチュウですか？」

浜中忠一は元警視庁公安部参事官で、ノンキャリでありながら「影の公安部長」とまで呼ばれた実力者だ。渾名《あだな》は「ハマチュウ」。現職中は浜中が配下の幹部を従えて廊下を歩くと、立ち止まって深々と頭を下げる者たちの列が出来たものだ。岩城などはご尊顔をまともに拝む機会すらなかったのだから、遺体の顔を見て分かるわけもない。だが、違和感の原因はこれだったのだ。

死体の餃子耳を思い出した。ハマチュウは若い頃、柔道の猛者《もさ》だった。

「気づかなかったのか。岩ちゃんもハム出身だから、気づいていても隠していたんだと思ったよ。すまん、すまん、疑ってた」

橋本は顔をほころばせて、岩城の肩を叩いた。

「ハマチュウがあのマンションに住んでいたなんて……」

「勤務先の社宅だ。浜中は『ノーチラス』っていうアパレル会社の顧問だ。入居はちょうど一年前。天下り先であんな高級マンションをあてがってもらうなんて、いい待遇だよなあ。あの部屋、売り出されたとき二億円近くだってよ。……で、どんな男だ？　浜中ってのは」

「公安の超大物です。確か……最後は生活安全部長やって五年くらい前に勇退されたはずです。ハシさんも本部にいたんだから、ご存知でしょう」

「俺はハム嫌いだから、しらねえよ。ハムなんて嘘つきで、隠し事ばかりのインチキ組織だ。……って、岩ちゃんは別だからな。あんたは真面目な正直もんだ。だから、ハムを飛び出してきたんだろ？」

刑事と公安の対立は根深い。そもそもは四十年ほど前、爆弾テロ事件の合同捜査で、公安部が犯人を突き止め、刑事部には情報を一切伝えぬまま逮捕したことが怨念の原因らしい。年配の刑事の中には公安部を目の敵《かたき》にする者は少なくない。

「追いだされただけです。私のように平凡な人間には務まらない職場ですよ」

「いや、違うね。岩ちゃんは性格がまっすぐだから、デカに向いていたんだ」

橋本は豪快に笑いながら、捜査車両に乗り込んだ。岩城の胸の中でもやもやとしたものが膨らんでいた。

「……ちょっと待ってください」閉まりかけたドアを摑んだ。

「ハシさん、事件性はほんとにないんですか？」

「それがさ……妙なんだよ」と言って、橋本は運転席に座ったまま鬼瓦顔を余計に顰《しか》めた。

「俺は、警察OBだから一応捜査したほうがいいと思ったんだが、課長が余計なことするなと言うんだ。ミスをしないことだけで出世してきたあの臆病者が、事件性の判断に口を出すなんて珍しいことなんだ。恐らく上から降ってきた指示だな」

「ウエから？」

「ああ。それだけじゃない。うちの若いモンの報告では、遺体を引き上げたあと、妙な奴らが下流で何かを探していたそうだ。職務質問《バンカケ》しようとしたら、何も答えず立ち去った。その立ち振る舞いからすると、ハム……。連中が何かを調べているんじゃないか」

日が暮れて、秋の夜空が、涼しい風を運んできた。月明かりに照らされたサンダルの先から、白くふやけた指が覗いている。

浜中忠一が死んだ。極左の非公然活動家から旧共産主義国家の情報機関員まであらゆる敵と闘い、修羅場を潜り抜けてきた伝説の捜査官。青森県の貧しい農家から高校を出て巡査を拝命し、公安警察という魑魅魍魎《ちみもうりょう》の世界で権勢をふるった立志伝中の男が、酒に酔って転落死とは、にわかには信じられない結末だ。そしてその周囲では公安の連中が蠢《うごめ》いている。漠然とした疑念が次々と浮かんでは消えた。俺はここで何をやっているのだ。岩城の胸に、苦いものがじわじわと込み上げてきた。

地下鉄・中野坂上駅の改札口を出て、階段をのぼり、青梅街道を高円寺方面に向かうと、喪服の列が通夜会場に蜿々《えんえん》と続く。歩道に「浜中家」と書かれた案内板を持った若い男が立っていたが、岩城の視線をかわすように、黙礼した。猜疑心《さいぎしん》に満ちた暗い眼を見れば公安部の所属だろうと分かる。季節はずれのマスクで顔を隠した弔問客を怪しく思ったのだろうか、背中に粘着質な視線を感じる。

日が暮れ始めているのに、湿気を含んだ空気がまとわりつき、汗ばんだ肌に、ワイシャツが張り付く。おまけに、寝不足ときているから、体が熱を帯びている。時間つぶしに入ったサウナ代金二千五百円、さらに香典一万円の出費が心に重くのしかかっている。だが、何かが心に引っ掛かり、ここに来ずにはおれなかった。

昨夜は第二当番、つまり当直勤務だった。職務質問に精を出したら、自転車泥棒と折りたたみナイフをポケットに忍ばせていた男を検挙してしまい、調書などの書類作成に時間を浪費した。午前三時に一方通行を逆走した車を捕まえ、捜査報告書に現認《げんにん》状況の図面を描きおえたのが午前五時だった。

その三十分後には「多摩川河川敷に袋を被《かぶ》った人が座っている」との無線が入り、若い巡査と自転車で出動。現場付近を捜索すると、川岸のコンクリートブロックに座

っている、男の背中を見つけた。確かに半透明のゴミ袋を頭からすっぽりと被ってい
る。あたりには温泉か、腐ったゆで卵のような臭いが漂っていた。呼びかけても反応
はない。男の脇には、洗剤のボトルとホワイトボード。「硫化水素ガス発生中」との
殴り書きが見えた。「逃げろ！」。若い巡査を引きずるようにして逃げる途中、岩城は
勢い余って草むらで転倒した。遊歩道を通行止めにして、消防が除染し、遺体を搬送
したのが二時間後だった。男は硫化水素ガスを発生させる二つの薬剤をゴミ袋に入
れ、頭から被って、こと切れていたのだ。顔だけが青みがかったねずみ色に変色して
いた。消防隊員も見たことがないと呆《あき》れる、珍しい自殺法だった。
青梅街道から北に百メートルほど入ったところにある小さな寺で、通夜は始まろう
としていた。弔問客の半分以上が警察関係者だ。同じ喪服を着ていても、垢抜《あかぬ》けな
い、がさつな挙動で判別できるのだから不思議なものだ。
誰にも気付かれぬうちに、焼香を済ませてしまおう。列の最後尾に並ぶと、見覚え
のある男が視界に入った。外事二課の理事官、「ウマさん」こと、馬宮禎一《まみやていいち》が受付で
記帳している。痩せた身体に、長い手足、部下たちに案内されながら歩く様は、まさ
に御者に引かれる馬だ。ハマチュウ一派の番頭格、捜査では大した実績が無いくせ
に、浜中の指示があれば、文字通り馬車馬のように部内工作をする。それが浜中に評

価され、出世してきた男だ。

どうか気付かないでくれ、と願ったが、馬宮たちの一団は岩城のすぐ後ろに並んだ。

「あれっ？　岩城さんじゃないですか。どうしたんすか？　マスクなんてつけちゃって」

通夜会場にそぐわない、甲高い声が背中に聞こえた。かつての後輩・津村啓一《つむらけいいち》がニヤついていた。まだ外事二課に残っていたのか。

津村の隣にいる馬宮にだけ目礼し、再び前を向いた。

「岩城さんは義理堅いなあ。恥知らずといわれても、恩を忘れない姿勢を示すのは難しいことですよね。俺も見習いたいっすよ」

第四係の小間使い。あれから八年もたっているのだから、三十五にはなっているはずだ。外事二課に入ってきた直後、厳しい張り込みや尾行に音をあげ、腹痛を訴えて、休んだこともあった。なぜ、外事二課がこの男をまだ使っているのか理解不能だ。

大きな潤《うる》んだ瞳でこちらをじっと見つめていた馬宮が細長い馬面を寄せてきた。

「岩ちゃんよお。あんた、深沢署だったよなあ？」

茨城訛《なま》り。草食動物よろしく両目が離れている。

「はい……」

「なんか捜査から聞いてねえのかぁ？」

「はい？」

「ハマチュウさんの件だよ」

「ご自宅から転落した事故死だそうです。私も最初に臨場《りんじょう》したので、ご遺体を見ているのですが、捜査の結論には疑問を感じております」

「臨場……」

窪《くぼ》んだ頬がぴくりと動いた気がした。

八年前、岩城たちに「永久追放」を言い渡したのは、当時、管理官だった馬宮だ。油断禁物だ。

「へぇー。先輩も頑張ってるんですね。現場で野次馬の誘導でもしたんっすか？」

津村の余計な一言が癇《かん》に障った。岩城はこれを無視して馬宮に言った。

「公安部も現場で何かを調べているそうじゃないですか、理事官も報告を受けてご存知なのではないですか？」

嫌味のつもりだったが、これも余計な一言だった。反省しながら祭壇に向き直る。

背中に馬宮の視線が貼りついているのが分かる。

「岩ちゃんよぉ……」馬宮がまた何か言いかけたとき、

「長官のご到着です！」

誰かが声を張り上げた。

いつの間にか制服警官たちが、青梅街道から通夜会場を繋ぐ道に立ち並んで、黒いアルファードを誘導していた。ほとんどの弔問客が焼香の列を外れ、車寄せから記帳台まで、ずらりと整列した。

警察庁長官・河野昇《こうののぼる》が車から降り立ち、眼光鋭く参列者を見渡すと、全員が敬礼した。ぴんと張り詰めた緊張。いま、この瞬間、警察官二十六万人のトップに立つ男から末端までが、同じ空間にいる。岩城は焼香の列に残ったまま、警察ピラミッドを観察した。

永田町、霞ケ関では「カミソリ河野」と恐れられる切れ者。キャリア幹部を「お飾り」と軽く見がちな歴戦の公安捜査官たちも、公安警察で経験を積んだ河野の捜査指揮能力を認めていた。河野が警視庁公安部長時代、浜中が参事官として補佐し、キャリアとノンキャリの違いを超えた蜜月関係を築いた。事件捜査でも連戦連勝、公安部の黄金時代だった。河野長官にとって浜中は、「盟友」と呼ぶべき関係だったはずだ。

河野が記帳台に向かって歩き始めたとき、けたたましいクラクションが響いた。警察官たちの険しい視線が一斉に注がれる。白いマセラティ・クアトロポルテが、野太い排気音を響かせながら、長官専用車の背後につけていた。黒服の運転手が駆け出してきて、マセラティの右後部座席のドアを開けた。

しなやかな両脚が車から出てきた瞬間、男たちの低いどよめきが小波《さざなみ》のように広がる。白い肌と喪服のコントラストが眩《まぶ》しい。日本人離れした華やかさがある女だった。憂いを帯びた瞳を参列者に走らせ、艶《つや》やかなピンク色の唇がかすかな笑みを作った。その視線の先にいた岩城は柔らかい筆で背中を撫《な》ぜられたような心地よさを味わった。

「誰だ？　女優か？　銀座のお姉さんか？」誰かが呟いた。

記帳台に向かう女の後姿に、むさ苦しい警察官たちの好奇の視線が注がれる。颯爽《さっそう》とした歩きっぷり、褐色のロングヘアをかき上げる仕草は、どこか乾いていて、媚《こ》びるような演出はない。この凛《りん》とした色気は、夜の商売の女ではない、と岩城は直感した。

女は河野長官と記帳台の前ですれ違った。そのとき二人の視線が交錯し、河野のほうが軽く会釈《えしゃく》したように見えた。

「ちきしょう、いい女だねえ。ハマチュウのオヤジ、俺には紹介してくれなかったぞ。なあ、岩城」

振り向くと、懐かしい髭面《ひげづら》が満面の笑みを浮かべていた。

「フウさん！」

西川春風《にしかわはるかぜ》は女のことを、本気で悔しがっているようだった。相変わらずだ。かつては日本赤軍の残党を追い求めて、シリアやレバノンで過ごした「赤軍ハンター」。潜り抜けてきた修羅場は、左頰の抉《えぐ》れた傷痕と、三分の二が欠損した右の耳が証明している。爆弾テロに遭ったときの傷とされるが、本人が語ることはない。

「よく来たなあ、岩城。顔なんて隠さんでいい。堂々としろ」

西川は岩城の口からマスクを引き剝《は》がし、その場に放り投げた。この男の磊落《らいらく》さを前に拾いあげる気は失せた。

「帰国されたのですね。いまはどちらに？」

「外事三課だ。骨休めも終わり、もう一度、現場で馬車馬のように働けってよ。海外出張ばかりだし、たまったもんじゃねえよ」

在ヨルダンの初代リエゾンオフィサーとして、四年間赴任。帰国後は国際テロ対策を担当する外事三課ナンバー2の理事官だという。豊富な経験に裏打ちされた西川の指導を受けているとなれば、三課はさぞ活気づいていることだろう。

「桜田門には美人がいねえから、気が滅入っちゃってよぉ。あんな色気のある美人を拝むことが出来て、きょうは幸せだ。オヤジも粋《いき》な計らいをしてくれたもんだぜ」

田舎の不良少年のような笑顔だった。からりと明るい毒舌家。かつては浜中の一番弟子だったと聞いている。常識はずれの言動もこの男なら許される。女性警察官の頬に挨拶代わりのキスをしてセクハラ問題にならないのは、警視庁四万三千人の中でも西川くらいのものだ。

新大久保の韓国料理店で、精進落としと称して再会を祝った。西川が公安部員らの誘いを断って付き合ってくれたのが、涙が出るほど嬉しかった。

「おまえ、いま所轄の地域にいるのか?」

注文を終えると、西川は思い出したように聞いた。

「はい。深沢署の交番勤務です」

「大変だろう? 地域は真面目にやればやるほど、大変な仕事だ。真面目にやって当たり前の仕事でもある。絶対に手を抜くなよ。そうすれば、いつか報われる」

「はい。もちろんです」

「うむ。ハムでは経験しないことも多いだろう？」

「今朝は硫化水素自殺の現場に臨場しました。ゴミ袋を頭から被ってガス吸って、座ったまま死んでいるんですよ。あんな現場は初めてです」

「ほう。そんな自殺もあるのか？」

好奇心旺盛な西川は、奇妙な自殺法に関心を示した。岩城が遺体の状況を図解しているところに、冷えたビールがやってきた。互いに注ぎあって、乾杯した。苦味が体中に染み渡った。

「しかし、ハマチュウのオヤジも酔っ払って転落なんて、らしくねえ死に方だよなあ」

「そうですね。でも、その結論は消去法で導き出された気もします。刑事課は三階のバルコニーからの転落だと判断しましたが、そもそも建物は川から二メートル離れています。ハマチュウさんが転落すれば、川と建物の間の木に落ちると思うんですよ」

「ってえと、オヤジが二メートル先の川めがけて飛んだ。つまり自殺ってことか？」

西川は目を細めて、岩城を見つめた。

「いえ……わかりません。道路を歩いていて車に撥《は》ね飛ばされた可能性もあると思いましたが、バンパーにぶつかったときの一次衝突創《しょうとつそう》がありません。低い橋から転落しても致命傷を負うとは思えません。結局、遺体が靴を履いていなかったので、部屋からの転落という結論になったようです。しかし、どうも腑に落ちないのです」

西川は腕を組んで唸《うな》ったが、思い出したように話題を変えた。

「ところで……慶太郎は葬式に来なかったのか？」

「……姿は見ませんでした。薄情な人ですから、来ないでしょう」

岩城は突き放すように言った。

「もう七年半か。ヤツは天才的なセンスのある公安捜査官なんだがなぁ……」

水キムチを箸で摘みながら、西川は独り言のように呟いた。

外事二課第四係長だった筒見慶太郎が、外務省に出向し、警備対策官として在ニューヨーク総領事館に赴任してから七年半がたつ。警察庁が警備対策官として派遣するのは、全国の警察本部で将来を嘱望された三十代のエリート警部が中心で、任期は三年だ。筒見は四十七歳になるはずだし、異例の長期赴任だ。そこから伝わってくるのは、捜査現場には絶対に戻さないという、組織の強い意志だけだ。当たり前だ。あの男は危険分子として国外追放されたのだから。

「……ヤツは苦労かけた奥さんと離婚して、家族も失ったそうだ。昔の同僚だって誰一人として連絡を取ろうとしねえ。まるで厄介もの扱いだ」

「あの人の話はやめましょうよ。せっかくのフウさんとの酒がマズくなります」

岩城はぐいっとビールを呷《あお》った。

「……ああ、すまんかった。もうヤツの話は終わりだ。今晩は天に召されるハマチュウのオヤジを、笑って送り出そう」

胡瓜《きゅうり》の千切りをたっぷり入れた韓国焼酎でもう一度グラスを合わせた。喉に甘さが広がり、今日一日の緊張と孤独感がほぐれるようだった。西川は、浜中との思い出話を、おもしろおかしく話してきかせ、岩城は大いに笑った。

店を出たところで礼を言うと、西川が真面目な顔で岩城を見つめた。

「……なあ、慶太郎はなぜ警察を辞めなかったんだろうなあ」

「執念ですよ。彼は組織の中にモグラがいると思い込んでいます。いまでも虎視《こし》眈々《たんたん》と狙っているんですよ。可哀想な人です……」

「モグラねぇ……」西川は夜空を見上げて溜息をついた。

「……おまえの気持ちは分からないでもないが、海外に捨て置かれた男の気持ちを少しは汲《く》んでやれ。いくら傲慢なヤツでも心が折れかかっているはずだ」

岩城の肩を叩くと、西川は新大久保駅の方角に消えていった。

そんなタマじゃないよ——。心の中で呟いた。

区役所通りの雑踏をJR新宿駅へと急いだ。途中、前方を早足で歩く男の存在に気付いた。黒い野球帽に、グレーのズボン、白いスニーカー。ちぐはぐな格好が記憶にあった。西川と店を出たとき、目の前を通り過ぎていった男だ。

風林会館前で右に折れ、歌舞伎町の繁華街に入った。路地を右に折れ左に折れ、少しずつ喧騒から離れて、人気の少ないラブホテル街に誘い込んだ。聴覚を研《と》ぎ澄《す》ます。アスファルトを刻む靴音。二人、いや三人だ。

岩城は小さな中華料理屋に入った。店内には数人の客。入り口に向かって席につく。磨《す》りガラスの向こうを人影が通り過ぎる。中国人店員に紹興酒《しょうこうしゅ》を注文し、「裏口はあるか」と、北京語でたずねた。

「あるよ。厨房の奥だ」

琥珀《こはく》色の液体をなみなみとコップに注ぎ、一気に飲み干す。胃の中が熱くなり、恐怖心が消えた。

「案内してくれ」

メニューの裏で三千円握らせると、店員は面倒くさそうに「ついてこい」と言った。

厨房を通り抜けるとき、岩城は壁にかかっていた店の白い制服を手に取った。建物裏の通路に出て、油で薄汚れた制服を羽織る。積みあがっていたゴミ袋を両手に摑んで通りを歩いた。背後をつけてくる靴音はなかった。

中央線の最終電車に駆け込み、吊革に両手で摑まった。緊張が解けたのと、走ったことで、酔いが回った。浜中も転落したときは、こんな酩酊状態だったのだろうか。

電車が大きく揺れたとき、吊革から手が滑って、隣に立っていた若者に肩がぶつかった。舌打ちとともに、胸元を突き飛ばされた。

「んだよ。酒クセえんだよ、おっさん！」

銀縁の四角い眼鏡、ストライプの細身のスーツに先の尖った革靴。顔が小さく、大きな耳が際立っている。

岩城は心の中で呟く。君はなぜそんなに苛立《いらだ》っているんだ。この惨《みじ》めな姿を見ろ。しがない地方公務員。全身全霊を捧げた仕事から引き離され、毎日同じ背広を着て、二時間の通勤に耐えているのだぞ。

「なんだよ、無視かよ。詫《わ》びぐらい入れろよ！」

一張羅《いっちょうら》の肩口を乱暴に摑まれた。興奮した眼が血走っている。

おい、皆どうした？　スマホの画面なんか見てないで助けてくれたらどうなんだ。

まあ、若い女ならともかく、うらぶれた中年男を救う者などいるわけがないか。なら、仕方がない。

「すみませんでした」

謝りながら、岩城は背広を摑む男の右手に両手を添える。これならいける。相手の手首を固定したまま、身体を回転させ、肘《ひじ》を極《き》めようとした瞬間、男はさっと手を離して、脇を締めた。

「痛えじゃねえか！　暴力かよ！」

がなり声が響き、乗客が一斉に顔をあげてこちらを見た。男が狡猾な笑みを浮かべた。警察官が酒に酔って喧嘩などしようものなら、懲戒処分が待っている。こうなったら、相手が気を静めるまで耐えるしかない。

タイミングよく三鷹駅に到着した。逃げるように出口に向かう。

「待てよ、あんた」

今度はうしろから襟を摑まれた。振り向きざま、生暖かいものが岩城の顔にかかった。唾《つば》だ。酔いが覚め、怒りで血が沸騰した。だが人の流れに押し流され、男の姿はあっという間に見えなくなった。呼吸を整えながら、駅のトイレに入り、洗面台の前に立った。

組織化された尾行。執拗な挑発。腕を極めようとした瞬間に手を引いた動きは、素人ではない。こんな陰湿な工作を実行する組織はひとつしかない。公安だ――。だが、いったい何のために？

胃袋を素手でつかまれたような恐怖、静めようもない屈辱に唇を嚙んだ。洗面で何度も顔を洗った。冷たい水で渇ききった喉を潤す。鏡の中でびしょ濡れになった自分が嗚咽《おえつ》していた。

■同九月　ニューヨーク　マンハッタン

国連総会期間中、マンハッタンの朝は普段より早くなる。国連本部周辺のホテルに宿舎を構えた世界各国の外交団が、まだ暗いうちから国益追求を剝き出しにした場外戦を始めるからだ。

午前六時、筒見はエンパイアコンチネンタルホテルのロビーのソファに深く沈んでいた。老眼鏡を鼻に引っ掛け、紙カップの熱いコーヒーを啜りながら、ニューヨークタイムズを広げている。待ち時間でも潰している風情だった。

周囲では、何処その国の外交官たちが、首脳の一般討論や二国間会談《バイ》に備え、激論を交わしている。コーヒーとクロワッサンの香り、あらゆる人種の体臭、様々な言語が飛び交い、世界最大の国際会議特有の混沌を作り出している。

筒見は会話に聞き耳を立てるわけでもなく、新聞の文字を追っているわけでもない。ただ、ロビーを行き交う人波の間に空虚な視線を泳がせていた。

「ところで、貴志さん……」筒見は何か思い当たったように、隣の女に声をかけた。

「はい?」貴志麻里子は、スモークサーモンをたっぷり挟んだベーグルを口一杯に頬張ったまま顔を上げた。

「なぜここに?」

「リエゾンをクビになって、暇だから、筒見さんの調査を助けに来たのよ」

こういって、下唇についたクリームチーズを舐めた。

「調査……。コレの指示ですか?」筒見は親指を立てた。

「そうよ。飯島大使がサポートしろって言うのだから仕方ないでしょ。私だってお巡りさんごっこなんてしたくないわ」

「お目付け役か……何も言ってないのに、良く気づいたものだ」

「警備のおじさんに任せるわけにはいかないということでしょ」

憎まれ口を叩きながら、口の周りをナプキンで拭いている。

貴志麻里子は東京大学の水泳部出身。上背もあり、肩幅も広い。年長者にもタメロで、感情表現にまるで躊躇がない。ただ、整った顔立ちなものだから、年配の男性外交官たちはちやほやしてしまう。それが彼女を増長させる原因だ。

「……でもさあ」麻里子が筒見の背中をつつく。

「黒崎を狙う人なんかいるのかしら。政権交代の立役者とか、次の総理候補の世論調査でダントツといわれるけど、外交の舵《かじ》取りを出来るタマじゃないわ。幻想よ」

「さあ……どうでしょうね」

「国連演説で人権外交をぶちあげて、中国の民主化を促そうなんて、国際社会の力学を理解していない証拠よ」

黒崎は事件前日の国連演説で、中国を名指しした人権外交構想を発表し、欧米各国の喝采を浴びていた。麻里子はそれが気に食わないらしい。

「日中政府同士の関係に改善の兆しはないのだから、中国の民衆の声に耳を傾けるのは賢い戦略だと思いますがね」

「それはどうかしら。欧米型市民社会にいる日本人が『非民主的だ。一党独裁国家だ』と批判するのは簡単よ。でも中国は二千数百年間、歴代皇帝がこの体制を続けてきたの。天安門事件以降の中国民衆が求めているのは民主化なんかじゃなくて、汚職撲滅や格差解消なのよ」

暇つぶしに議論したいようだ。

「貴志さんはチャイナスクールでしたね。さすがに、中国の民衆心理まで理解してらっしゃる」

筒見は議論を打ち切って再び背を向けた。

「……ねえ、筒見さん、これ食べないの？」

紙袋に残されたサンドイッチを覗き込んでいる。

「腹減っているなら、どうぞ……」

言い終わらぬうちに、麻里子は包みを開け始めていた。どうやら食欲の抑制も利かないらしい。

若い女がエレベーターを降りてきたのは午前六時五十分のことだった。

ストレートの黒髪。上背は麻里子よりやや低い。抜けるように肌の色が白く、薄化粧の顔は幼く見える。

筒見は飲みかけのコーヒーの紙カップを持って立ち上がった。

「なに？　あの女……どうするの？」

「ちょっと出かけてきます。では」

女はホテル東口を出ると、レキシントン街《アベニュー》を北へ人波を縫いながら足早に歩いた。麻里子と比べるからなのか、ミニスカートから伸びた脚はか細かった。

「待って！　私も行く」麻里子がついてきた。

筒見は横目で一瞥《いちべつ》して言った。

「……いいか。黙って言う通りにしろ。まず、あの女の服装、靴音、歩き方、耳の形、匂い、すべてを頭に叩き込め」

「えっ？　……何？」麻里子が眼を丸くして、筒見の顔を見上げた。

「時間切れだ。指示があるまでこのあたりで待ってろ」

「ちょっと……。まだ覚えていな……」

通り沿いのコーヒーショップの入り口に向けて麻里子の背中を強く押した。

女は五十丁目でレキシントン街を横断し、東の国連方面に歩いた。国連の手前、二番街《セカンドアベニュー》で右折、四十九丁目を西に戻り始めた。

「いま四十九とレキシントンだ」

筒見は携帯電話に繋がったイヤホンマイクに囁くと、女の背後を離れた。

〈見えた。こっち向かってくる〉

「顔から視線をはずせ。十メートル後ろにつけろ」

〈わかった。まあまあの美人だね〉麻里子は余裕綽々《しゃくしゃく》だ。

「無駄口叩くな。女に見覚えは？」

〈うーん……、二十代後半くらいよね。この世代の外務省の女の子なら、全員知っているはずなのだけど〉

「国連代表部の現地採用スタッフか？」

〈違う。新しい人が来たら分るはずよ……。あ、曲がった。グランドセントラル駅に向かうわよ。……いったいこの娘は何者なの？〉

「ミステリアスガールだ」

　文字通りの「謎の女」だった。

　マンハッタンのホテルに設営された各国政府の外交団宿舎では、アメリカの警備当局による鉄壁の警護体制が敷かれている。首脳の警護は「ＳＳ」＝シークレットサービスが行い、外相の警護は「ＤＳ」＝国務省外交保安局が責任を持つ。日本外交団宿舎のあるエンパイアコンチネンタルホテルでも、全フロアに警護員が二十四時間体制で配置されて、金属探知機と監視カメラ、目視を駆使して、人の出入りをチェックしている。立ち入りの可否を判断するのは、国連が発行する顔写真入りの水色のカード型パス。それも外交官《ディプロマット》を示す「Ｄ」マークが刻印されたものを提示しなければならない。

筒見はDSからある記録を入手していた。これはインテリジェンスコミュニティーの実力者であるオニールの鶴の一声で提供されたもので、二十四階にある各部屋の入室時刻と性別が記されている。この記録を分析した筒見はある部屋の奇妙な動きに気付いた。それは黒崎大臣が宿泊する二四一〇号室ではなく、向かい合う二四一一号室だった。

黒崎がニューヨーク入りした翌日の未明、九月二十日午前零時二十分、男性が二四一一号室に入った。その七十五分後の午前一時三十五分には男性と女性が一緒に入っている。さらに女性は二十日午後三時すぎにも二四一一号室に単独で入った。一日空けて二十二日午前零時五十五分に女性、一時十分に男性が入った。二十四日午前一時過ぎにも男女が十五分の時間差で入っている。ホテルの監視カメラには細身のアジア系の女が映し出されていた。

二四一一号室の宿泊者は外務大臣秘書官の森安《もりやす》修一《しゅういち》。大臣が搬送されたとき、筒見を排除した、あの蟷螂《かまきり》顔の外交官だ。

きょう未明にも、この女は森安秘書官と十五分の時間差でホテルに入ってきた。

「D」マーク入りの国連パスを首にぶら下げて……。

女はグランドセントラル駅に入った。築百年のボザール様式の歴史的建築物。メトロノース鉄道の三つの路線と地下鉄駅が連結するので、通勤ラッシュ時は混雑する。

「俺は先に回る。そのまま追え」

星座が描かれた高さ四十メートルのドーム型天井は、ニューヨーカーたちの騒がしい足音を吸収し興奮を落ち着かせる効果がある。ハーレム線の到着と同時に通勤客がどっとコンコースに流れ込み、麻里子と女との間に大勢の人が割り込んだ。

「対象の直近、二・五メートルにつけろ。これからは喋《しゃべ》らずに、ハンドサインで合図しろ」

筒見が早口で指示を飛ばす。

〈え……、う、うん〉

麻里子は言われた通り距離を詰めた。

女は地下一階のダイニングコンコースに一旦降りた後、再び地上階にあがった。回り道しながらショーウインドウに背後を映し出し、点検をしているのだ。

「対象は警戒している。立ち止まったら、追い越せ」

女はコンコース西側の中二階に向かう階段をのぼりきったところで、突然、百八十度反転した。黒髪がふわりと浮き、強い視線が後続の人波を睥睨《へいげい》した。虚を衝《つ》かれた麻里子は身体を震わせたが、視線を足元の大理石に落とし、歩調を変えずに女の横をすり抜けた。

「合格だ。俺が引き継ぐ」

〈えっ？　どこ？〉麻里子が周囲を見回す。

「対象の十メートルうしろだ。地下鉄に向かう」

〈私はどうすれば……〉

「メトロカードを準備。服装を変えて、俺のうしろ十五メートルにつけろ。視線は俺の背中。Sラインのシャトルだ」

〈私は隣の車両に乗る。それでいい？〉

麻里子は、髪を束ね、サングラスをかけて変装している。

「その通りだ」

〈……いったいどうしちゃったの？　筒見さん〉

「何だ？」

〈冷めたピザだと思っていたけど、まるで別人になったみたい……。あなた何者なの？〉

「……警備のおじさんだ」

女は西に向かう列車で四十二丁目タイムズスクエア駅まで行き、北上する各駅停車の一号線に乗り換えた。この間、筒見は女の背後にぴたりとつけたかと思うと、次の瞬間には、一気に五十メートル以上離れて、遠方からの尾行に切り替えた。

七十二丁目で地下鉄を降りたところで、麻里子に先頭を交替させ、アムステルダム街のカフェ「ロウリーズ」に入るのを確認した。女は店内の窓際のテーブルに座り、イチゴがのったパンケーキを食べながら、タブレット型端末を操作している。

色白な瓜実顔《うりざねがお》、涼やかな鼻筋に、一重の切れ長の目は冷たい印象だが、ふくよかな桃色の唇が清楚な色気を醸し出していた。

テラス席では大型犬を連れた白人女性がサンドイッチを食べている。店内席ではビジネスマン風のアジア系の男性がコーヒーを飲みながら、忙しげにパソコンを操作しているだけだった。一時間後、店を出た女は八十丁目にある古い高層アパートに入っていった。


「なんだ、この写真は……」

在ニューヨーク日本総領事館の一室で、森安秘書官が挑むように筒見を睨み付けていた。蟷螂のような逆三角顔。眼鏡の奥で、吊り上った眼が光っている。

入院中の黒崎外務大臣を、政府専用機の帰国便に極秘搭乗させる段取りを打ち合わせに来たつもりが、いきなり会議室に引っ張り込まれたのだから、仕方あるまい。

テーブルに置かれた二枚の写真には、ホテル内の監視カメラが記録した女の姿が写っていた。画質は良くないが、童顔と、美しい黒髪、透き通るような白い肌は判別できた。

「君は趣味が悪いな。私をハメようってのか！」

森安はひったくるように写真を掴むと、びりびりと引き裂き、筒見に投げつけた。肩にぶつかった紙片が床に散らばった。冷徹と評判のエリート外交官の唇が震えている。

「私を誰だと思っているの？　警備対策官ごときに、尋問されるなんて勘弁願いたいよ」

「不快だったら申し訳ありません。セキュリティに関することで、事情をお聞きしたいだけです。これも職務なんでね」

「職務だって？　笑わせないでくれ。在外公館は外務省の指揮下にある。出向中のお巡りさんには、外交官を事情聴取する権限は与えられていないはずだよ」

森安が鼻で笑うと、筒見は無言で立ち上がった。ドアに鍵を掛ける音が冷たく響く。カーテンを閉めると、陽光が遮られ、暗闇になった。

「ちょっと待ってよ！　どういうつもりだ！」

「話に集中できる環境を作りました」

「帰らせてもらう」

憤然と出口に向かう森安の前に、筒見は立ちはだかった。両手で森安の肩を強く掴んで百八十度反転させると、椅子まで連れ戻す。

「座れ！」耳元で一喝した。

森安は雷に打たれたかのように身をすくませ、慌てて着席した。

「おまえが女を連れ込んだのは部外者立ち入り禁止の日本外交団宿舎だ。あんたの態度次第では国務省外交保安局とシークレットサービスの捜査対象になる。自分の置かれた立場をわきまえろ！」

筒見はこう言って、さっとカーテンを開けた。森安は陽射しに手を翳《かざ》し、目を細めた。

「知っていたんだろう？　女が大臣の部屋に侵入していたことを」

「そんな馬鹿な！　知らないよ！」森安は素っ頓狂《すっとんきょう》な声を上げた。

「よく思いだせ。あんたは自分の部屋、つまり二四一一号室のカードキーの再発行をしたことがあったよな」

「再発行？　そんな瑣末《さまつ》なことは覚えてないね。外交官というのは出張中二十四時間、仕事をしているんだ」

筒見はエンパイアコンチネンタルホテルのカードキーを胸ポケットから取り出した。ベージュに、茶色いロゴが入ったシンプルなデザイン。旧式の磁気ストライプ式のもので、ドアノブ上のリーダーに差し込み、引き抜いたときに開錠される仕組みだ。開閉はホテルがオンライン管理しているのだが、そこに謎を解く鍵があった。

黒崎の不在時に、大臣室である二四一〇号室が客用のカードキーで開けられた記録があったのだ。二十二日午後二時四分。これはちょうど国連本部で黒崎が演説していた時間で、秘書官は二人とも同行していた。つまり三人以外の第三者が開錠したことになる。二四一〇号室のカードキーは三枚発行されていた。うち一枚を大臣本人が持ち歩き、残る二枚を二人の秘書官が保管して、紛失や緊急事態に備えていた。ハウスキーパーはマスターキーで開錠して作業するので、混同はないはずだ。

「……思い出した。自分の部屋の鍵を開けようとしたとき、磁気テープに傷が入ったらしくて開かなかったことがあった。だからフロントで再発行してもらったんだ。あれは確か……」

「二十日の午後八時だ」

唾を飲み込む音が聞こえた。

「この前日、十九日夜のことについて聞く。大臣を部屋に送り届けたあと、何処《どこ》にいた？」

「プライベートの時間だ。君に言う義務はない」

「辻褄《つじつま》が合わない。外交官は二十四時間仕事をしているんだろ？」

筒見はシステム手帳から、新たな写真二枚を取り出し、机の上を滑らせた。二十四階エレベーターホールの監視カメラが時間差で戻った森安と女の姿を記録していた。

「……あんたは日付が変わった二十日の午前零時二十分に部屋に戻った。一度部屋から出て、女と一緒に入ったのは午前一時三十五分だ。そのあと部屋で何をやっていたかは関心がない。監視カメラの映像によると、女は早朝に部屋を出た。しかし……、あんたの留守中に部屋に戻ってきている。同じ日の午後三時十分だ」

「ありえない……よ」森安の声は震えていた。

「彼女は鍵を持っていないはずだ」

「一戦終えて、あんたが寝ている隙に、女はカードキーをあらかじめ用意していたものとすり替えていた。留守中に戻ってくるためだ。だから夜、あんたのカードキーで開錠できなかった、というわけだ。彼女は何のために部屋に戻ったと思う？」

筒見はハンカチで汗をぬぐうエリート外交官をじっと見据えた。

「……大臣の部屋のカードキーの在《あ》り処《か》を確認したんだ」

筒見が自信に満ちた口調で言うと、森安は両手で頭を抱えた。

「そんな……。眼鏡ケースの中に隠して、机の引き出しに入れてあったのに……」

「引き出しには鍵は？」

「……鍵は……かけていなかった……」

筒見は鼻で溜息をついた。

「彼女が勝負に出たのは二日後だ。あんたはまた彼女を部屋に連れ込んだ。そして朝七時から会議に出席した」

「ちょっと待って！」森安が突然、立ち上がった。

「その隙に、彼女が大臣の部屋のカードキーを引き出しから盗んだとでも言うのか？だとすれば、見当違いだな。外交機密が山のようにある部屋に彼女一人を残すわけがない。僕が目覚めたときには、彼女は帰っていたさ」

森安は勝ち誇ったように笑った。

「帰っていない」

「嘘だ！　荒唐無稽なストーリーで私を嵌《は》めようとしているだけだ。そうか、分かったぞ。君は大臣の身を守るべきSPの責任を、私に転嫁しようとしているんだな。警察のための組織防衛だ。それとも飯島さんの指示か！　私を葬り去れば、後ろ盾の早見審議官の立ち場は危うくなる。喜ぶのは、飯島さんしかいないじゃないか！」

森安はまくし立てながら、両手で机を何度も叩いた。

「俺はコップの中の謀略論に関心はない……」といいながら、筒見はジャケットの内ポケットに右手を突っ込んだ。

「女が出て行く姿はどの監視カメラにも映っていない。つまり、あんたが出て行くまで室内のある場所に隠れていた……」

森安が息を呑む。そのタイミングにあわせるかのように筒見は右手をテーブルに叩きつけた。

「ベッドの下だ」と言って、手を上げると、透明の小さな袋が残った。

「なんだこれ……。髪の毛……？」

木製のベッドフレームのささくれにひっかかっていた、長さ三十センチほどの黒髪だ。

「あんたが出て行った後、彼女はカードキーを盗んで、午後二時四分、大臣の部屋に侵入した。このとき黒崎大臣は国連で演説していた。そして夜、あの事件がおきた。

これが偶然だと思うか？」

森安の腕に鳥肌が立ち、やがて崩れるように机に突っ伏した。

「あなたはこれをアメリカの警備当局に通報するつもりですか？　そんなことされたら、僕は……」

森安は「完落《かんお》ち」だった。

女はマンハッタン五十三丁目にあるピアノバー「月の窓」のホステスだった。名前は「サラ」。ピアノバーとは、日本人駐在員が密かに通うクラブのことで、ホステスは大抵、留学生崩れの日本人女性だ。

二人の関係は、三年前、森安が国連日本政府代表部に在籍していた頃から続いていた。当時、彼女は店でホステスとして働き始めたばかり。アメリカ人の父と日本人の母を持つハーフで、日本語上達のために働き始めたと説明していたらしい。官能小説まがいの赤裸々な描写もまじえて話し終えると、森安は「これを届けに来たんだ」といって、携帯電話を取り出した。

「十九日の夜は一時間ほど飲んで帰った。ホテルの部屋に戻った後でこの携帯を忘れたのに気づいたんだ。店に連絡したら、サラがホテルの前まで届けてくれた。そのとき僕は急に我慢できなくなって部屋に連れ込んじゃったんだよ。……筒見さんも男なら分かるよね」

　このとき森安はサラに外交官用の国連パスを渡していた。事前に申請していたものの、出張を中止した女性事務官のパスを、ロジ担から借りていたというのだ。

　すべて吐き出した森安は、ハンカチで携帯電話のガラス面についた皮脂を神経質そうにふき取り始めた。

「その中に、データは？」

「たいしたものはないよ。メールで送られてきたロジ関係の資料くらいかな。日程表とか、部屋割表とかね。だからパスワードもかけていなかった……ほら」

　森安は部屋割表のファイルを開いて見せた。真藤総理夫妻、黒崎大臣をはじめ、百人の随行員の部屋番号と携帯電話番号も記載されている。セキュリティ上、極めて重要な情報が随行員にメールで一斉送信されていたのだ。

「携帯はどこに入れていた？」

「この内ポケットさ。店のクロークに預けたときに落ちたのかな」

　森安はジャケットの前を広げて見せた。

「その隙《すき》に抜かれたな……」

　筒見がこめかみに手をやると、森安は不思議そうに首をかしげた。携帯を店に忘れたのではなく、サラが携帯を抜き取り、このデータを盗み出していたのだ。

「これで失礼していいですか？　明日の政府専用機に、大臣を乗せなきゃならないので、準備が……」

「いや、あんたにはまだやってもらわなきゃいけないことがある」

そのとき、筒見の胸ポケットの携帯電話が、メールの着信を告げた。

〈ミステリアスガールが来た〉

差出人は麻里子だった。

第二章　絶望

あれは確か、カナダで五輪《オリンピック》が開催された夏のことだった。

家を飛び出して三日目の夕方、ボクは弟の秀也《しゅうや》を荷台に乗せ、あてもなく自転車を漕《こ》いでいた。荒川にかかる橋を渡り、葛飾区に差し掛かったあたりだったと思う。小さな桟橋に係留された遊漁船を見つけた。漁具はほこりをかぶり、船体のあちこちが壊れていて、ぼろぼろだった。

南の空から鉛色の雲が迫り、生暖かい海風が強くなっている。近くの工事現場からブルーシートを持ってきて、船のデッキに即席のテントを作った。

「ちょっと食べ物を探してくる。すぐに戻るからじっとしてろよ」

船を下りようとすると、秀也がボクのズボンを摑《つか》んだ。

「待ってろってば！」

ボクは食べ物を盗むのに、秀也を連れて行きたくなかった。秀也はしょんぼり押し黙ると、白い杖を握り締めてデッキのシートにもぐりこんだ。ぽつぽつと雨が降り始めていた。

商店街のはずれにスーパーマーケットを見つけた。客は少なく、暇を持て余したレジの店員たちは雑談をしている。ラジオからは『およげ！　たいやきくん』が流れていた。痩せこけ、いつもアザだらけで、臭い服を着て学校に行くボクを「腐ったスイカ」と、はやし立てたクラスのヤツらが夢中になっていた曲だ。

ボクはこの店で盗むと決めた。秀也にはお菓子をたくさん持って帰ってやろう。小さいラムネ菓子やチョコレートを選んで、シャツの中に突っ込んだ。相変わらず、女性店員の笑い声が聞こえる。レジの脇をすり抜けて店を出た。

駆け出そうとしたとき、左腕をむんずと掴まれた。相撲取りのように見上げんばかりの大男。太く毛深い腕。

「服の中のものを見せろ」店員は凄《すご》んだ。

ものすごい握力で指先が痺《しび》れていく。腕に食い込んだ毛むくじゃらの指に思い切り嚙《か》み付いた。次の瞬間、顔の左半分を吹き飛ばされたかのような衝撃を受けて、駐車場の砂利に転がっていた。口の中に錆《さび》のような味が広がった。鼻血がぼたぼたとシャツに落ちたとき、あのグローブのような手で張られたことに気付いた。シャツを引っ張られボタンがはじけ飛んだ。菓子が零《こぼ》れ落ちた。

「この盗人が！」

男は倒れているボクの腹を躊躇《ためら》いなく蹴《け》った。周りの大人は、誰も助けてくれない。ただなりゆきを見守るだけだ。当たり前だ。ボクは泥棒で、店の人は被害者だ。でも、こんなことには慣れている。毎日、家でされてきたことのほうが、この何倍も苦しかった。ボクはひたすら眼を瞑《つむ》って耐えた。

十発以上蹴られただろうか、ふいに呻《うめ》き声が聞こえたので目を開けた。制服を着た若い警官が大男の太い腕を捻《ねじ》上げて、地面に組み伏せていた。

「子供相手にやりすぎだ」

ボクは雨に濡れながら交番に連れて行かれた。若い警官はボクを奥の畳敷きの部屋に案内した。

「さて、と。ここに座れ。この台風は強いらしいから、もうじき大荒れだ。素直に喋《しゃべ》れば、すぐに帰してやるからな」

警官はノートを広げ、鉛筆をペン立てから取った。太いゲジゲジ眉の下にある澄んだ瞳がボクをまっすぐ見つめている。

「名前を教えてもらおうか？」

ボクは下を向いたまま、黙っていた。

「なんだよ。じゃ、年を教えろよ」

「十歳……です」

「小学五年生か。どこの学校だ」

「……言わなきゃいけませんか？」

押し問答が続く。警官は大きく溜息をついた。窓ガラスを大粒の雨が打ち、街路樹が大きく揺れている。秀也は大丈夫だろうか。

「お巡りさん！　お願いです。見逃してください。ボク、いかなきゃいけないんです」

ボクは座りなおして、手を突いて、額を畳に擦《こす》り付けた。

「ダメだ。店から被害届が出ている。窃盗って立派な犯罪なんだぜ。お母さんに来てもらって、身柄を引き受けてもらわないと」

「母さんはいません！　三年前に死にました」

ボクは畳に手を突いたまま、叫ぶように言った。

「……お父さんは？」

「……逃げてきたんです。……ボクたちは生きたいんだ！」

自分でも信じられないほど大きな声で怒鳴ると、シャツを脱ぎ、畳に叩きつけた。そして裸の背中を警官に向けた。「これを見て」という前に、息を飲む音が聞こえた。背中、脇の下に無数の赤い斑点。ケロイド状の火傷《やけど》の痕《あと》だ。

「これは……」

意志の強そうな瞳がボクを見据えていた。こんな綺麗な眼をした大人がいたのか。その輝きに見とれかけたとき、激しい雨が再びガラスを叩いた。表は夜のように暗かった。

「本当にごめんなさい。二度と万引きなんてしません。だから、だから……見逃してください。弟が待っているんです。目の見えない弟が……」

上半身裸のまま土下座した。

「弟はどこにいる」

「この先の……船の中です」

「何ぃ」と警官が外を見やったすきに、ボクは脱兎《だっと》のごとく部屋を飛び出した。

「待て。俺も……」

追いかけてくる声が激しい雨音に掻《か》き消された。

漁船は浮き桟橋とつながったまま、木の葉のように揺れていた。

秀也――。桟橋から船に飛び移り、雨水で重くなったシートを引き剝がした。目玉をなくした秀也は何が起こっているかもわからないように、ずぶ濡れになって、デッキの隅にうずくまっていた。

腕を取って、立ち上がらせたとき、船が強風に煽《あお》られて桟橋から引き離された。桟橋に結ばれたロープを手繰り寄せようとしても、ボクの力では少しも引くことができない。掌《てのひら》のなかでロープがずるずる滑り、皮が裂けて焼けるような痛みが走った。

もうダメだ――。

そのときふいに、強い力がロープを通して伝わってきた。一筋の懐中電灯の光に向けて、船は一気に引き寄せられた。大きな手にがっしりと腕を摑まれたとき、ボクの目の前に、あの強い輝きを放つ両眼があった。

■十月　東京　世田谷
「すいません。お巡りさん」

か細い声で呼ばれたとき、岩城は交通違反の捜査報告書をほぼ書き終えていた。たかが進入禁止違反でも、標識の位置、現認状況について交通切符作成用の定規で図面を作り、違反者の釈明を書き込まねばならない。事務処理をもっと簡単にして、警官をパトロールに出せば治安も改善されるのだが、硬直化した組織はそれを許さない。

顔を上げると交番前に石井陽太がランドセルを背負って立っていた。まだ、右腕を吊っている。

「やあ、どうだ、だいぶ良くなったか？」

陽太はこくりと頷き、緊張した様子で交番に入ってきた。

「ボクにぶつけた人の、絵を描きました」

「ぶつけた人？　陽太君は、運転していた人の顔、見たの？」

「はい」

陽太の家は、駅前交番から歩いて十分ほど、丘の上の美術館近くにある瀟洒《しようしや》な白壁の邸宅だ。ガレージには、クリーム色の古いメルセデスがある。

「お巡りさん、待ってて。こないだみたいに、どっか行っちゃ駄目だよ！」

陽太は玄関への階段を駆け上がっていった。岩城はガレージの前で自転車のスタンドを立てた。足元には、由来不明のガラクタがある。汚れた絵本、壊れた地球儀、自転車のタイヤ、カメラ……。

陽太が画用紙を持って、ばたばたと飛び出してきた。

「これ全部、友達と拾って集めたんだ。この時計、カッコいいでしょ？」

古めかしい大理石の置時計だ。もちろん針は動いていない。

「いい時計だなあ……。こっちはなんだ？」

岩城はしゃがんで、薬の小瓶のようなものを手に取った。中にはマッチ箱の半分ほどのエメラルドグリーンのケースが見える。

「……なんだろ。川で見つけたんだ。堅くて蓋《ふた》が開かないんだ」

子供というのは妙なものを拾ってくるものだ。幼少時代、故郷の新潟の海岸で宝探しをしたことを懐かしく思い出した。

「はい、これ。スケッチだよ」陽太が二つ折りにした画用紙を差し出した。

真ん中に、鼠色《ねずみいろ》の背広を着た白髪の男が、車に向かって駆ける様子がクレヨンで描かれている。車は黒いセダンで、丸いヘッドライトが左右に二つずつある。子供らしく、伸びやかな絵だ。

「ほう。上手じゃないか。これが運転手で、こっちがぶつかった車だな……。おじいちゃんだったんだなあ」

年配の男性が慌てて車に飛び乗って急発進させた——。先日聴取したときの証言どおり描けている。岩城は画用紙をおおげさに持ち上げて眺め、「ありがとう」と陽太の頭を撫でてやった。

「あの男」を目撃したのは、交番への帰り道のことだった。

小川沿いの道で、初老の男とすれ違ったとき、岩城の全身に戦慄が走った。浜中が住んでいたマンション「グランド・ティア」の敷地から出てきた男。銀色の長髪を後ろで結び、丸眼鏡の奥に狐目《きつねめ》が光っている。自転車をとめ、ゆっくりと振り返った。福耳、ポケットに両手を突っ込んだまま、痩せた背中を丸めて歩いている。

クラモチ——。眼鏡や髪形こそ違うが、かつて岩城たちが追った倉持孝彦《くらもちたかひこ》と特徴が一致している。日中友好団体を主宰し、中国人民解放軍の将校や、ロシア政府中枢、日本の暴力団に人脈を持つ。実態は企業に寄生しながら、中国での口利きビジネスを生業《なりわい》とするブローカーだ。なぜここに……。

男の背中が見えなくなると、岩城は赤煉瓦の建物を見上げた。高級ホテルのフロントのような受付には、若い女が座っていた。

「いまお出かけになった方ですか？　半年ほど前に越してこられた大志田《おおしだ》さんです

よ。三〇九号室にお住まいの……」

　彼女は名刺入れを広げて、その中の一枚を差し出した。〈株式会社ノーチラス・取締役総務部長　大志田譲《ゆずる》〉とある。

「これ……亡くなった浜中さんと同じ会社ですね」

「ええ。経営者の方が三〇九号室と三一〇号室の二部屋お持ちで、社宅として使われているのです」

「大志田さんの生年月日、家族構成などは分りますか？　巡回連絡に必要なものですからご協力お願いします」

　女の表情は一瞬曇《くも》ったが、入居者カードの提供に応じた。一人暮らしのようだ。どうも胸の中からもやもやしたものが消えない。岩城は抱え込んでいた疑問をぶつけた。

「ところで、ご遺体が発見された前の晩、浜中さんは何時頃にお戻りになったかご存知ですか？」

「おそらく午後七時以降だと……」

「なぜそう思うのでしょう？」

「このカウンターは夜七時以降無人になって、それ以降はあちらの防犯カメラによる監視になるのです」

玄関ホールの奥に設置されたカメラを指差した。

「当日のカメラの画像は残っていますか?」

「それが……浜中さんが亡くなられた二、三日後に、警察の方がいらして機械ごと持っていかれました。分析が必要とのことで……ですから我々の手元には……」

「深沢署の者が、ですか?」

「いいえ、深沢警察ではなくて、警視庁本部の方でしたけど……」

といって、女は口ごもった。

自転車を押しながら公道に出る橋で立ち止った。胸の中で大きな塊《かたまり》がごろりと転がった。ここにも公安部の手が及んでいる。彼らも倉持を追っているのだろうか。

岩城は三一〇号室を見上げ、バルコニーから小川までの転落の軌跡を頭の中で描いた。放物線を遮《さえぎ》るように、三本の紅葉の木が立っている。わずかに色づき始めた葉が、下からのライトに浮かび、美しい陰影を作っていた。

自転車のスタンドを立て、無線のマイクを口に近づけた。

「こちら深沢PS・岩城です。『123《イチニサン》』お願いします」

『123』とは犯歴などの照会手続きのコード番号だ。パトロール中の警官からこの無線が入ると、署のリモコンの担当者が照会ボタンを押して、照会センターの無線とリンクさせる。

〈こちら１２３です。Ｐナンバーからどうぞ〉

Ｐナンバーというのは、警察官全員に割り当てられた六桁のＩＤコードだ。これを照会センターの担当者が端末に打ち込むと、岩城の名前と階級が表示される。

「Ｐナンバーは〇〇〇－×××、深沢署地域第二係の岩城ＰＭ、職質取り扱い中。柄《ガラ》ありです。本人自称による総合一本お願いします。名前はオオシダユズル。大阪のオ、大阪のオ、新聞のシ、煙草《タバコ》のタに濁点、弓矢のユ、すずめのスに濁点、るすいのルです」

無線局運用規則の和文通話の要領で名前を伝えた。

〈こちら１２３、深沢署・岩城ＰＭ。漢字と生年月日をどうぞ〉

「大きい、志す、たんぼの田、席をゆずるの譲。生年月日は一九四〇年六月二日です」

〈１２３了解〉

「総合」とは、犯歴や指名手配の有無を確認する暗号だ。本部の担当者が端末を操作する音が聞こえた。「ゼロゼロ」という回答であれば、犯歴データベースに該当はないということになる。

心臓が高鳴る。「職務質問中」は明らかに虚偽申告だ。照会履歴はサーバーに記録され、手続きに嘘があれば処分される。こんなことをしたのは初めてだ。だが、岩城は良心の呵《か》責《しゃく》を上回る何かに衝き動かされていた。

〈こちら123。深沢署・岩城PM。該当複数あります。読み上げてよろしいか〉

「お願いします」

〈A号は04《マルヨン》、05《マルゴ》が一件ずつ。最終は昭和四十二年。Z号はB区分。以上です〉

「A号」というのは犯歴のことで、「04」が傷害、「05」は窃盗を指す。つまり大志田譲には、傷害と、窃盗の犯歴があるということだ。そして「Z号」は暴力団関係者で、「B区分」とは現在の活動実態が不明であることを意味している。

礼を言って、無線を左肩に戻したとき、岩城は背中に視線を感じて振り返った。誰もいない。ただ、紅葉の木の枝にとまったカラスがせせら笑っているように見えた。

表参道交差点から渋谷方面に向かい、右手に入った若者向けブランドや洒落《しゃれ》たレストランが並ぶエリアに、「ノーチラス」の本社ビルがあった。アパレル会社らしい、全面ガラス張りのデザイナーズビル。パリのホテルと見紛《みまご》うロビーは壁も床も白に統一されていて、赤いソファが映《は》えている。カウンターの女性はモデルのようだ。

玄関の車寄せには、なんともグラマラスな形の白い車が駐車されている。マセラティ・クアトロポルテ。浜中の通夜会場で目撃した色白の美女の姿を思い出すのに、しばらくの時間を要した。あれがノーチラスの代表取締役社長、松島桃香《まつしまももか》だったのか……。参列者の視線を浴びながら颯爽《さっそう》と歩く姿が、岩城の頭に浮かんだ。

これはひとつの収穫だ。やはり現場には、真相解明に結びつくヒントがある。浜中の死因を解明する任務を負っているわけでもない。しかし、あの通夜の後の出来事が岩城を衝き動かしている。やはり、公安に狙われていたとしか思えない。だとすると、考えられる原因は二つだけだ。浜中の遺体発見現場に臨場したことと、捜査の結論に疑問を抱いていると、馬宮に漏らしたことだ。

非番のこの日、岩城はかつての協力者を訪ね歩いて、ノーチラスについて情報収集した。会員制情報誌を主宰し、「裏社会のデータバンク」と呼ばれる石丸一臣《いしまるかずおみ》によると、松島桃香は、経済紙の取材すら受けない謎めいた社長で、銀座のホステスから起業し、どこにでもあるような婦人服店を年商百五十億円の企業に成長させたそうだ。中国の上海郊外に最新設備を備えた工場を持ち、一流ブランドの服や下着をＯＥＭ生産しているのだという。俳優や一流スポーツ選手、有力政治家のタニマチでもあるとのことで、石丸は自ら調査した政治献金リストも提供してくれた。

何よりの収穫は石丸が持っていた浜中の名刺だった。〈株式会社ノーチラス顧問・松樹《まつき》総合研究所主任研究員〉との肩書が書かれている。「松樹総研」というのはノーチラスグループ傘下のシンクタンクだという。

六階建ての本社ビルの周囲を歩き回っていると、裏手の一角に再開発を生き残った遺物のような雑居ビルを見つけた。看板には「高岡ビル」とある。裏の非常階段を上ると、目の前はノーチラス本社ビルだった。社員が立ち働く様子が窺《うかが》えたが、「松樹総研」がどのフロアにあるのかは分らなかった。

最上階の五階から社内の様子を観察し、階段を降りはじめたとき、三階の踊り場で若い男が煙草をくわえていた。目が合った瞬間、鼓動が高鳴った。男のほうも、一瞬狼狽した表情を浮かべ、反対側に顔をそむけた。

岩城はゆっくり歩きながら、男を観察した。背中をこちらに向けたまま、煙草を吸っている。グレーのスーツ、白いワイシャツ、ネクタイはつけていない。肩の高さは、岩城とほぼ同じ。節くれだった人差し指と中指に煙草を挟んでいる。小さく細長い顔に、尖った大きな耳の形。小型犬の「パピヨン」に似ている。間違いない。あのときの、若者じゃないか。頬についた唾液の生臭さが蘇《よみがえ》った。

「あの、すいません」

岩城は立ち止まって、声をかけた。

「はい？」

こちらに背を向けたままだ。

「火、借りていいですか？」

「ええ……」

若者は振り向かず、無理な姿勢で、黄色い百円ライターを差し出した。岩城は「ありがとう」といって、ライターを受け取った。

「……ところで、お兄さん、どこかでお会いしましたね？」

「……さあ」

パピヨンは一口しか吸っていない煙草を落として、足で踏んだ。尖《とが》った黒い革靴が回れ右をして、骨ばった指がドアノブを握った。

「ちょっと待って」鉄扉を手で押さえた。

「あなたの声を確認させてください。お手数ですが、『酒クセえんだよ、おっさん』と言ってもらえますか？　なるべく本気で言ってください。あのときみたいに……」

「人違いだよ！」

パピヨンは扉を強引に開けて中に入ると、叩きつけるように閉めた。岩城の手にライターが残された。

絶対に尻尾《しっぽ》を摑んでやる——。髙岡ビルの玄関に降りてポストを確認した。パピヨンがいた三階には「(株)山陽通商」と、ワープロ打ちされた紙が挟んである。他の階の社名を書いた紙は黄ばんでいるが、ここだけは真っ白だ。つまり最近、転入してきたことを意味している。

携帯電話を操作し、ネットの検索ワードに、「北青山」「山陽通商」と打ち込んだ。該当の会社は見当たらない。

橋本に電話を掛けると、捜査車両で移動中のようだった。

〈岩ちゃん、きょうは非番だろ？　どうした？〉

「忙しいときに、申し訳ありません。ひとつお願いです。信用調査会社の友人の方に、港区北青山の山陽通商という会社について照会していただけませんか？」

〈おいおい、何を調べてるんだよ？〉

「外に漏れたら困ることです。ハシさんに頼むしかないんですよ」

〈……しょうがねえな。いま、聞いてやるよ〉

橋本は快諾して電話を切った。

高岡ビル周辺で視察拠点を物色した。岩城の推理が正しければ、パピヨンはビルを出たあと、最寄りの表参道駅に向かわず、点検しながら迂回するコースをとるはずだ。岩城は駅とは逆方向に八十メートルほど離れたアイスクリーム店に入った。

若者ばかりの店内で、甘ったるいチョコアイスを無理して食べ終わった頃に、橋本から連絡があった。

〈北青山に山陽通商という会社は登録されていないぞ〉

「登録がない？」

〈同じ名前の会社は、北海道と岡山、山口に三つ登録があるだけだ。念のために東京に支店がないか確認させたけど、ないってよ〉

橋本は〈今度、一杯奢《おご》れよ〉と笑い、電話を切った。

読みどおりだ。やはり、あれは架空の会社だ。視察拠点のポストに実在しない企業名を掲げて偽装した経験は、岩城自身にもあった。

もう一度、屈辱の夜の出来事を回想した。パピヨンの行動は岩城を肉体的に傷つけようというものではなかった。堪忍袋の緒が切れた岩城が暴力にうって出る、その状況を作り出すために、執拗に挑発してきたのだ。すなわち、警察沙汰に持ち込む。何らかの目的のために――。

高岡ビルから、パピヨンが出てきたのは午後六時のことだった。眼鏡をかけ、ベージュのジャケットにジーパン。服装を変えているが、大きな耳までは変装できない。パピヨンがアイスクリーム店の前を通過して、五つ数えてから岩城は店を出た。俯《うつむ》いて歩く後姿から緊張が伝わってくる。しかし拍子抜けするくらい、点検行動はない。表参道の雑踏を縫うように歩いた先は、地下鉄明治神宮前駅だった。

異変があったのは、千代田線のホームに下るエスカレーターに乗ったときだった。パピヨンが突然走り始めたのだ。柏行きの列車の発車を告げるアラームが鳴っている。岩城は並行する階段を駆け下り、パピヨンとほぼ同時に、隣のドアから列車に飛び乗った。

ヅかれたか——。心の中で舌打ちした。だが、パピヨンは岩城とは逆、後ろの車両を凝視している。まるで大きな耳で何かを探っているように見える。そして、ドアが閉まりかけたとき、パピヨンがするりとホームに飛び降りた。

やられた——。岩城は咄嗟《とっさ》にドアに靴を挟む。異常を感知した車掌がドアを開けた刹那《せつな》、辛うじてホームに飛び出すことに成功した。パピヨンは岩城に背を向けて、ホームを早足で歩いていた。ホーム反対側に代々木上原行きの列車が滑り込んできた。

その列車の発車アラームが鳴り始めたときだった。パピヨンの前方を歩いていた、黒っぽいスーツ姿の白髪の男が横っ飛びに車両に駆け込むのが、視界の隅に入った。

だが、パピヨンは反応しない。直進し続けている。

どうする——。岩城の足は無意識のうちに列車に飛び乗ることを選択した。背中でドアが閉まる。車窓の向こう側で、ホームを歩くパピヨンの姿が、後方にゆっくりと遠ざかっていく。

ズボンのポケットから、パピヨンが残した黄色いライターを取り出した。黒文字で「モネ」と書かれている。銀座の泰明小学校近くにある「モネ」は、岩城も行ったことのあるスナックだ。何時間居座っても、どんなに飲んでも四千円の定額。銀座価格を無視した「学割料金」が適用されるのは、外事二課の警察官だけだ。

そして、鍛錬を積んだスパイハンターは、尾行に気付いて逃げようとする対象を深追いすることはない。脱尾して、仲間の捜査員に委《ゆだ》ねるのも、ひとつの尾行技術だ。

これは秘匿追尾だ——。パピヨンは白髪の老人を尾行していたのだ。

一体何者だ。加速する列車に逆らうように、前方の車両に歩いた。帰宅するサラリーマンたちで、混雑しはじめている。隣の車両に続くスライドドアを引こうとしたとき、ガラスの向こうに、長めの白髪をうしろで束ねた初老の男が、吊革に摑まっているのが見えた。

倉持孝彦じゃないか……。体の中がざわめいた。

がくんと列車が減速し、代々木公園駅のホームが窓の外を流れた。倉持に動きはない。列車が停車し、ひんやりとした風が流れ込んできた瞬間、岩城の左右から人影が迫った。両脇の下に太い腕が差し込まれ、ぐいと後ろに引かれた。

「な、何だ！」

「静かにしろ」紺色のスーツを着た男が耳元で囁《ささや》いた。

そのままホームに押し出され、階段の裏に連れ込まれた。ラグビーのモールに放り込まれた楕円球になった気分だった。コンクリの壁に顔を押し付けられ、抵抗の術《すべ》を奪われた。首の後ろから、強い力が加わり、頸骨が軋《きし》む。

「これ以上、嗅ぎまわるな」

「な、何のことだ！　暴力は……やめろ」

顔がひしゃげ、呼吸もままならない。背中のバックパックを奪われた。背後でチャックを開ける音……。

「……ユーエスビー……探せ」

ぼそぼそと小さな声でのやり取りが聞こえた。

「ありません」

「ポケット」

ズボン、ジャケットのポケットに、複数の手が乱暴に突っ込まれた。財布も奪われ、コイン入れの中を漁《あさ》る音が聞こえた。

「ありません」

隙《すき》をついて右足を持ち上げる。体重を乗せて当てずっぽうに踵《かかと》を踏み込んだ。ぐりっという感触が、革靴を通して伝わってきた。

「ぐうっ、こ、こいつ！」

頸に加わった力がわずかに弱まった。発車のアラーム。振り返ろうとした瞬間、強烈な力で後頭部を押され、火花が散った。膝が崩れる。頬に冷たく固いものがあたり、靴音が遠ざかった。

浜中の死をめぐって何かが動いている。そして、その渦中に自分も巻き込まれている。遠ざかる意識の向こうに、おぼろげな輪郭が浮かび上がっていた。

■同十月　ニューヨーク　マンハッタン

あの晩の事件以降、筒見は何度、セントラルパークに足を運んだだろうか。麻里子が歩いたであろう経路を辿り、麻里子が倒れていたボートハウス周辺に這いつくばって具《つぶさ》に検証した。しかし、犯人に繋がる証拠は何一つ発見できぬまま、ただ時が過ぎ、焦燥と屈辱が筒見の胸中を掻きまわしている。

カフェ「ロウリーズ」で張り込むという麻里子の選択は、間違いではなかった。尾行初日、サラがメニューを見ずに食事を注文し、店員と親しげに会話していたからだ。行確対象者が日常的に使う店で張り込むのは、ひとつの定石だ。

筒見の携帯電話には、麻里子とのテキストメールでの交信内容が残っている。

〈十六時二分：ミステリアスガールが来た@ロウリーズ〉

「十六時三分：周辺に男が来る。気をつけろ」

〈十六時五十二分：男、来たよ。同じアジア系の男。撮影する〉

「十六時五十三分：必要ない」

〈十六時五十三分：もう撮った〉

〈十七時十分：別の席で二人ともＰＣ操作中〉

「十七時五十分：離脱しろ」

〈十八時二十七分：店を出る。男を追ってみる〉

「十八時二十九分：追うな。危険だ」

やりとりはこれで終わった。

ロウリーズの店員にあとで聞いたところによると、麻里子は入り口付近の席に座り、サラを背後から観察していたらしい。パストラミのサンドイッチを頬張りながら、沸々と闘志を燃やしていたのだろう。興奮も手伝って、筒見の制止を無視して突っ走った。

店員は、コートを忘れているのに気付いて、麻里子を追ったが、姿が見えなかったという。観光馬車の御者はセントラルパーク西側にあるレストラン付近で、麻里子らしき女が一人で暗い園内に向かうのを目撃した。目撃情報はこれが最後だった。

サラはまた、アジア系の男と店に居合わせた。しかも同時にパソコンを操作しながら——。二人はブルートゥースを使って、何らかのデータ交換をしていたのだ。ネットワークを使わない非接触型のコンタクトは、各国の諜報員たちが最近使い始めた手口だ。しかし、そんなことを麻里子が知る由《よし》もなかった。

あの夜、総領事館から見下ろすパークアベニューには、冷たい雨が降り続いていた。携帯が鳴ったのは、午後十一時半を過ぎた頃だった。

「エリック。電話なんて珍しいじゃないか」

〈仕事中か？〉

オニールの声はいつになく深刻だった。大きな溜息が続いた。

「何かあったのか？」

〈CP分署の扱いだ。ルーズベルト病院にすぐに行ってくれ。被害者は君の同僚だ〉

筒見の奥歯ががりっと鳴った。CP分署はセントラルパークを管轄する警察署だ。

「……ミス・キシか……」

〈そうだ。容態は深刻《シリアス》だ。NYPDの連中が病院で君を待っている。でも、コップには何も言うな。分かったな〉

日曜の午後、飯島からメールで呼び出しがあった。セントラルパークでの事件から十一日後のことだ。筒見が六十七丁目の日本国総領事公邸に入ると一階の応接室は、ピアノの旋律に満たされていた。飯島はソファに身体を深く沈め、瞑想するようにジャズに聴き入っている。

「ビル・エヴァンスですか……」

「ああ、いらっしゃい。おかけください」飯島は向いのソファを指した。

総領事公邸は、一九三〇年に建造され、銀行家が所有していた五階建てビルを改装したものだ。飯島はこの応接室に自慢のスピーカーを置き、ゲストとの会話のテーマに沿った音楽を流す。

「『I will say goodbye《アイウィルセイグッバイ》』。エヴァンスの兄が自殺した二週間後にレコーディングされたアルバムです。エヴァンスは信頼していたベーシストもなくし、別れた内縁の妻も命を絶った。どの曲も、なんとも悲しげで、内省的です。エヴァンスはすべての死と向き合って、自分を責めていたのでしょう……。彼の曲はお好きですか？」

外交官としてトップを狙う地位にいながら、プロの音楽評論家として専門誌に連載を持つ多芸多才な人物。ジャンルを問わず知識は豊富だ。棚にはレコードのコレクションが並んでいる。

「私には繊細すぎます……」

「そうでしょうね。エヴァンスには、筒見さんのような、男臭さや野性的な臭いは皆無だ。でも、あの貴族的な佇《たたず》まいは、麻薬で歯がぼろぼろになって、写真撮影で笑顔を作れなかったからだそうです。どこかあなたと共通項があるような気がします」

飯島は、色艶のいい頬をさすりながら笑った。

「……ところで大使、今日はどんなご用件で？」

世界最大の都市ニューヨークの総領事だけは、外交上、「大使《アンバサダー》」の称号で呼ばれる。「大使閣下」と呼ばれると、いつもは喜色満面となる飯島も、この日は渋面《しぶづら》のまだった。

「麻里子ちゃんのことです……」飯島は深い溜息をついた。

麻里子の意識は回復したものの、面会謝絶のままだ。日本から駆けつけた両親と、総領事館の医務官の付き添いで、明日、帰国することになっている。館員には事件のことは伏せられ、急病で療養中ということになっていた。

「……彼女に何があったのですか？　ちゃんと報告してください」

あの晩、駆けつけた筒見が集中治療室のカーテンを開けると、包帯でぐるぐる巻きにされた物体が、ベッドに横たわっていた。サッカーボールのように腫《は》れ上がった顔。包帯の隙間からどす黒く変色した左瞼《ひだりまぶた》と、髪の毛がわずかに覗いていた。酸素マスクの下の唇は出血し、原形をとどめていなかった。

「君がミスター・ツツミか？」

鼻の下にこんもりとした髭《ひげ》を蓄えた男は、CP分署のクラーク分隊長と名乗った。

「状況を簡単に説明する。午後八時半、匿名の通報を受けて駆けつけたパトロール隊がパーク内のボートハウス近くで倒れている彼女を見つけた。発見時は、微《かす》かに意識はあった。彼女が君に連絡をしろと言ったんだ。所持品から外交官のＩＤが出てきたもんだから、ＦＢＩまで首を突っ込んできやがった。五月蠅《うるさ》くてしょうがねえ」

「彼女に何があった？」筒見は顎で麻里子を指した。

「酷い暴行を受けている。鼻、頬、顎、肋骨《ろっこつ》三本が骨折。歯も二本折れている。馬乗りで三十発近く殴られたようだ。病的なサディストの仕業《しわざ》だ」

「この雨だ。明日まで放置されていたら危なかった。本当にありがとう。被疑者に繋がる手掛かりは？」

「残念だが、何も無い。目撃者も、遺留品もない」

クラークはこう言って、銀髪のぼさぼさ頭を掻《か》いた。

「次は君が質問に答える番だ。女性がひとりで夜のパークをうろつくなんて狂気の沙汰だ。彼女は一体何をやっていた？」

「職務外の行動だ。俺は知らない」筒見は恍《とぼ》けるしかなかった。

「冗談言うなよ。我々は、彼女の携帯電話のデータも見たんだ。夕方まで、君と彼女はメールのやりとりをしていたじゃないか」

経験を積んだ刑事は、麻里子が特殊任務中だったことを見抜いている。

「コヨーテの観察とでもいえばいいのか？」

「ふざけるなよ」

「高度に外交上の問題だ。内容についてはノーコメントだ」

筒見は強引に打ち切った。

クラークは「くそ」と呟《つぶや》き、不機嫌な顔で首を振ったが、それ以上の追及はなかった。

麻里子の呼吸は浅く、検査着の胸がわずかに上下している。目尻に涙が浮かんでいた。両手の爪は剝《は》がれ、指先は土で汚れている。助けを求めて、地面を引っ掻いたに違いない。若い救急医は、脳の損傷を検査するまで、入院期間は不明で、顔の整形手術が必要になるだろうと告げた。

筒見と医師のやりとりを聞いていたクラークは、何かを悟ったように口を開いた。

「もしかして、君はニッポンのコップか？」

「そうだ」

強張《こわば》っていた老刑事の表情がわずかに緩み、太い眉尻が下がった。

「やはりそうか。この悲惨な姿を見て、表情ひとつ変えないのは、よほどの冷血鬼か、薄汚いコップしかいない」

　飯島は紅茶に、スプーン四杯の砂糖を入れた。

「私は昨日はじめて麻里子ちゃんに面会してきました……」と、言いながら、激しくかき混ぜる。皿とスプーンがカチャカチャと音を立てた。

「ショックでした。まるで別人のようでした。満足に喋ることもできない。可哀想で言葉をかけることもできませんでした……」

　肥満体を捩《よじ》るようにして、ズボンのポケットからハンカチを取り出すと、大仰《おおぎょう》に涙をぬぐった。

「……犯人は捕まりそうですか？」

「難しいと思います。彼女は事件前後の記憶が飛んでいる。金品強奪も、レイプもされていませんが、逆に、手掛かりが残っていないということでもあります」

　飯島は「レイプ」という言葉に反応し、眉根を寄せた。

「じゃあ、なぜ麻里子ちゃんは……？」

「通報者は貴志さんの携帯で電話をかけ、そのまま現場に残している。暴行犯と通報者は同一人物と見られます。狙いはおそらく……我々に対する警告です」

　筒見が事務的に告げると、黙考するように閉じられていた飯島の眼が、カッと見開かれた。

「黒崎大臣の一件から手を引いてください」

「おっしゃる意味が分かりません」

「あなたは責任を感じておられないのかな？　独断で調査に動き、麻里子ちゃんを巻き込んだ責任を……」

ずり下がった眼鏡の奥にある狡猾な瞳が反応を窺《うかが》っている。何らかの目的があって、麻里子を送り込み、筒見の動きを把握しようとしたくせに、責任転嫁を試みている。官僚の保身に恥も外聞もない。

「……すべて私の責任ですよ」筒見は言った。

何の感情も籠《こも》っていない言い振りだったが、飯島の表情は緩んだ。

「しかし……調査を中止することはできません」

「大使命令に背《そむ》くおつもりですか。警備対策官の仕事は総領事館員の安全確保と地元治安機関との連絡調整です。公務員は与えられた仕事をやっていればいいのです」

睨《にら》み合ったまま、一分ほどたった。

「飯島大使も裏に何かあることは感じ取っておられるでしょう」

「ウラに？」

「……黒崎大臣は重金属による急性中毒です」

「重金属……」飯島の瞼《まぶた》がぴくぴくと動いた。

「これは日本外交のトップの暗殺未遂事件です。私が調べなければ、ＦＢＩが動きます。大使が捜査の成り行きを、指を咥《くわ》えて見ているようなことになれば、日本政府のメンツの問題になります」

「問題は国益とリスクのバランスだ。筒見さんの手で真相究明すればどんなメリットがあるのですか？」

「大使は大きな武器を手にすることになります。その真相が外務省の未来に一石を投じるかもしれない……」

飯島の同期の競争は熾烈だ。次は起死回生の人事によって外務審議官の椅子を奪うか、それとも、どこかの国の特命全権大使になって定年を迎えるか、飯島はその瀬戸際にいる。

老練な外交官の瞳がくるくると動き、芝居がかった溜息がもれた。

「あなたには負けましたよ……。いいでしょう。通常業務は外れていただいて結構。経費に上限は設定しません。ただし、条件があります。調査結果は逐一、私に報告すること。いいですね」

「約束します」

立ち上がった筒見を、飯島は眼を細めて見上げた。

「噂に違わぬ捜査原理主義者だ。八年前の事件で、外務省を震え上がらせただけある。……やっぱり今まで死んだふりをしていたのですね」

何かを見透かすような意地の悪い笑みだった。

■同十月　東京　八王子

熱い風呂にゆっくり浸かった岩城は、鯵の刺身をつまみに、ビールを手酌していた。

壁掛け時計は午後九時四十分を指しており、食卓脇のテレビのニュースが、プロ野球の勝敗を伝えていた。世田谷からこの八王子にある我が家まで戻ると、落ち着くのは、どんなに早くてもこの時間になる。

小学四年の長女・智《とも》を寝かせた妻の順子が慌ただしく二階から降りてくると、あちこちに電話をかけ始めた。塾から戻って来ない長男の航《わたる》を探しているようだ。受話器を置く度に、溜息をついている。

「おい、もうやめろよ。そのうち、帰ってくるさ」

岩城は順子を慰めるつもりで声をかけた。

「何を言っているの？　いまどきの子供たちは競争が激しいの。航は来年高校受験なのよ」

いつものセリフで噛み付かれた。

順子が二階に上がって再び電話を始めたのを見計らって、テレビのスイッチを切り、窓際の机に向かった。

ナイロン鞄《かばん》の中から片手に収まるほどの薬瓶を取り出した。市販の錠剤を入れるものだ。中には五センチほどのエメラルドグリーンの直方体のケース。蓋を右手で摑み、強くひねると、簡単に開いた。逆さにした瓶から出てきたのは、やはりUSBメモリだった。

代々木公園駅で岩城を一時拘束し、荷物を捜索した男たちは「USBメモリ」を探していた。思い出したのは、石井陽太宅のガレージで見たものだった。川で拾ったという透明の薬瓶。今日の勤務が終わる直前、岩城は巡回連絡を装って、陽太から回収してきたのだ。

ノートパソコンを開く。ワイヤレスLANのスイッチをオフにして、挿入口にメモリを差し込んだ。画面に表示された『DOCUMENT』のフォルダを開く。すると、百以上のPDFファイルが並んだ。タイトルを見た瞬間、思わず画面を両手で覆い隠した。

〈容疑解明対象者個人台帳〉、〈要警戒対象視察報告〉、〈A機関提報〉……。記憶の片隅にある用語だ。唾を飲み込んでから、〈個人別口座番号・月別振込み状況〉というファイルをクリックした。

〈氏名＝張淳、階級＝公使参事官、担当＝政治、銀行名＝青葉銀行、支店名＝麻布、口座種別＝普通、口座番号……〉とあり、各月の取引状況が並ぶ。しかも八十人分のリストだ。

「これは麻布の銀行調査じゃないか……」

背中に氷柱をあてられたように、ぞくっとした。まさしく「麻布」、つまり中国大使館員の銀行調査結果だ。次々とファイルを開いていった。〈大使館視察結果〉、〈要警戒視察対象〉、〈特異動向に関する報告1〉……外事二課時代に見慣れたものばかりだ。

十個目の〈A機関提報〉というファイルを開いたとき、手が震えた。右上に〈特定秘密〉のスタンプ。文面は英語だ。〈NOT TO BE DISCUSSED WITH THIRD COUNTRIES〉というヘッダーがあった。「第三国に話すべからず」。情報提供国の同意を得ずに、第三国に情報を伝えてはならない、というインテリジェンス界では万国共通の掟、「サードパーティルール」だ。

報告対象は〈LIU JHEN《リウジエン》〉、国籍〈CHINA《チャイナ》〉、所属〈Ministry of State Security〉とある。これは中国の諜報機関・国家安全部を意味する。生年月日、旅券番号、転居歴といった基礎情報。銀行口座番号と過去三年の取引履歴が延々と続く。さらに、日本、アメリカ、カナダ、メキシコ、韓国の出入国履歴が並ぶ。最後のページには三十人以上の接触相手と検証結果が書かれ、文末に英語でこう念押ししていた。

〈本レポートの慎重な取り扱いを求める。貴国のインテリジェンスのために提供したものであり、法手続きに使用してはならない〉

ＣＩＡ、米中央情報局からの提報だった。再び報告対象者の名前を見て、八年前の敗北感が胸に広がった。

「劉剣……。誰がこんな秘文書を……」

第三章　理　想

「あんたの朋友《パンヨオウ》は死んだ。なのにおまえは緊急帰国か……」

小用の最中に不意を衝かれ、振り向こうとした劉剣はバランスを崩した。立てかけてあった杖が倒れ、乾いた音を立てた。

「なんの用ですか？　私はあなたのことは知りませんが」

「オレは知っている。あんたの全てを、だ」

劉が拾おうとした杖を、筒見の足が踏みつけていた。

「……何をする」

「ゆっくりと話をしよう」

両隣で小便をしていた二人の男、背後の個室から二人。そして岩城が入り口を塞いだ。完全に包囲されているのを確認すると、劉は微笑みを口元に浮かべた。

「私は外交官です。話がしたいのなら、日本外務省から大使館へ、公式のルートを通してください」

筒見は、外交官身分票が提示される直前に、手刀で叩き落した。警察活動の一線を越えた宣戦布告だった。

「これは刑事手続きじゃなく、非公式の話し合いだ……。今朝、あんたの運用同志が死んだ。その理由についておまえと議論したい」

「……さあ……」劉は顎に手をやって、首をかしげた。

「……私の友達は皆元気ですよ。あなたは勘違いをされている」

見下すような冷笑。と、同時に筒見が素早く前に踏み出した。劉の痩身が宙を舞っていた。骨と肉を打つ、鈍い音とともにトイレの床に転がる。仰向けになった劉は口を開け、呼吸をしなかった。低い呻《うめ》きが響くまでに、秒針が半周しただろう。

劉は体を捻《ねじ》ってうつぶせになると、杖をめがけて、ゆっくりと匍匐《ほふく》前進を始めた。筒見がその右脚を上から踏みつける。だが、それは生身の脚じゃない。義足だ。劉は踏まれているのに気づかない。両手がむなしく床を掻《か》いた。

「係長……」岩城は思わず筒見の腕を摑《つか》んだ。

杖を握った劉が、時間をかけて、なんとか立ち上がる。

「……あなた方は職を投げ打つ覚悟はあるのですか……？」

「もう一度、汚ねえ床に這《は》い蹲《つくば》りたいか。掃除中ってことになっているから、ここは俺たちだけの部屋だ。じっくり楽しもうぜ」

「断る！」

隻脚《せききゃく》のスパイは一歩も引かない。鼻先がぶつからんばかりに、筒見を睨《にら》み上げた。脚払いをくった劉が再びうつぶせに倒れた。顔面を強く打ったらしく、口元を押さえている。

「すまないな、滑りやすくていかん」

劉の体が宙に浮いた。両手をばたつかせての抵抗もむなしく、小便まみれの便器に、頭から突っ込んだ。その顔は屈辱にゆがみ、唇からだらだらと血が流れている。

「捜査対象が自殺し、その日に、おまえは国外脱出しようとしている。これが何を意味するのか。……答えは簡単だ。日本警察に、貴様らのモグラがいる……」

劉の髪を鷲《わし》摑みにして強引に上を向かせた。

筒見はいったい何を言っているんだ。俺たちの中に、スパイがいるだって――？

「モグラは誰だ！」

■十一月　東京　虎ノ門

ホテルのバンケットルームで開かれた講演会は、朝八時にもかかわらず盛況だった。三百ほどの客席は、ほぼ埋め尽くされ、若手国会議員や官僚、政治評論家やジャーナリストといった一筋縄ではいかない人種がコーヒーを啜っている。

旭日《きょくじつ》テレビ外報部長の奥野滋《おくのしげる》は、なんとか空席を見つけて腰を下ろした。会場後方はテレビカメラで立錐《りっすい》の余地もない。

濃紺のスーツに身を包んだ黒崎が、会場右手のドアから入ってくると、万雷の拍手が沸き起こった。国連総会期間中に病に倒れてから二ヵ月。その後始まった臨時国会を丸々欠席し、野党から辞任要求を突きつけられていたのだが、高い内閣支持率と、批判を一蹴した真藤総理のおかげで、首の皮一枚で生き残った。

壇上に立った黒崎はまぶしそうに目を細め、奥野たちがいる客席を見回した。

「毒舌、強面《こわもて》の皆さんが、よりによって最前列に陣取っていらっしゃる。感動と恐怖で、今度は心臓が悪化しそうだ」

独特の皮肉。声には張りがある。奥野はこの男の完全復活を確信した。

「大臣！　辞意表明じゃないのか！」

最前列の名物記者が野次を飛ばす。挑発に気を良くしたのか、黒崎は不敵な笑いを浮かべた。

「残念ながらそうではない。決意表明です」

会場のライトが落ち、白いスクリーンが下りてきた。「対中外交の新時代」というタイトルのパワーポイントが映し出される。スポットライトを浴びた黒崎が、壇上でパソコンを操作しながらプレゼンを始めた。

「わが国はこの五年間で、外務大臣が六人交代しました。私も危うく記録更新の立役者になるところでした」

会場内のあちこちから笑い声が漏れた。黒崎が両手を振り上げたかとおもうと、それを演台に叩きつけた。ばーん、と大きな音が鳴り、会場は静まり返った。

「これは国民の負託を受けたはずの国会議員たちが数のゲームに明け暮れた結果です！　こんな内向きの政治が、日本外交を迷走させ、国力の低下を招いたのです。私は今日、皆さんに約束する。日本外交を変えて見せます」

黒崎は見得を切るように拳《こぶし》を振り上げ、目を剝《む》いて場内をゆっくりと見回した。

「鉄の拳」だ。演説の名手である黒崎得意の仕草をマスコミはこう呼ぶ。米国の新聞は「古典芸能カブキのスタイルを取り入れた演説で聴衆を魅了する」と評した。ユーモアと攻撃。弛緩と緊張。黒崎演説の真骨頂だ。この演説こそが新風党に政権交代をもたらしたといってもいい。

「かつて、領土問題、歴史問題で中国への強硬姿勢を打ち出した政権がありました。人気取りのための外交政策は日本国民のナショナリズムに火をつけましたが、結果は惨憺《さんたん》たるものでした。中国の指導者に日本叩きの口実を与えました。それどころか一党独裁体制に不満をためている中国人民までもが、日本人を再び憎悪の対象にしたのです。もちろん日本の領土は政治家が命懸けで守らねばなりません。しかし、帝国主義的な侵略への憎しみを再燃させないで、日本の国益を守ることが政治家の仕事です」

黒崎は過去の政権の歴史認識発言や靖国参拝が、アメリカとの価値観の相違を際立たせて、日本は外交的に孤立している、と説いた。

「私は日本外交に革命を起こします。外交の相手は、政府だけじゃない。今後は、人権や民主化を求める民衆たちとも外交をしたい。これが人権外交です。中国の民主活動家、反体制知識人やメディアに物心両面での支援を行い、あらゆる場で中国の人権弾圧停止を声高に求めていきます。日本人も偏狭なナショナリズムを超越して、国際社会への理想を持とうではありませんか」

復帰講演に相応《ふさわ》しい内容だ、と奥野は思った。

中国指導部にとって最もセンシティブな人権や民主化は、対中国投資をしている日本企業からすれば触れて欲しくない部分だ。財界の支持は欠かせない政治家にとってタブー。だからこそ歴代政権は「内政不干渉」を言い訳にして避けてきたのだ。この問題に切り込むのは、日本外交のパラダイムシフトだ。

「皆さんともっと議論したい。遠慮なく疑問をぶつけてください」

ひとしきり話し終えた黒崎は、マイクを高々と持ち上げた。最初に指名された白髭《しろひげ》の紳士がマイクを受け取って立ち上がる。

「東京経済新聞論説委員の川瀬《かわせ》です。日本は前《さき》の戦争で、アジアを侵略し、残虐行為の限りを尽くしてきた。日本がアジアの国々に苦しみを与え続けている、というのが中国の主張です。不幸な歴史を無視して、日本が人権外交を展開することに矛盾はありませんか？」

川瀬はしわがれ声で質問し、大きく咳払いをして着席した。

「日本人は卑屈になる必要はありません。不幸な大戦のあと、日本は自由な民主主義国家をアジアの中でもいち早く築き上げ、以来一度も戦争をしていない。侵略もしていない。人権侵害もしていない。信仰の自由、言論の自由も守ってきた。今の日本は自由と民主主義のリーダーだ。人権外交を矛盾という思考こそ、中国の術中にはまっているのです」

黒崎の答えが終わるか終わらないかのうちに、次々と手が挙がる。

「中国共産党との関係修復を断念するのは、政治家として職務怠慢じゃないのかね？」

著名な政治評論家の厳しい言葉にも、黒崎は余裕の笑みで応じる。

「共産党一党独裁体制が崩壊し、中国に新たなリーダーが誕生するときに備えて、人脈作りをするのです。日本には共産党体制のほうが日中関係はうまくいくという幻想がありました。大衆の反日感情を共産党がコントロールしてきたからです。しかし日本が尖閣の国有化に踏み切ってから、中国共産党は反日デモを煽《あお》ることで、共産党体制に対する不満のガス抜きを図るようになりました。共産党は悪ではなく、役目を終えたということです」

その後も、質問は相次いだ。各界の論客たちが次々と厳しい質問を浴びせる。ロマンチシズム外交だと切り捨てるものもいた。しかし黒崎は覚悟を決めている風で、小気味よく論破していった。

午後八時、奥野が溜池山王のビジネスタワー最上階にある創作和食レストランのパーティールームに入ったとき、すでに十五名ほどのメンバーが集まっていた。

その十分後、黒崎は拍手で迎えられた。ツイードジャケットに白いジーンズ、普段は後ろに流して固めている髪を下ろしている。このリラックスした服装が、気の置けない友人たちによる快気祝いであることを物語っていた。

「黒崎さん、シャワー浴びてきましたね？」

誰かがからかうと、

「おう、そうだよ。悪いか？」と笑って応じた。

議員宿舎の全廃を公約に掲げ、政権をとった新風党議員の全員が自腹で家を借りて住んでいる。危機対応が必要な閣僚は、総理官邸周辺の徒歩圏内に自宅がある。黒崎は赤坂のアパートにいったん帰宅して、一人で歩いてこのレストランにやってきた。

「みんな、きょうはありがとう。快気祝いは必要ないと言ったのだが、松島社長から、心配をかけたのだから、きちんと挨拶するようといわれました。この場を借りて、お詫《わ》びとお礼を申し上げます」

黒崎が頭を下げると、出席者の視線が入り口近くの席に座る松島桃香に集まった。彼女は笑顔でそれを受け流した。

「今後は、ずっと温めていた、人権外交を実行に移したいと思う。親中国派の抵抗勢力が出てくるかもしれないが、私は日中対立を煽るつもりはない。ここに集まった『無名人の会』の皆さんには是非、お支え頂きたいと思います」

財務省主税局総務課長の新居浜弘毅《にいはまひろたけ》の発声でグラスを合わせた。

「黒崎さん。結局のところ、ニューヨークで倒れた原因はなんだったのですか？　この場で、皆に説明してくださいよ」

新居浜が無遠慮にぶつけると、皆、拍手した。

「……ウイルス感染で、肝機能障害を起こしたんだ。僕も四十九だ。気付かないうちに疲労が溜まっていたんだろうな」

黒崎の肌の色艶は決してよくない。ワイシャツの襟元から覗《のぞ》く首筋は、筋張っていて、やつれた印象がある。髪も艶がなく、若干薄くなったような気がする。

「ウイルスってなんですか」渉外弁護士の羽田啓二《はたけいじ》が畳み掛ける。

「おいおい、追及するなよ。政治家に病気の話はタブーだぞ」

黒崎は誤魔化そうとしたが、新居浜や羽田は質問攻めにしている。

この店に集まったのは、「無名人の会」という黒崎の私的勉強会のメンバーで、奥野を含めた全員がハーバードの行政大学院、経営大学院、法科大学院のいずれかに留学経験を持つ。会の名はボストンの老舗シーフード料理店「No Name Restaurant《ノーネームレストラン》」

から名付けられた。財務省、総務省、経済産業省など中央官庁の課長級、弁護士、大手都銀の幹部、世界最大の投資銀行のマネージング・ディレクターもいる。黒崎の同世代で、各業界のトップを走る者ばかり。黒崎の政権奪取をにらんだ桃香が、四年前、ブレーンとして取り揃えたメンバーなのだ。一流店で開かれる月一度の定例会の費用は桃香が支払っている。会員たちは酒を酌み交わしながら、侃々諤々《かんかんがくがく》の政策議論を闘わせる。これだけのメンバーが集まり続けるのは、黒崎の将来性だけでなく、桃香の資金力と美貌も牽引力になっていた。

新居浜たちの攻勢から逃れた黒崎が、桃香の前にやってきた。

「きょうは素晴らしい場を設定下さって、ありがとうございました」

今朝の講演会を主催したのが、桃香が理事長を務める「松樹総研」だったのだ。

「迫力のある復帰講演でしたわ。リベラルでリアリストの黒崎さんらしい独創的な外交政策ですよね」

桃香は隣に座る奥野に同意を求めた。

小さなブティックを年商百五十億のアパレルメーカーに育て上げたやり手経営者だけあって、優雅な振る舞いには包容力すら滲《にじ》んでいる。現地子会社の縫製工場がある中国上海ではVIP待遇で迎えられ、空港から白バイの先導で移動するという噂だ。

奥野は自分より十歳ほど若い女性企業家の、なんとも艶《なまめ》かしい横顔を見つめながら言った。

「人権外交の最大の産物は、国民が日本の外交政策に誇りをもてることです。あとは財界と親中派議員の出方次第です」

「黒崎さんなら国民が支持する。国民の期待が大きければ、誰も口出しできない。きっとうまくいくわ」

桃香はいたずらっぽい笑顔を作り、片目をつむってみせた。

バツイチの奥野は年甲斐もなく、ぽうっとなった。経営者らしい、きりっとした顔も魅力的だが、時折見せる少女のような仕草も悪くない。

ふと黒崎を見ると、除菌ティッシュでテーブルを拭《ふ》いている。置かれた箸《はし》も店の竹製のものではなく、自前の漆塗り箸だ。

「相変わらず潔癖症ですね。そんなことじゃ、結婚できませんよ」

奥野に指摘されて、黒崎は苦笑いを浮かべた。

「これぱっかりは直らないんだ。親が植えつけた習慣というのは考えものだよ。それに結婚はもう諦《あきら》めた」

本人の説明によると、幼少の頃から帰宅すると母親が手を消毒し、塵《ちり》ひとつ落ちてない環境で育ったからだという。高校時代まで学校のトイレに行くのも抵抗があったそうだ。

東大法学部在学中に司法試験に合格、ハーバード法科大学院を修了。二十六歳で衆議院議員に初当選、三十九歳で初入閣。輝かしい経歴を誇る男の唯一の欠点は「無名人の会」では格好の酒の肴《さかな》だ。

「ところで黒崎さん……」奥野は声を低くした。

「チャイナスクールの連中には気をつけたほうがいいですよ。彼らは中国という厄介《やっかい》な隣人がご機嫌を損ねるのを最も嫌いますから」

「よくお分かりで……。これから外務省内で戦争が始まるよ。でもチャイナスクール出身の村尾《むらお》さんが抑え込んでくれるさ」

視線の先で、村尾彬《あきら》副大臣が大口を開けて笑っていた。

外務省出身の衆議院議員。黒崎を崇拝するグループ議員の番頭だ。外交官時代にハーバードへの留学経験があるとのことで、最近二回ほど「無名人の会」に参加している。黒崎より三つ年上で会では最年長ということもあってか、座の中心で毒舌を振りまいていた。

「この会は色気がないな。次回から若い女性を呼ぼうぜ。奥野ちゃん、あんたテレビ局なんだから、二、三人美人連れてきてよ。外報部の記者なんて暇なんだろ」

すっかり出来上がっている。奥野が横目でじろりと見て、完全無視を決め込むと、村尾は「ノリの悪いヤツだな」と吐《は》き捨てた。大きな鷲鼻とオールバックが、中年男のイヤらしさを際立たせている。

「……村尾副大臣は発言が軽い」

「すまない。村尾は酒癖が良くないんだ。でも臨時国会は、彼のおかげで乗り切れた。きょうのところは、このとおりだよ」

黒崎は目を細めて奥野に両手を合わせた。


会は二時間でお開きになった。奥野が店を出ようとしたとき、店の玄関で出席者を見送っていた桃香に呼び止められた。

「隣のワインバーで、奥野さんをお待ちの方がいますよ」

店員に案内されて個室に入ると、外務大臣秘書官の丹波《たんば》隼人《はやと》がタブレット端末の画面から顔を上げた。

「奥野部長、お時間頂いてありがとうございます」

艶々した栗色の髪に細身の黒スーツは、今時《いまどき》のビジネスマン風だ。

「よう、丹波ちゃん。用があるなら会に顔出せばよかったのに」

「結構ですよ。あの会には毛色の合わない人もいますからね……」

意味深なことを言うと、丹波は店員にカリフォルニア産のピノノワールをボトルで注文した。

「丹波ちゃん、いくつになったんだっけ？」

「三十七歳、独身、結婚願望ありです」と、調子のいい返事が返ってきた。

「学者出身の大臣秘書官も珍しいけど、茶髪のホスト風は歴代初だろうな」

「意外性があるでしょ？　でも、奥野さんだって仔熊みたいなかわいい顔をしているけど、熱血漢の敏腕記者だ」

慶應義塾大学からスタンフォードで学んだ気鋭の国際政治学者。東都大学政治経済学部の最年少教授だったが、旧知の黒崎が外務大臣に就任すると同時に、大臣秘書官に転じた。専門は安全保障論。旭日テレビの討論番組のレギュラーだったことから、奥野とは昔からの顔見知りだ。

「君が外務省の課長連中を吊るし上げているって噂を聞いたぜ。長期政権に必要なのは、官僚攻撃ではなく、官僚を懐柔して利用することだよ」

奥野は鼻柱の強い部下を諭すように言った。

外務大臣秘書官は三人いる。五十歳手前のシニア秘書官と三十代半ばのジュニア秘書官の二人は、キャリア外交官で、「大臣秘書官事務取扱」という肩書を持つ。そしてもう一人が、丹波のように大臣が任命する「政務秘書官」だ。政務秘書官は、大臣の議員活動を補佐する立場で、外交には口出ししないものだが、丹波の場合、国際政治学者という経歴が枠に嵌《はま》ることを拒否しているようだ。

「人聞きの悪いことを言うなあ。すべては黒崎を総理にするためです。政治家と秘書は表裏一体。邪魔者は私が排除するのです」

いっぱしの議員秘書のようないい振りだが、利権への嗅覚だけが研《と》ぎ澄《す》まされた永田町の住人独特の怪しさは皆無で、学者出身だからか、書生じみた青臭さがある。

「立派な心がけだ。で、僕に用があるんだろう。なんだい？」

奥野が空のグラスを置くと、丹波はバーガンディの液体を注いだ。

「ニューヨークで起きたことですが……」丹波は言葉を切ると、ぱっちりとした二重《ふたえ》の眼で奥野を見つめた。

「ああ、丹波ちゃんも同行してたんだね。大変だったね」

「ええ、黒崎は何者かに狙われたようなのです」

ぞくっ、と奥野の胸が躍《おど》った。

「狙われた？　病気で倒れたんじゃなかったのか？」

「いえ、重金属による急性中毒で、命の危険もありました」

「だ、誰かが毒を盛って、暗殺しようとしたということか？」

「ご名答です」

丹波は不敵な笑みを浮かべると、黒崎の症状や医師の所見について解説した。国際記者としては、武者震いが沸き起こるような話だが、向こうから飛び込んで来る特ダネには落とし穴があるものだ。

「犯人の見当はついているのか？」

「分からないから奥野さんに相談しているのです。ご存知の通り、黒崎は憲政党政権をクーデターで潰した首謀者です。真藤総理はその神輿《みこし》に乗っただけで、黒崎こそが政権交代のシナリオライター兼演出家なんです。敵なんて山ほどいます」

「なぜこのネタを僕に？」

「さっき言ったはずです。……邪魔者は排除します。黒崎の命を狙う者はこの手で潰すのです。そのためには、ありとあらゆる手段を使うってことですよ」

「で、君の望みは？」

「僕の手持ちの情報はすべてお渡ししますから、背景を取材したうえで、『文芸公論』の特集でお願いしたい」

「文芸公論」は五十万部の売り上げを誇る月刊誌だ。奥野はテレビ記者の傍《かたわ》ら、「文芸公論」誌上に「鵜《うの》目《め》鷹《たかの》目《め》」という国際政治に関する連載を持っている。確かに「文芸公論」だと、暗殺者の輪郭まで迫らなければ、特集記事は成立しない。

「毎日、伝票と勤務表にハンコついている僕に、刺激を与えようっていうのか……」

　思わず溜息が出た。六月の人事で、国際報道の現場指揮官である外報部筆頭デスクから外報部長に昇格し、取材現場を離れた。出世と引き換えにもたらされた仕事は事故防止と予算管理。現場を駆けずり回った特派員時代が夢のような、退屈な日々だ。

「ワシントン特派員から北京支局長。『在米中国人の反日ロビー活動』を暴いた連続報道でボーン・上田賞。『財務大臣らに北朝鮮のダミー企業が巨額献金』で新聞協会賞を受賞。あなたの報道は新風党への政権交代の引き金になった。ほかの誰に相談するというのですか？」

　丹波の口調が熱を帯びた。

「僕は記者だ。取材手帳に一度書き込んだら、丹波ちゃんがやめてくれと言い出しても、コントロールは利かないぞ。それでも構わないのか？」

「もちろんです……」

丹波はアタッシェケースからクリップで留められた紙の束を取り出した。渡される前から奥野の小さな目はその文字を追っていた。モノになるようなら書けばいい。まずは取材だ。気持ちは固まった。

丹波は声を低くして、付け加えた。

「最後にひとつ。この件は、独自に調査している者がいます。在ニューヨーク総領事館の筒見慶太郎と貴志麻里子です。筒見は元警視庁公安部の辣腕《らつわん》のスパイハンターです。ご存知でしょう? 八年前、日中関係に致命的な打撃を与えた戦犯です。彼と共闘するか、出し抜くかは、奥野さんの自由です。貴志もチャイナスクールのやり手外交官だそうですが……」

途中から説明はほとんど耳に入ってこなかった。

筒見慶太郎——。久しぶりに聞く名前に、体が熱くなった。公安警察を追放され、ニューヨークに流れ着いていたのか。あの飢えた狼のように狡猾な男が。

■十二月　東京　世田谷

勤務を終えて、署に戻ったとき、岩城は空気が違うのに気付いた。係長に業務報告を行ったが、いつもの冗談はなく、口数が少ない。地域課員も心なしか余所余所《よそよそ》しい。なにか、失敗をしたかな。一日の業務をおさらいし、ミスなくこなしたことを確認した。

あのUSBメモリのことが頭をよぎる。署の公用パソコンに外部の記憶媒体を差し込めば、情報管理課に自動通報される。だからこそ、自宅で作業したのだが、拾得物の持ち帰りは当然、処罰の対象だ。

更衣室で制服から通勤用のスーツに着替え、マウンテンパーカを羽織って外に出た頃には冷たい霙《みぞれ》が降り始めていた。駅の方角に坂を下りながら、フードを頭からすっぽりかぶった。雪に変わるのだろうか？　立ち止まって空を見上げた、そのとき、背中から聞こえていた足音も止まった。再び歩く。フードを脱いで耳を澄ます。

尾行されている——。

商店街に差し掛かる直前、二人の男が前に立ちふさがった。

「岩城さんですね……」

うち一人。街灯に浮かぶ大きな耳のシルエットは、あのパピヨンだ。誰何《すいか》する間もなく、二人に両腕を摑まれた。後ろからきた銀色のセダンが歩道沿いに急停止した。

「一体、なんですか？」足を踏ん張って、抵抗した。

「車に乗れ！　重大な違反行為について話を聞く」

パピヨンが興奮した声をあげ、後ろから岩城の首筋をぐいぐい押して、車の後部座席に押し込もうとした。もう一人の男がベルトを摑み抵抗を封じている。

「ち、ちゃんと説明してくれよ！　僕は何もしていない！」

岩城は車の屋根に手を突っ張って、周囲に聞こえるよう大声で叫んだ。通行人が立ち止まって見ている。

水溜りを蹴《け》る音。続いて「ドン」という重い音が響いた。

振り向くと、パピヨンが体を左側に、「くの字」に折り曲げて口を開いた状態で固まっている。へたり込んでいく様は、スローモーションのようだった。

カーキ色のミリタリーコートを着た背の高い男が、ポケットに手を突っ込んだまま立っていた。毛糸の帽子を深く被り、口の周りには無精髭。冷めた眼が、岩城の眉間《みけん》のあたりに据《す》えられていた。

「何をしやがった！　俺たちは警しちょぉ……」

摑みかかろうとしたもう一人の男の鳩尾《みぞおち》に、無精髭の男の左膝が刺さった。彼もまた、海老のように体を丸くしたまま、前のめりに倒れこんだ。銀色の車はタイヤを鳴らして、走り去った。

「ち、ちょっと、待ちなさい！　この人たち警官ですよ！」

　パピヨンを助け起こすために、岩城は無精髭の男を肩で押しのけようとした。だが、ふわりと体《たい》を捌《さば》かれて、バランスを崩し、左腕を背中に捻《ねじ》上げられた。手首を極《き》められ、肩の関節が軋《きし》む。

「相変わらずのお人好しだな……」

　嘲笑交《ま》じりの口調。どことなく聞き覚えのある声だった。

「ぐっ……誰だ！　放せ！」

　踵《かかと》で足を踏み潰してやろうと、右足を振り上げた刹那《せつな》、左足を払われて、背中から地面に落ちた。転がって立ち上がり、腰を落として身構えた。

「……忘れちまったのか？」

　男は掌《てのひら》を岩城の鼻先に突き出した。

「君は誰だ」捻上げられた左肩が痛み、力が入らない。

　男は帽子をとり、ぐしゃぐしゃの髪の毛を乱暴に後ろに流した。驚きのあまり声も出なかった。無精髭の中にある口が薄く笑った。

「あなた……、もしかして、筒見さん？」

「ああ……」

「係長！　いつ帰国されたのですか！」

岩城は言葉を継げなかった。あまりに変わり果てた姿だった。かつての公安部のエースは、霞《かすみ》がかかったようにその光を失っていた。

「聞きたいことがある。短時間でいい」

筒見はコートのポケットに両手を突っ込んだまま、濡れた路面に丸くなって、呻《うめ》いている二人を見下ろした。

「こいつらは?」

「ソトニの連中です。やっかいなことに巻き込まれたようで……」

「こんな小僧が……ソトニか……」

筒見は身悶《みもだ》えているパピヨンの耳を掴むと、思い切りひっぱりあげた。苦悶の悲鳴とともに、耳が信じられないほど伸びた。

「……名前を言え。所属はどこだ」

パピヨンは喘《あえ》ぎながら、首を振って逃れようとした。

「見ろ。身元を明かさずに、抵抗している。刑事課に被害申告だ」

相変わらずの狡猾さだ。岩城は言われたとおり、橋本の携帯に電話をかけた。ものの三十秒で、署の方角からサイレンが聞こえたかと思うと、三台の捜査車両が道を塞《ふさ》いだ。赤色灯に照らされた橋本は、赤鬼のような形相だった。

「岩ちゃん！　どこだ、ゴロツキは！」

指差すと、橋本はホームベースに滑り込む走者のように猛ダッシュして、パピヨンのワイシャツの襟首を掴んで振り回した。

「てめえ！　立て！　座ってんじゃねえ、この野郎！」

耳を劈《つんざ》く怒声。それは帰宅途中と思しき若い女性が、口に手を当てて立ちすくむほどだった。刑事課の若い連中が、覆い隠すように囲んで壁を作った。

「この野郎！　うちの若いモンに手ぇ出しやがって！　どこの組のモンだ！」

橋本はパピヨンの髪を掴み、後頭部を商店のシャッターに何度も叩きつけた。さらに革靴を脱がせると、靴の尖《とが》ったつま先を握り締め、踵の部分を力一杯頭に叩き付けた。「パコーン」と乾いた音が商店街に響いた。哀れなパピヨンの首が、がくんと前に折れた。


署の六階にある武道場は冷え冷えとしていた。独特の黴《かび》臭さが懐かしいのか、筒見は目を閉じて大きく息を吸った。コートのまま、冷たい床に寝そべり、眠るように眼を閉じた。

「……私に聞きたいことって何ですか？」岩城は冷めた口ぶりで言った。

ごろりと寝返りをうって、筒見は頬杖《ほおづえ》をついた。公安部外事二課第四係長として、スパイハンターの精鋭集団を率いていた頃の面影《おもかげ》はない。光を失ったガラス球のような目。頬の肉は削《そ》げ落ちている。目尻には皺《しわ》が刻まれ、皮膚は血が通っていないかのように煤《すす》けている。まるで玉砕した激戦地から一人戻ってきた敗残兵だ。

「オヤジはどんな死に様《ざま》だったんだ？ 詳しい話を聞かせろ」

そう。筒見は浜中のことを「オヤジ」と呼んで慕《した》っていた。だが、言葉にかつての力はなかった。

「……なぜ、そんなことに興味があるのですか？」

筒見の言動は理解不能だった。聞きたかったのは、部下のことではなく、ハマチュウのことだったのか。異国に放逐されるのを見て見ぬふりをした上司への恨みはないのか。「天罰だ。ざまあ見ろ」と、高笑いすればいいじゃないか——。

「筒見さん。四係の仲間がどうなっているか、ご存知ですか？」

長年抱え込んできた怒りが、岩城の腹の底に沸々と込み上げてきた。

「知らねえな」と言って、筒見は再び仰向けに寝転んだ。

「皆、悲惨な人生を送っています。私はまだマシなほうです。トミーさんやカモは辞めちまったし、マルさんなんか心の病で……」

「そんなことはどうでもいい。それぞれの人生だ」

生気のない二つの目玉がこちらを向いていた。

「どうでもよくありません！　せっかくの機会ですから言わせていただきます。あの日以来、僕たちの警察官人生は激変しました。追われるように辞めた人たちも、人工衛星のように飛ばされた人たちも、何一つ言い訳せずに、秘密を抱えたまま、真面目に生きています。捜査対象者を死なせたうえ、日中友好の歴史に傷をつけたという汚名を着せられて、針の筵《むしろ》で……」

感情が綻《ほころ》んだ。かつてはこんな態度は許されなかった。筒見はカリスマだった。嗅覚、判断力、捜査への献身ぶりは図抜けていた。同時に独裁者でもあった。部下に同様の献身を求め、反論を絶対に許さなかった。部下を懐柔しながら心を摑むようなことはない。逆らえばとてつもない仕打ちを受ける。そんな恐怖で支配していた。

だが今、目の前に寝そべっている男に、かつてのオーラも、日本刀のようなぎらつきも皆無だ。

「聞いているんですか！　筒見さん」

反応はない。何も心に反響していないようだった。

「おまえの泣き言に付き合うつもりはない。俺の質問に答えろ」

何を訴えても無駄だ。岩城は意思の疎通を断念した。浜中の遺体発見時の状況から転落事故との結論まで一通り語ると、筒見は頬杖をついたまま、縁側で居眠りする老人のように聞き入った。

「オヤジが酔って転落死なんて……まったく信じられん」

「私は地域課員なので死因の判断には関わっていません」

「なぜオヤジはそのマンションに住んでいた？」

「再就職先の社宅です。浜中さんはアパレルのノーチラスという会社の顧問で、グループ企業の松樹総研の主任研究員でした。社長は松島桃香、三十七歳の……」

「松樹総研……業務内容は」

「新興国進出のための企業コンサルタントです。浜中さんは危機管理分野を担当していたそうです。……ただ、経営者に謎が多いのです。松島桃香は銀座のホステス出身で、英語、中国語も操るトライリンガルです。ちなみにスポーツ選手や有力政治家のスポンサーとしても知られているようです」

その後も目を閉じたまま、矢継ぎ早の質問が飛んだ。

「関係あるかどうか判りませんが、気になることがあります」

岩城の言葉に、筒見の眼がはじめて鈍い光を帯びた。

「……管内の子供が拾ったUSBメモリの中にとんでもないものが……さらに、浜中さんと同じマンションには倉持……」

言いかけたとき、背後で階段を上ってくる大勢の靴音が聞こえた。岩城が立ち上がって振り返ったときには、七、八人の男が早足で向かってくるところだった。先頭は通夜で見たばかりの顔だった。

「岩城先輩。こんなところに隠れていたんですかぁ」

津村が甲高い声をあげた。

その後ろで、副署長と腰巾着《こしぎんちゃく》の警務課長が難しい顔をしている。橋本に連行されたはずのパピヨンも、ふてくされたような顔で、こちらを睨みつけていた。橋本にこっぴどくやられたのだろう。髪は乱れ、スーツの肩が破れて、袖が落ちかけている。

腹の突き出た副署長が一歩前に出て、咳払いをした。

「あー、岩城君。こちらは公安部の皆さんだ。調査に協力するよう頼む」

警務課長も身を乗り出す。

「当面の勤務シフトは心配しなくていいよ。なんとかするからね」

一体何が起きるというのだ。

そのとき、手足の長い男が、蹄《ひづめ》の鳴るような足音を立てて階段を上ってきた。全員が道を空けた。馬宮理事官だった。

「岩ちゃんよぉ。ちょっと付き合ってくんねえっかな。聞きてえことがあるんだ」

まずい。いまや天敵同士の筒見と馬宮がここで突然、顔を突き合わせるのは最悪だ。岩城は恐る恐る後ろを振り返った。道場の床には筒見の影も形もなかった。


不安と苛立《いらだ》ちで、深い眠りにつく前に目が覚めた。カーテンの隙間から朝日が射し、車が行きかう音が聞こえる。ここは一体どこだ。岩城は、寝心地の悪い簡易ベッドを抜け出してカーテンを開けた。目の前に絡み合う電線。その下に雑然とした商店街が見えた。コートを着込んだサラリーマンたちが駅と思しき方角に急いでいる。郊外のマンションの二階にいるようだ。

昨夜、ここに連れてこられたのは午後十時過ぎだった。乗せられたワゴン車の三列目シートは前後左右を黒いカーテンで目隠しされており、一時間ほど走って、降ろされたのは、建物の地下駐車場だった。部屋では年配の捜査員が待っていて、まず携帯電話の提出を求められた。替わりにスエットの上下と下着を受け取った。

「ご協力ありがとう。今晩はゆっくりお休みください」

桜庭《さくらば》と名乗ったその男は、白髪交《ま》じりの頭を短く刈り上げた大工の親方のような風貌だった。

「そんなことより、私になんの疑いがかかっているのですか。この取り扱いは、公安部長の決裁をとってのことなのでしょうか？」

「釈迦に説法ですが、公安警察は上意下達《じょういかたつ》で動く組織です。長い歴史の中でも命令を無視して暴走したのは、あなた方だけですよ」

桜庭は不敵な笑いを浮かべながら出て行った。

――これから何が起きるのだろう。

窓にはセンサーが張り巡らされている。脱出を試みれば、監視要員が飛んでくるはずだ。岩城の部屋には、ベッドと小さなテーブル、ファンヒーターがあり、冷えたコンビニ弁当と缶のお茶が置いてあるだけ。とてもじゃないが、手をつける気にはならなかった。順子は今頃、急な外泊に腹を立てているに違いない。家庭の破綻を招きかねない事態だ。

午前六時半、部屋のドアが開き、スーツ姿の桜庭が顔を出した。

「おはよう。よく眠れましたか？　スエットのままで結構ですので朝食でも食べながら、話をしませんか」

こういわれたが、気持ちを引き締めるために、昨日のワイシャツにネクタイを締め、背広を着て、リビングに向かった。

桜庭が食卓でコーヒーを飲み、パピヨンが台所で立ち働いていた。トースターでパンを焼く香ばしい匂いに、空腹感を覚えた。

「どうぞお座りください。とりあえず腹ごしらえしましょう」

パピヨンがむすっとしたまま、テーブルにコーヒーカップを置いた。

「すみませんね。こんなものしか用意できなくて。私は外事二課係長の桜庭隆之《たかゆき》。こいつは巡査部長の小堀豊《こぼりゆたか》です。何度か顔を見たことがあるでしょう」

桜庭は笑いながらパピヨンを指した。「チン」というトースターの音がして、小堀が皿に載せたパンを岩城の前に置いた。

「岩城さんとはずっと話をしたかった。ハマチュウさんが亡くなったあとからね」

マーガリンを塗りながら、岩城の反応を窺《うかが》っている。

「だから通夜のあとに、私を尾行したり、電車の中で喧嘩を売ったりしたのですか？外二《ソトニ》もずいぶん安っぽい芝居をするようになったものですね」

桜庭は気にする様子もなく、胡麻塩頭を掻いた。

この男のペースに乗ってはならない。取り調べを受ける者は、体力、気力、知力すべてが充実していなければ、身に覚えのない罪をかぶせられることにもなりかねない。岩城は会話を打ち切って、食事に専念することにした。

「では、そろそろ始めましょうか……」桜庭の眼が一際《ひときわ》鋭くなった。

「まずは、いまのお気持ちを紙に書いてください。疑問でもいいですし、私のことがむかつくのなら、悪口を書いても構わない。私たちは、書き終えた頃に戻ってきますので」

桜庭は手元のレポート用紙を一枚破り、銀色の万年筆とともに、テーブルを滑らせた。そして、にこりと笑うと、小堀を連れて、部屋を出て行ってしまった。

こう来たか……。小学生じゃあるまいし、反省文でも書けというのか。これは挑発なのか、それとも深層心理を覗《のぞ》こうという巧妙な作戦なのだろうか。岩城は渡されたペンを握り締め、紙に向かった。

〈事の理に因《よ》るときは、労せずして成る〉と、大きな字で書いた。

二十分後に戻ってきた桜庭は紙を覗くと、「ふん」と鼻で笑った。

「韓非子《かんぴし》ですか……。力で強制するのではなく、理にかなったやり方で、相手が進んで動く状況を作るべし……。勉強になります」

言葉とは裏腹に、桜庭は意に介するでもなく紙を脇へ押しやった。

「ところで……あなたは、ハマチュウさんの死について業務外で捜査していたようですね。現職時代のハマチュウさんとは、親しかったのでしょうか？」

「とんでもない。私など下っ端だったので、直接口をきける関係ではありません。ただ、上司を通じて間接的な指導を受けたので、彼の思想は理解していたつもりです」

「尊敬の念はあったということですね。あなたの管轄内に住んでいたのですから、お会いになったこともあったのでしょう？」

岩城は即座に首を振った。

「管内にお住まいだったことも知りませんでした」

桜庭は「そうですか」と言い、先ほどの銀色の万年筆に右手を伸ばして、つまみあげると、両手で弄《もてあそ》びはじめた。万年筆は窓から差し込む朝日をきらきらと反射し、岩城は目を細めた。

「……思い出しましたか？」

桜庭は目の高さまで万年筆を持ち上げると、キャップを外した。金色のペン先が輝いた。

「……この万年筆ですよ」

「おっしゃっている意味がわかりませんが……」

「これ、誰の所有物だと思いますか？良くご覧ください」

銀色の本体に、文字が刻まれていた。

「T・H……？」

「タダカズ・ハマナカ……。ハマチュウさんのイニシャルですよ」

にこやかな表情を崩さないまま、桜庭は万年筆を置き、ふたたび立ち上がった。

「浜中さんの万年筆なのですね？　それが何か……？」

岩城が首をかしげた刹那《せつな》、桜庭の岩のような拳が、テーブルに叩きつけられた。

「貴様ぁ！　とぼけるなっ！」

つぶらな瞳の温厚そうな顔が、般若《はんにゃ》のような形相に豹変《ひょうへん》していた。

「と、とぼける？　私が？」

「岩城！　見覚えがあるはずだ！　よく見ろ！」

桜庭は万年筆を握ると、岩城の目に刺さらんばかりに突き出した。どこから見ても、はじめて見る万年筆だ。桜庭の手を払いのけた。万年筆が音を立てて床を転がった。

「何を言っているのですか！　私はこんな万年筆は記憶にない！」

桜庭は自分で万年筆を拾い上げた。

「いいか、よく聞けよ。この万年筆はおまえの交番の机の引き出しから見つかった。

これはハマチュウさんが十年前から大事にしていたものだ。命を救った子供が、大人になって改めてお礼として、プレゼントしてくれたものだ。警察官としての誇りなんだ」

桜庭は一枚の写真を投げてよこした。発見状況の写真だ。見慣れた机の引き出しが開け放たれ、印鑑や鉛筆に交じって、銀色の万年筆が光っている。

「交番はシフト勤務ですからデスクは共有です」

「岩城ぃ！」

「帰らせてもらいます。監察に出向いて、この一件は不当捜査だと告発させて頂きます」

岩城は急いで鞄《かばん》とコートを引っ摑《つか》み、玄関につながるドアを開けた。その瞬間、喉元に強い衝撃を受けてのけぞり、尻餅をついた。息が止まって激しく咳き込んだ。

「痛て、て……危ないなあ、岩城先輩。そんなに急いで何処《どこ》に行くんですかぁ？」

にやついた津村が額を押さえて立っていた。小堀と津村に両脇を抱えられ、テーブルに引き戻された。

岩城の呼吸が回復するまでの間、桜庭がテーブルに写真を並べ始めた。全裸の真っ白な肌の人間。生存している者でないことは明らかだ。ステンレスの台のような場所に寝かされている。写真が十枚に達した頃、白い肌は、赤い肉に変わった。胸骨が正中切開され、心臓や肺が露《あらわ》になっている。次の写真は頭皮を引き剝がされた頭蓋骨。

「これ、誰かわかりますね？」

桜庭が最後に置いた写真は、小川で見た浜中の死に顔そのものだった。行政解剖で撮られた写真だ。

「ハマチュウさんの遺体が見つかる前の日の夜、君は勤務を終えて、午後七時過ぎに署を出ているね？　まっすぐ帰ったのかい？」

「……私のアリバイを確認しているのですか？」

桜庭は無表情で見つめたまま反応しない。

「もう一度聞く。この万年筆をどうやって手に入れたのですか？　あなたにはハマチュウさんに対する積年の恨みがある。職務を熱心に遂行した挙句《あげく》、人工衛星にされたという、ね」

「ふざけるな！　私が殺したとでも言うのか！」

岩城は椅子を撥《は》ね除《の》けて立ち上がった。我を忘れるくらいに、激高していた。

■同日　神奈川　新百合ヶ丘

　死んだ浜中忠一の自宅は、小田急線新百合ヶ丘駅から十五分ほど歩いた丘の上の住宅地にあった。百坪近い敷地、地方公務員の給料では到底手の届かない代物だ。筒見は、重々しい和風建築を見上げ、目をわずかに細めた。

「おい、懐かしいなあ。昔は毎週のようにここに来たもんだ。なあ、慶太郎」

　外事三課理事官の西川春風が大声で言った。

　二十数年前、麻布警察署にいた筒見を浜中に引き合わせ、公安部に引き上げるよう推薦した張本人だ。一時帰国にあたって連絡を取った唯一の人物だった。

「……ですね」

　浜中の死は、帰国直前にオニールから知らされた。ＦＢＩは何らかの理由で、日本のインテリジェンス界の重鎮の死に関心を寄せたのだろうが、その理由について説明はなかった。

「慶太郎よぉ。オヤジは勇退したあとも、おまえのこと、気にかけていたんだぜ。なんだって、あんなことしでかしたんだ？」

　西川が漆喰《しっくい》の白壁を見上げたまま呟いた。

「義憤に駆られた、それだけです……」

「義憤だぁ……？　そんなことで、部下を巻き添えにしやがって。こないだ岩城と飲んだけど、可哀そうに、交番にドブ漬けにされて苦労してるんだぜ。プライドもずたずたになっちまってよぉ。ったく……」

西川はぶつくさ言ったが、筒見はそれ以上語らなかった。

浜中邸の周囲には五台の監視カメラが設置されていた。かつて、高い塀の向こうには虎毛の秋田犬が放し飼いされていて、侵入者を寄せ付けなかった。

事件捜査から人事、裏金作りまで取り仕切り、「影の公安部長」と呼ばれた浜中忠一は、捜査官を能力別に選別し、十段階評価でA評価の者だけを枢要なポストで重用した。選抜された主流派は「ハマチュウ機関」と呼ばれた。防犯、盗聴対策万全のこの家で、捜査官らは熱い議論を闘わせ、酒を酌《く》み交わした。西川と筒見は、ゴッドファーザーのもとに集う、長兄と末弟のようなものだった。

インターホンを押すと、玄関ドアの向うから、黒いセーターを着た痩せた青年が顔を出した。髪の毛がハリネズミのように逆立っていて、顔は青白かった。

「直樹《なおき》か？」

「はい。そうですが……」

「親父さんに世話になった警視庁の筒見だ。こちらは西川さん。昔よく、ここに来たことがある。覚えているか？」

浜中直樹は柳眉をしかめ、沈黙した。

「親父さんに線香をあげさせてほしい。お袋さんはいるのか？」

「家は困ります。こちらで……」こう言って、直樹は先に歩き出した。

西川は両手を広げ、あきれたような顔をした。

浜中は年取ってからできた一粒種《ひとつぶだね》を可愛がっていた。筒見が中学生だった直樹に、日本拳法を教えたこともあったのだが、再会を懐かしむ雰囲気ではなさそうだ。

黙って百メートルほど歩くと、直樹は住宅街の一角の小さな公園に入り、ブランコの柱に手を置いてこちらを振り向いた。

「本当に筒見さん？」怪訝《けげん》な顔で見つめている。

「ああ、そうだ」

ポケットから濃茶色の外交旅券を取り出して見せると、ようやくほっとした顔を見せた。

「こちらは西川理事官。親父さんが信頼していた部下だ」

「覚えています。その耳……。本当にすみません。こんなところに連れてきちゃって……。母が精神的に参っているもので、家で父の話はしたくなかったのです」

「奈津美《なつみ》さんが……」

浜中が警部補時代に結婚した糟糠《そうこう》の妻・奈津美は、筒見たちが夜中に押しかけても、料理を振舞ってもてなした。奈津美は厳格な夫に尽くし、浜中も妻をことのほか大事にしていた。警視庁を勇退し、ようやく平和な第二の人生がスタートした矢先のことだから、落ち込むのも無理はない。

しかし、話は思わぬ方向に展開していった。

「私たちの中では、父はいなかったことになっています。父は家族を捨てて、若い女のところに行って、よく分らない死に方をしてしまいました。警察の説明には納得できないところもありましたが、母とはこれ以上蒸し返さないことに決めました」

直樹の目には憎しみがこもっていた。

「オンナ？」

「松島桃香です。ノーチラスの社長の。恥を晒《さら》すようですが、父は家族になにも説明しないまま、突然、家を出て行ったのです。そしてあの女が持っている世田谷のマンションに転がり込んでしまいました。情けないですよ。僕はいま大学生で、弁護士目指して勉強中ですが、あの父の遺産で大学を出たくない。退学することも考えています」

父親の老いらくの恋を暴露した直樹は、汚らわしい過去を思い出すかのような表情を浮かべた。強い父を尊敬する息子。理想的な親子関係は崩れ去っていた。

「教えてください……。うちに来た本当の目的は何ですか?」

直樹はきっと筒見を見つめた。

「目的? 線香をあげに来ただけだ」

「でも、警視庁は何かを調べているのでしょう? 父が死んだ直後に、馬宮さんもお見えになりました。父が大事な書類を保管していたはずだから、返して欲しいと……。まだ通夜もやっていないのに、ですよ。筒見さんたちも同じ目的なんでしょう?」

やりきれない思いを吐き出すような口ぶりだった。

「馬宮はどんな書類を探していたんだ?」

「筒見さんは、うちに地下室があったのはご存知ですか?」

「あの開かずの間だろう?」

「はい。父が世田谷に引っ越して行ったあと、あの地下室がすべて空になっていたのです。母によると、地下室には天井までの高さの本棚が四つあって、背表紙に番号だけ書かれたファイルが並んでいたそうです。馬宮さんが探していたのは、あの資料のことだったようなんです」

「馬宮は目的のものを見つけたのか？」

「いえ、見つからなかったようです。血相変えて机の引き出しまで開けていましたから、よほど重要な書類だったのでしょうね」

筒見は横目で隣の西川を見た。腕を組んで難しい顔をしている。

指紋認証式の鍵のかかった開かずの間に保管されていたのは、膨大な捜査記録と報告書だった。ノンキャリアにとって、情報こそ武器。捜査書類の持ち出しは禁じられていたが、浜中は情報蓄積によって武装していた。警察内部でもスパイ獲得工作を行い、キャリア幹部たちの金銭や女性にまつわる問題、家族の起した些細なトラブルまで収集し、開かずの間に蓄積していたのだ。

「慶太郎、おめえがオヤジに線香あげるって言うから付き合ったが、別の目的があったんだろ。ハムのネタに首突っ込むんじゃねえぞ」

喫茶店で向かい合うなり、西川は身を乗り出した。白髪交じりの太い眉の下から、鋭い視線が突き刺さった。駅前商店街の隙間に残る、うなぎの寝床のような喫茶店は、埃《ほこり》っぽい臭いがした。

「自分は警備対策官としての任務で一時帰国しているだけです。いま調査中の問題と無関係ではない気がしましてね」

老婆がメニューを持って近づいてくると、西川は「コーヒーを二つくれ」といった。

「違うな。直樹と話しているときのおまえの眼。あれは獲物を狙っているときのものだ」

西川の指摘に、筒見は口元に薄笑いを浮かべた。

「……馬宮んとこの連中に、岩城がしょっ引かれました。それに、さっきの直樹の話に引っ掛かるものがありましてね」

「岩城はオヤジの死因に疑問を持って、いろいろ嗅ぎまわった。首を突っ込みすぎたんだ。おまえまで興味示すんじゃねえよ」

「そのセリフはフウさんらしくないですね。しばらく会わないうちに、歳食ったんじゃないですか？」

「ふざけるなよ。おまえをハムに戻すのに、俺がどれだけ運動していると思っているんだ。戻ってから昔みたいに暴れればいいじゃねえか。岩城の一件は俺が丸くおさめるから、おめえは静かにしてろ」

西川は丸めたおしぼりをテーブルに叩きつけた。

夢の中にいるように声が遠くに聞こえる。直立を保ち続けた背骨が軋《きし》んでいる。いまにも眠りに落ちそうだ。この取り調べはいつまで続くのだろうか。私は浜中忠一を憎んでおり、殺害することを決意しました。こう言えば納得してくれるのだろう。しかし肝心の殺害方法が分からない。また誰かが名前を呼んでいる。もう勘弁してくれ……。

■三日後　都内某所

朦朧とする岩城の顔に冷たいものが掛かった。

「何をニヤついているんだ。あんた、桜庭さんを舐めているのか！」

小堀が空のマグカップを持って立っていた。

ああ、この小僧が水を掛けたのか。だが、その程度では睡魔は消えない。もっと掛けてくれ。何しろ、取り調べが始まって三日間、ほとんど眠れていない。風呂にも入っていないのだから。

「小堀、岩城さんはお疲れのようだ。コーヒーでも入れてくれ。ちゃんと、豆から挽《ひ》いてくれよ。俺は香りのないコーヒーは苦手なんだ。岩城さんはコーヒーでいいか？

それとも日本茶にするかい？」

　桜庭はこの日初めての笑顔を見せた。

「……コ、コーヒーを……」

　やはりこの男は取り調べがうまい。岩城の心を少しずつこじ開けようとしている。子供の教育論から、捜査の失敗談までを話して聞かせ、本当は刑事志望だったと打ち明けた。そして岩城の公安部時代の功績を認め、将来は本部に戻るチャンスもあるのだと言った。

　小堀がコーヒーを二つテーブルに並べた。

「コーヒーを飲み終わったら、気分転換に車で出かけよう」

　マグカップに口をつけたまま、桜庭の眼は反応を窺《うかが》っている。

「出かけるって……、どこへ、ですか？」

「八王子の君の家だ。もう、うちの連中は向かっている」

　眠気が一気に吹き飛んだ。

「冗談じゃない。うちには妻も、子供もいるんだ」

　四日間も家に戻っていない父親が、捜査官に取り囲まれて戻ってきたら、子供たちはどう思うだろうか。

「岩城さんも子供のいる家に家宅捜索《ガサ》やったことくらいあるでしょう」

「ガサだって？ 令状はあるのか！」

「令状はない。任意だから、君の同意が必要だ」

「同意なんてするわけがないじゃないか！ 家族を人質にするなんて、あなたたちは卑劣だ！」

「じゃあ、部下が奥様に直接交渉します。お子さんの目の前でね」

「一歩でも我が家に立ち入れば、建造物侵入罪で検察に告訴します。この取り調べも監禁罪、小堀君や津村君が私にやったことは、特別公務員暴行陵虐罪だ。私が組織にしがみ付くと思っているのかもしれないが、家族まで巻き込むとあっては、そうはいきません。公安部は刺し違える覚悟はあるのですか！」

室内が静まり返った。互いの呼吸が聞こえるほどだった。桜庭は笑みを絶やさぬまま、ゆっくりと立ち上がった。

「……あなたは覚悟があるということですな。よろしい」と言って、リビングのテーブルにあったテレビリモコンの電源を入れた。

画面は薄暗い住宅街を映し出したまま静止していた。桜庭が再びスイッチを押すと、映像が走り出した。カチカチというウインカーの音がする。車内から撮ったもののようだ。フロントガラスの向こうに、自転車を押す男。見慣れた赤煉瓦。浜中が住んでいたマンションだ。カメラがズームする。制服姿の警察官を見たとき、力が抜けた。映っているのが自分だったからだ。画面の中の警官は、自転車のスタンドを立て、左肩のフックから無線マイクを外して口に当てた。

ここで、桜庭が映像を止めた。

「わかりますね？　これはあなたです。時間をご覧ください」

画面の右下に、「17：32：14」と表示されている。

「……十月二日午後五時三十二分です。あなたはオオシダユズルという人物の123《イチニサン》照会を行いました。照会センターには職質取り扱い中と申告しましたね？」

「覚えていません……」

桜庭は隠し持っていた札をようやく切ってきたのだ。桜庭は岩城の背後に回り込んだ。

「あなたの記憶がなくとも記録は残っています。こちらは同時間帯のオオシダさんです」

背後から腕が伸びてきて、一枚の写真が目の前に置かれた。電車内でシートに座っている初老の男。大志田譲、いや倉持孝彦だ。

「これは半蔵門線の車内で撮影されたものです。永田町付近。時刻は午後五時三十分です。つまり、オオシダさんは午後五時三十二分に世田谷で職務質問をうけるのは不可能だ。あなたは嘘を言ったことになる。違いますか？」

　低い声が、岩城の心にずっしりとのしかかる。

　もう一枚の写真がテーブルを滑ってきた。石丸一臣だった。

「この石丸さんという方は情報屋ですね？　企業に情報誌を売りつけて、それなりに儲《もう》けていたようですが、日本経済はどん底から抜け出していない。情報誌の部数はかなり落ち込んでいます。どうも最近は、興信所からの下請けにも手を染めている。あなたは石丸さんと十一月末に溜池交差点近くの喫茶店で会いましたね？　交番のお巡りさんが、情報屋と会う必然性が見られないのですけどね」

　桜庭は写真に人差し指を置いて、とんとんと叩いた。岩城は写真を見つめたまま、反応しなかった。

「石丸からの依頼で１２３照会をして、情報を売り渡していた。違いますか？」

「あり得ません」

「あなたはこの一年間に九十五件も１２３照会をしている。地域課員の中でも飛びぬけた件数だ。しかも八割が犯歴《レキ》ありという的中率です。状況証拠が語っているのですよ。刑事裁判なら有罪は難しいでしょうが、懲戒処分にするには十分な証拠だ」

完敗だ。腐ってもソトニ、秘匿追尾や撮影の技術は群を抜いている。何よりも優れているのが、桜庭という男の「筋読《すじよ》み」の巧みさだ。ばらばらの事実を繋ぎ合わせて、矛盾のないストーリーを作り上げるのは、優れた捜査員が持つ職人芸だ。岩城が知る中で、この能力に長《た》けた捜査員は、筒見慶太郎だけだ。桜庭はそれに匹敵する能力を持ち合わせている。

「でも、これは本題ではありません。いかがでしょう。この問題を握りつぶす代わりに、岩城さんのお宅にお邪魔させていただく、という取引は。自分で言うのもなんですが、名案じゃありませんか」

あらゆる揺さぶりをかけて焦点をぼかしているが、桜庭たちの狙いはUSBメモリに保存されている秘密文書だ。順子に連絡して破棄させなければならないが、携帯電話は没収されたまま。絶体絶命だ。脇の下を冷たいものが流れた。

小堀がハンドルを握る捜査車両が、八王子駅南口前を通過したのは、翌日午前九時のことだった。毎日通勤で使っている駅舎だが、塀の内側から娑婆《しゃば》を見ているような眩《まぶ》しさを覚えた。車はゆるやかな坂を登り、右手に折れて、医療刑務所近くの住宅街に入った。

私道の入り口に車を止めると、前方に駐車された黒いワンボックスから若いジーパン姿の男が出てきた。

「子供は二人とも出かけました。妻は家の中です」

桜庭が目で指図すると、その男は勝手に隣家との隙間に入り込んでいった。裏手を押さえて、逃走や証拠隠滅を防止するつもりか。

五日ぶりに戻る自宅は酷《ひど》く気まずかった。順子はどんな顔をするだろう。「しばらく帰れない」とのメール一通よこしたきり、音信不通だった夫が、捜査員を連れて帰ってくるのだ。ただならぬ事態に慌てふためくかもしれない。それとも浮気ではないと知って、安堵するだろうか。

玄関で時間稼ぎをして、合図を送るしかない。岩城は背広の内ポケットに入れた紙片を握り締めた。ドアの鍵を開けてノブを引っ張ると、がちゃんと音を立てて、チェーンが突っ張った。

「順子！　開けてくれ、僕だ」

居間のほうから、スリッパの足音が聞こえた。

「はい？　お父さんなの？」

十センチほどの隙間から、順子の姿が見えた、化粧っけはなく、髪もセットされていない。

「すまない。昔の同僚が家の中を調査したいと言っているんだ。散らかっているだろうから、すぐに片付けてくれないか？」

背後で桜庭が息を潜めて、やりとりを聞いている。祈るような気持ちを込めて右手に隠し持った紙片を、順子に渡し、眼で合図を送った。紙には「机の最上段青ファイルとUSB＋二段目紙の束。トイレタンクへ」と書いてある。

「調査ですって？　何があったの？」

順子は言いながら紙片に視線を落とした。

「いや、たいしたことじゃないんだ。ちょっと覗く程度のものさ」

何を思ったのか順子はドアを閉じた。この隙《すき》に隠してくれ。そう念じた矢先、チェーンをはずす音が聞こえた。最後の望みは簡単に裏切られた。

「怪しいものがないのを見ていただきましょう。皆さん、どうぞ！」

ドアが開け放たれると、桜庭たちがどっと玄関に雪崩《なだ》れ込んだ。

「奥さん、朝早くにすみませんね。お邪魔します」

桜庭を先頭に次々と靴を脱いで上がっていく。岩城は全身の血の気が引く思いだった。

桜庭は順子の案内で、二階に上がり、津村と小堀は一階の十二畳の居間に入った。ソファセットとテレビ、食卓、書棚、窓際には夫婦共有で使っている机がある。津村は書棚にあった家計簿や、公共料金の請求書ファイルまで開き、ニヤついている。小堀のほうは、相変わらずむっつりして、台所の食器棚、シンク下の収納に頭を突っ込んでいる。

「引き出しのほうも、失礼しますよ」と、津村の声。

万事休すだ。覚悟して背を向けた。机の引き出しを乱暴に開閉する音が繰り返し聞こえた。

「何にもないっすねぇ。手帳も、日記も保管しないいんっすか?」

耳を疑った。順子は食卓に座ったまま、微笑んでいる。

三人は押入れの中はもちろん、風呂場、下駄箱、子供部屋のベッドマットの下まで捜索した。トイレの水洗タンクの中まで見たときには、ゾッとした。

「じゃ、パソコンを拝見します」

津村が不敵な笑みを浮かべて夫婦共用のノートパソコンを開いた。順子は素知らぬ顔で、湯を沸かして茶を入れている。

「奥さん！　ファイルが空になっているじゃないですか。インターネットの履歴もありません。まさか削除したりしていませんよね！」

マウスを操作していた津村が声を張り上げた。

「さあ、パソコンは詳しくないからわかりませんわ。息子専用みたいなものですからね。年頃ですし、アダルトサイトでも見て、まずいから消したんじゃないかしら」

順子はしゃあしゃあと、言ってのけた。

「そんなのおかしいでしょ！」

いったい何が起きているのだ。不思議なのは岩城のほうだった。二階から降りてきた桜庭が汗を拭《ふ》きながら、食卓の椅子に座った。

「津村君、大きな声出さずに、お茶を頂こう。中学生なら、そんなこともあるさ。自分の胸に手を当てて考えてみろよ」

「でも、これは……」

津村に目配せした桜庭は、柔和《にゅうわ》な表情を作って、テーブルの上の皿に目を向けた。

「おっ！　どら焼きですか。好物なのでひとつ頂きます。昼飯前によくないかなあ」

と言って、腹周りをさすった。

「なかなかいい家ですなあ。いつ手に入れたのですか？」

桜庭はリビングを見回した。

「十年前です。ちょうど主人が忙しいときでしたので、私が下見して、勝手に決めたんです。子供がそれぞれ部屋を持つので、ご覧の通り、私たちは居間の片隅に机を置くはめになってしまいました」

「手狭かもしれないが、駅からも近いし、日当たりもいい。このあたりですと、お子さんの教育環境も悪くないでしょう。駅の周りに進学塾もたくさんありますよね」

「ええ、息子も通っています。なかなか成績はあがらないので無駄なんですけどね」

順子は口に手を当てて笑った。

「私の息子はなんとか大学生になりましたが、遊んでばかりです。今時《いまどき》の中学生は週に何回ほど塾通いするのでしょう？」

「週二回、月曜と木曜だけです。回数を増やすと、月謝も高くなりますからね」

順子の説明を聞きながら、桜庭が一瞬、にやりと笑ったように見えた。

「息子さんが昨夜七時頃、塾のバッグを背負って、お出かけになりましたよね？　でも、昨日は日曜です。奥さんの話では、塾はないはずですが……」

岩城は肝を冷やした。桜庭は順子を疑っている。会話の中に罠《わな》を仕掛け、矛盾を衝こうという戦略だ。

「ええ、うちの息子は塾の授業にすらついていけなくて、月に二回、特別補習を受けているのよ。昨日はちょうどその日でした」

順子の答えに澱《よど》みはなく、自然だった。しかし航が塾の補習を受けているなど聞いたことがなかった。

桜庭はどら焼きを食べ終わると、立ち上がった。

「ご馳走様でした。きょうは突然お邪魔して申し訳ございませんでした。我々警察も不祥事が相次いでいるので、世論対策にこうした抜き打ち検査を行っております。奥さん、また、ご協力ください」

桜庭は笑顔で言うと、岩城には冷え冷えとするような視線を投げかけた。

「岩城さん、またお会いしましょう。それから奥さん……息子さんの塾はどちらですか?」

「南口の誠心ゼミナールです。納得できなければお調べくださいね」

三人を見送った順子は台所に駆け戻ってきた。塩の袋を鷲《わし》掴みにすると、玄関のドア目掛けて何度も塩をぶちまけた。床はまるで土俵のように白くなった。岩城は人差し指を口に当て、テレビのスイッチを入れて大音量にした。

「盗聴器が仕掛けられている。……書類はどこだ?」

順子は悪戯《いたずら》でもしたかのように笑った。

「筒見さんよ。昨日、スーパーで買い物していたら、声をかけられたの。十年ぶりに会ったけど、何だか怖い感じになっていて……。でも、あなたがどんな状況にあるのか教えてくれたわ。仕事関係の書類やパソコンに保存されているものを全部もってこいって、言われた。じゃないと、あなたが危ないって……」

「緑色のUSBメモリも渡したのか」

順子は頷いた。

「監視されているから、午後七時に南口の駐輪場の入り口にある赤い原付バイクの前に紙袋を置け、と言われたの。航に事情を説明したらパソコンのデータを抜き出してくれて……。塾のバッグに入れて持って行ってくれたわ。きっと、さっきの人たちは航が出かけるのを見ていたのよ。だから、あんなこと聞いてきたんでしょう？」

順子を立ったまま抱きしめた。三時間かけて家の中を検索すると、リビングの机の裏、寝室のエアコンの中、キッチンの食器棚の下から小型の盗聴器が見つかった。

■同十二月　東京　麻布台

ロシア連邦大使館裏手にある「飯倉タワー」の玄関に、一台のタクシーが入ってきた。後部座席から降りたのは、大ぶりなサングラスをかけた若い女だった。反対側のドアから外務大臣秘書官の森安がいそいそと降りてくると、トランクから水色のスーツケースを取り出し、女をロビーにエスコートした。

ラメ入りのハンドバッグを提げた色白の女は、ロビーにある巨大なクリスマスツリーを満足気に見上げると、カウンターの男に英語で言った。

「ミスター・モリヤスの名前で一ヵ月予約を入れています」

受付の男はメタルフレームの眼鏡を中指で持ち上げると、パソコンを操作して予約状況を確認した。

「はい、承っております。本日より一ヵ月、一月二十日チェックアウトですね。クレジットカードとご宿泊になるお客様のパスポートをお願いします」

女はハンドバッグから米国パスポートと、財布を取り出した。

「サラ・チューさんですね？　パスポートのコピーをとらせていただきますね」

男は流暢《りゅうちょう》な英語で言って、コピー機を操作した。

「森安様のご紹介ということで、十七階のツインベッドルームを一泊一万三千円のスペシャル料金でご用意させていただきます。東京タワーの夜景が見える最高の部屋です」

「サンキュー。楽しみだわ」

スリムな身体とはアンバランスな、肉感的な唇が光った。

チェックインを済ませると、ベルマンが森安からスーツケースを受け取り、二人をエレベーターに案内した。

受付の男は、二人を見送ると、パソコンのメール画面を開き、素早くタイプした。

親愛なるエリック
本日、NYCから東京に、可愛いリスが迷い込みました。
NAME: Sarah Chu
DOB: 12/23/1986
PASSPORT NO: ××○○○
ADDRESS: 21E　190 Broadway, New York, NY
CREDITCARD: AMEX　○○×××△△
念のため、パスポートのコピーを添付いたします。
PS　フィデルとエルネストは仲良くやっていますか?
ケイ

「万事うまくいきましたか？　相変わらず、変装がお上手だ」

事務室から初老のマネージャーが出てきて笑った。

筒見は特殊な暗号化ソフトを使ってメールを送信すると、眼鏡を外し、頬につめていた綿を口から出した。ＦＢＩのデータベースにヒットすれば、オニールから回答がある。調査で得た情報を提供することが条件だ。

「ご協力に感謝します」

飯倉タワーは五十世帯が暮らせる外国人専用のレンタルアパートメントだ。出張で長期滞在する外交官や情報機関員たちが好んで使っていたこともあり、筒見は十二年前にこのマネージャーに食い込み、全面協力を取り付けていた。

ここを拠点にサラの動向を監視し、正体を炙《あぶ》り出す作戦だ。筒見に弱みを握られた外務大臣秘書官の森安修一は忠実な協力者になっている。サラはクリスマス休暇を使っての東京旅行を希望していた。筒見の指示通り、森安は外交官ならではの話術で、旅行を計画し、飯倉タワーに宿泊させたのだ。

「工具とスタッフ用の作業服はお部屋に置いてあります。昔のようにご自由にお使いください」

マネージャーが微笑んだ。

三階の自室に戻った筒見は、アタッシェケースの鍵を開け、ずっしりと重い紙袋を取り出した。岩城の長男が、監視の目を掻《か》い潜《くぐ》って持ち出したものだった。中には二冊のファイルとUSBメモリ、岩城宅のパソコンのデータが詰まったハードディスクもある。やはり岩城は浜中の死の直後から、「事故死」という結論を疑って調査していた。それも、かなり深いところまで。

ファイルの一冊目はノーチラスグループ各社の登記簿謄本や企業調査会社のデータ。二冊目のファイルの二百枚以上の文書は、紛れもなく外事警察の秘密文書だった。FBIやCIAからの提供情報も含まれていて、オニールに知らせれば、世界のインテリジェンスネットワークから日本警察は排除されることになる。治安の根幹を揺るがす大スキャンダルだ。

筒見の携帯電話が鳴ったのは、エアコンの室外機に偽装したカメラと二十四時間録画機器を設置し終えた夕方のことだった。発信元は公衆電話だった。

〈もしもし〉尖った声だった。

〈オヤジから電話するように言われました。オレ……岩城航といいます〉

八王子駅南口の駐輪場に機密文書の詰まった紙袋を置いていった少年。思春期にありがちな、拗《す》ねた顔が印象的だった。

「親父さんは帰ってきたか？」

〈はい。オヤジから伝言です。今夜、八時から九時の間にデルタで待つ。その前にジュリエッタを抜けて徒歩で向かう、とのことです。なんだかよく分かりませんが、これだけ伝えろって……。じゃあ……〉

叩きつけるように電話は切れた。符牒《ふちょう》を使った伝言だった。

六本木駅前の大型書店・麻布ブックセンター前の雑踏に、岩城の坊主頭が見えたのは、午後七時だった。バックパックを背負った岩城は、いったん早足で書店前を通過したが、Uターンして戻ってきて、店内に入ってきた。

筒見は書店に入ってくる岩城の背後に尾行者がいないか、二階から点検していた。ここは外事二課時代の符牒で「ジュリエッタ」と呼び、尾行切りに使う点検ポイントだ。二階からは店舗前の歩道と一階フロアを見下ろすことが出来るうえ、二階の従業員専用ドアを開けると、そこは非常階段だ。情報機関員に逆尾行されても、ここを抜けて裏通りに出れば切ることができる。防衛要員は予《あらかじ》めここに先回りして、尾行者の人着《にんちゃく》（人相着衣）を確認して、尾行切りをサポートする。「アルファ」から「ズール」まで都内二十六箇所は、構造的に尾行切りが可能な商業ビルや駅、公園だ。

やや遅れて黒いジャンパー姿の男が店内に入ってきて、一階雑誌コーナーへ向かった。年齢は四十前後で、デパートの紙袋を手に提げている。立ち読みしている岩城から十メートルほど離れた位置に立った男は、男性ファッション誌を手に取った。ページを捲《めく》ってはいるが、外国人のモデルが並ぶ雑誌を読むような人着ではない。似合うのは競馬雑誌くらいのものだ。

経済雑誌を手に取った岩城は、レジで会計を済ませると、二階の洋書コーナーへ階段を上ってきた。ミステリーのペーパーバックを立ち読みしていた筒見と背中合わせで囁《ささや》いた。

「うしろを、やられてます。切ってから、デルタに向かいます」

「全部で三人。先頭は黒い上着、鼻の横にホクロ、髙島屋の紙袋だ。階段を上ってくる。行け」

岩城が従業員出入り口の扉の向こうに消えた。

「デルタ」は、渋谷の公園通りにあるスターバックスだった。ここはトイレ脇の従業員通用口を出て非常階段を四階まで上ると、隣のビルの非常階段に飛び移ることができる。

筒見は二階窓際のカウンター席に座った。岩城が交差点の反対側に立ったのは、一時間半後のことだった。信号が青に変わると、岩城はスクランブル交差点を「Z」の形に早足で歩く。親指を立てると、岩城は微《かす》かに頷《うなず》いて店内に入ってきた。

「……手こずりましたが、なんとか切りました」

カウンターで横に並んで座った。額に汗が浮かんでいる。

人のよさそうな容姿に、固い意志が潜んでいる。かつて課内では「ペンギン」と呼ばれていた。張り込みを命じられると、車の中のペットボトルをトイレ代わりに一週間連続でもやってのける忍耐強さ。その姿が氷点下四十度の南極で、絶食状態のまま、辛抱強く卵を抱き続ける雄ペンギンのようだったからだ。

「この爆弾をどうやって手に入れたんだ？」筒見はバッグから預かっていた封筒を出した。

「これが問題の拾得物です。この三ヵ月、私が調べたことを、すべて説明させてください」

岩城は店内を確認すると、口元を手で覆い隠して話し始めた。浜中の通夜の晩の出来事、倉持孝彦に酷似する「大志田譲」なる人物の存在、秘密文書を入手した経緯、外事二課による取り調べ内容——。

「……これはなんだ？」

筒見は〈献金リスト〉と書かれたページを指差した。『新しい風の会』、『未来倶楽部』、『愛黒会』といった十以上の団体名が縦に並び、その隣に金額が書かれている。

「これは昔の協力者から入手したものです。先日、署でも少しお話ししましたが、松島桃香やグループ企業は特定の政治家に献金しているのです」

「特定の政治家？」

「ここにあるのは、外務大臣の黒崎倫太郎の政治団体です。この『愛黒会』というのは黒崎の資金管理団体です。一番下にある『新風党東京都第十七選挙区支部』の代表者は黒崎です。松島桃香は、黒崎の有力スポンサーで、『無名人の会』なる勉強会も主催して……」

岩城の解説を聞き終えると、筒見は雑踏を見下ろしたまま、独り言のように呟いた。

「……これで話が繋がったよ。ここからは人手が必要になりそうだ」

「繋がった、って……？　いったい何が？」

不可解な面持ちの岩城を残して、筒見は店を出て行った。

筒見が江東運転免許試験場に足を向けたのは二日後の午後二時のことだ。案内係の女性職員に、面会希望相手の名前を告げると、彼女は首をかしげ、何箇所かに内線電話をかけた。そして「写真係です」と指した先には、免許更新の長い列があった。

「ふざけるな！　俺はずっと並んでいたんだ。先に写真を撮れよ」

若い男のささくれ立った声が響き、列に並ぶ人たちが、前方を覗き込んでいる。

「視力検査が先です。立て札の番号通りに並んで頂かないと……」

なだめようとする年配の男性職員の姿はなんとも弱々しかった。対する金髪の太った男は撮影用の椅子に居座りを決め込んだ。

「爺さん、あんた、融通が利かねえから、こんなところに飛ばされるんだ！　死ぬまで列の整理やってろよ！　このクズが！」

筒見は弾かれたように金髪男に向かっていった。間合いに入った瞬間、背中を向けていた男性職員が右腕を広げて阻《はば》んだ。

「余計なお世話です。ここは私が……」

丸岡哲也《まるおかてつや》巡査部長は首を横に振った。そして金髪男に向き直ると深々と頭を下げた。

「申し訳ありません。こちらの不行き届きです。どうか並びなおしてください」

丸岡の声を聞きながら、筒見は視線をそらした。金髪男が毒づきながら立ち去ると、丸岡は写真係のパイプ椅子に腰掛け、機械的な作業を再開した。


「久しぶりなのに、みっともないとこ、見せちゃいましたね」

丸岡に会えたのは午後六時だった。一時帰国と聞いて気を遣《つか》ったのか、丸岡は魚料理が旨《うま》いと評判の居酒屋に案内した。

「気付いていたのか、マルさん」

「……すぐに分りましたよ。印紙売り場の前から見ていたでしょう。昔の癖なんですかね。人ごみの中でも特異な動きをする人間を眼が追ってしまうんですよ」

丸岡は力なく笑った。相変わらず口数は少ない。東京大学文学部で中国文学を学んだあと、警視庁巡査となった変り種。中国の歴史、文学はもとより、政治情勢や機関員の立ち回り先まで、あらゆるデータが明晰な頭脳の中に詰まっている。まさに日中諜報戦の生き字引。筒見より一回り年上だから、来年定年を迎えるはずだ。

「しばらく休んでいたそうですね」

「……心の病気というやつです」

丸岡の顔から笑みが消えた。

「ソトニを出たあと、小岩署の地域に行ったのですが、上司とそりがあわなくてね。いい年して巡査部長でしょう。給料だけは高いのに、地域の仕事に慣れていない。ミスが重なったもので……。いつの間にか心が参っちゃったのでしょうね。一年休みました」

こういって、丸岡は俯《うつむ》いた。皺《しわ》は深く、真っ白な頭髪は艶がない。

「原因はそれだけですか？」

「まあ……その……。あのときの光景が頭から消えないんです。カメラの画面の中で捜査対象が落ちて行く姿が……私のドジのせいで死なせたような気がして……」

刺身の盛り合わせをぼんやり眺め、次の言葉を探すように口をもごもごさせた。

「マルさんに責任はありません」

「すみません。馬鹿なこと言っちゃいましたね……。係長、どうぞ。ここのマグロは旨いですよ。ニューヨークに戻ったら、なかなか食べられないシロモノですよ」

大皿を回転させてマグロを筒見のほうに向けた。

昇進に興味を示さず、献身的に捜査に没頭する職人だった。その穏やかな物腰や気配りが、四係に安定感を与えたものだ。

丸岡は娘が結婚して初孫が生まれたこと、休日は趣味のバイクいじりに没頭していることなど、現役の頃には語らなかった私生活を明かした。その様子はすっかり好々爺《こうこうや》だった。

だが、次の話題になったとき、丸岡の目にぐっと力が籠った。

「ところで……あの劉剣が東京に再赴任したようですね。昔の協力者から聞きましたよ」

「……マルさんも知ってたのか」

「ええ、今度は東京支局の機関長だそうです。きっと大掛かりな工作を仕掛けてきますよ」

「警察庁《サッチョウ》が外交査証を出すことに反対しなかった。この国は名実ともにスパイ天国だ」

筒見はこういって熱燗《あつかん》の徳利を差し出した。丸岡は注がれた酒をぐいっと飲み干して「くやしいなあ」と呟いた。

池袋駅東口、駅前公園に隣接する歓楽街は、ソープランド、ストリップ劇場、ピンクサロンといった古典的な風俗店から、耳かき専門店や出会いカフェといった新手の店までが開けっぴろげな看板を掲げ、ひしめき合うように並んでいる。警察の摘発を掻い潜り、進化しながら増殖を繰り返すエネルギーが充満していた。

その男は風俗街の一角にある雑居ビルから出てくると、ヴィトンのセカンドバッグをぶら下げて道のど真ん中を歩いた。サンタクロース姿の客引きが頭を下げ、向かってくる人波が見事に左右に分かれていく。スキンヘッド、薄い眉、猪首、そして蟹《がに》股《また》、派手なキャメルのロングコート。人着のすべてが堅気《かたぎ》とはかけ離れた空気をぷんぷん発している。

コインパーキングで精算を済ませた男が白いメルセデスＳ５００の運転席に乗り込もうとしたところで、筒見は声をかけた。

「おい、カモ！」

男が眉間《みけん》に皺を寄せて振り向いた。薄い紫色のレンズが入った眼鏡が光った。

「あ？　誰だ、あんた？」

三秒後、その邪悪な人相は凍ったように動かなくなった。

「……ア、アニキ！」

沈黙の末、分厚い唇から発せられた言葉は、風体とあまりにマッチしていた。

鴨居《かもい》千尋《ちひろ》。元警視庁外事二課巡査部長。この男が現在、反社会組織ではなく、法律事務所に勤務しているとは、誰も信じまい。

「久しぶりっす！　筒見のアニキ、どうなすったんですか！」

駆け寄ってきて、腰を九十度に折り曲げた。

「確か、外国……えっと、えっと、ロンドン……パリ、いや、ワシントンでしたっけ？」

「全部、ハズレだ」

「でも、ほら、外交官ですよね？」

見た目どおり、思考も粗雑だ。知性と繊細さを併《あわ》せ持つ丸岡とは対極に位置する男だ。

「それも違う。在外公館警備対策官だ。……いいクルマだな。ちょっと乗せてくれ」

「もちろん、っす。どうぞ」

鴨居はメルセデスの後部座席のドアをうやうやしく開けた。

麻薬捜査担当刑事から公安に転身した変り種。風貌は現職時代と変わらない。並外れた体力と行動力、失敗を怖れぬ度胸が持ち味だ。

筒見たちと一緒に公安部を追われ、青梅警察署生活安全課に異動した。そこで上司の課長代理がヤクザから背広の仕立券を受け取っていたことを突き止めた鴨居は、道場に代理を呼び出して尋問した挙句、何度も絞め落とした。結果、逆パワハラという前代未聞の理由で処分され、警視庁を辞めるハメになったのだ。

「ずいぶん景気が良さそうだな。風俗街の法律事務所は、そんなに儲かるのか？」

広々としたメルセデスの後部座席から声をかけると、鴨居は片手運転のまま振り向いて、「いろいろありましてね」と、満面の笑みを浮かべた。悩みとは無縁の男には、人生の荒波を強引に泳ぎ切る逞《たくま》しさがある。

「うちの先生は、大物ヤクザの弁護士として、その筋では有名なんです。川崎の反町の親分が高裁で逆転無罪になったんですが、あの弁護、うちの先生がやったんっすよ」

広域指定暴力団・岩黒組の直系で、川崎に本部を置く大成会会長・反町弘《そりまちひろし》が不動産取引に絡む恐喝罪に問われた裁判で無罪判決が下されたのは、ちょっとした話題になっていた。

「私もそのおこぼれに与《あず》かってましてね。反町の親分に気に入られちゃって、世話になっているんですよ。実はこのクルマも親分の車だったんですが、小せえからいらねえって言うので、もらってきたんです。一応、元警官だし、法律事務所の名刺持ってるから、今時のヤクザビジネスでも役に立つんですよ。週に何回か、個人的に相談に乗ってやって、カネ引っ張ってるんです。通訳として中国人との商談に立ち会ったりもしてますよ」

確かに、鴨居は外事二課の中でもトップクラスに中国語が出来た。これでも外語大で中国語を専攻していたのだ。芸は身を助く、とはまさにこのことだ。

「おまえが組対四課にパクられるのも時間の問題だな……」

「アニキ、そのあたりはうまくやってますんで、ご安心ください」

鴨居は得意げに胸を張った。

メルセデスは、筒見の指示に従い、六本木の高級ホテルに入った。

ロビーのカフェの片隅で封筒から写真を引っ張り出した鴨居は、椅子から転げ落ちそうになった。

「こ、こいつ、倉持孝彦じゃないですか！　野郎、ロシアでくたばったんじゃなかったんですか！」

スキンヘッドを真っ赤にして、押し殺すような声で言った。

「今朝、撮影した写真だ。名前は大志田譲、某アパレルメーカーの取締役だ」

「アパレル？　でも、このツラは間違いなく倉持です。自分は一年中、追っかけ続けたから忘れません」

顔が茹蛸《ゆでだこ》のように赤くなっていた。

「他人の空似の可能性もある。大志田譲という男には、犯歴《レキ》がある。五十年近く前の傷害と窃盗、マル暴としての活動歴もある。こいつが何者か調べたい」

「お安い御用です。まず、うちの先生の職務上請求用紙で洗ってみます。本籍地は分りますか？」

「運転免許のデータだ」筒見はメモ書きを渡した。

大志田の現在の本籍地は東京中野区だった。昭和十五年六月二日生まれ。最初の運転免許は千葉県市原市の本籍・住所で、昭和三十三年に取得している。十五年後に取り消し処分、再取得したのは五年前のことだ。

「運転免許のデータってことは……。マルさんも動いているんすか？　もしかすると、あんときのメンツで……」

「ああ」

「ホントっすか！　アニキ、やりましょう！　自分、なんでもやりますから！」

鴨居は人目もはばからず、筒見の両手を強く握り締めた。薄い眉の下の眼が潤《うる》んでいた。

鴨居から電話があったのは、その日の午後四時すぎのことだった。

〈アニキ、大志田譲って野郎は五年前、運転免許を取る直前に、中野に本籍、住民票登録ともに移転しています。洗ってみると、妙なことが分ったんです……〉

「何だ。言え」

〈市原市の戸籍の附票を見ると、昭和四十六年以降から手がつけられていないんです。それまでは、市原から新宿、相模原、八潮、町田と一年おきくらいに、落ち着きなく住所を移していますが、昭和四十六年に川崎市川崎区大社町に住所を置いたきり動いていないんです。つまり五年前までの四十年近く手がつけられていない戸籍だったわけです……。やっぱり、『背乗《ハイノ》り』の臭いがぷんぷんしますぜ〉

鴨居の行動は相変わらず早かった。中野区役所と千葉県の市原市役所、短時間で両方を回って調べてきたのだ。

「背乗り」とは、北朝鮮やロシアの情報機関のイリーガル＝非合法機関員が諜報対象国の市民を装うために、身寄りのない人物の戸籍を乗っ取る手口だ。つまり、倉持孝彦が大志田譲に成り代わって生活している可能性があるというのだ。

〈大志田には子供が二人いました。実の子供ではなくて、昭和四十六年に二度目の結婚をした相手の連れ子です。その妻は二年後に死亡しています。子供の名前は、リクトとシュウヤ。長男は陸地の『陸』に、先斗町《ぽんとちょう》の『斗』。次男は優秀の『秀』に『也』。二人とも分籍していませんから、結婚もしていないし、引越しもしてない。まったく不気味な戸籍です。まるで、死んでいた人間が突然生き返ったような……〉

丁度そのとき、筒見がいる駅前広場のロータリーに、一台の路線バスが入ってきた。気の抜けたような音とともに、ドアが開き、乗客がぞろぞろと降りてきた。臙脂《えんじ》色の線が入ったセーラー服の一団。筒見の眼は、その中心にいる背の高い少女を追っていた。

■同日　東京　世田谷

「……お巡りさーん。岩城さーん」

渓谷沿いの道を歩いていた岩城は、あたりをきょろきょろ見回した。男の子の声が聞こえるが、姿は見えない。

「ここだよ。ここ」

川に架かる橋の向こう側の木陰から、石井陽太の顔が覗いた。

「ごめん。待たせたかな」と言って時計を見た。午後四時半、ちょうど約束の時間だった。

世田谷区野島の住宅街を流れる小川は、このあたりまで遡《さかのぼ》ると深い人工渓谷となっている。川を挟んで道路の反対側は、緑深い自然公園となっており、陽太は園内の散策道に入る橋の向こうにいた。

「こっちに来てよ。そっとだよ」

言われるがままに、足音を忍ばせて橋を渡った。

「しゃがんで……」陽太が口に人差し指を当てた。

「見て、そこ……」

岩城は声を飲み込んだ。イタチか、アライグマか……。奇妙な動物が草むらにいる。小さな頭に灰色の身体。鼻筋に白い線があった。

「なんだい。この動物は……」

「ハクビシンだよ」

「これがハクビシンか……」

濃赤色の四角い容器に載せられたものを、食べている。

「日が暮れる前に出て来たことはないんだ。いつもは夜遅いんだよ」

「何を食べてるの？」

「弁当のおかず分けてあげたんだ」

陽太が塾のロゴ入りの鞄を開いてみせる。ナプキンに包まれた弁当箱が見えた。

「かわいいな。まだ子供かな」

岩城がしゃがみ込むと、ハクビシンと眼があった。耳を動かしたかと思うと、長くしなやかな身体を翻《ひるがえ》し、公園の森の中に消えた。

「お巡りさん、ラッキーだったね」陽太が微笑む。

筒見に「USBメモリの拾得者を再聴取しろ」と指示されたため、陽太が塾に行く前にここで待ち合わせることになったのだが、思わぬ珍客に心が和《なご》んだ。

「さて、あの瓶を拾った場所を教えてくれるかい？」

「そこだよ。橋の柵に、糸でぶらさがってた」

陽太は、岩城が渡ってきたばかりの橋を指差した。長さは五メートル。幅は一・五メートルの歩行者専用のものだ。両脇に太股の高さの白い柵がある。

「えっ？　落ちていたんじゃなくて、ぶらさがっていたのかい？　こんなところに？」

「そうだよ」

「いつだったか覚えてる？」

「事故にあったすぐ後だよ。塾の帰りにいつも弁当のおかずをハクビシンにあげるんだ」

「陽太君は事故でケガしていたんだろう。雨が降っていたし……」

「ボクはあの子と約束しているんだ。必ず弁当のおかずをお裾分《すそわ》けするってね。母さんには内緒だよ」

陽太は唇に人差し指をあてた。

「見つけたときの状況を教えてくれるかい？」

「餌をあげるとき、この木のうしろに隠れていたら、糸が見えて……」

陽太はハクビシンの餌を置いたあと、先ほどと同じようにソメイヨシノの大木の陰に隠れて観察するのだそうだ。そこは丁度、公園入り口の橋のたもと。しゃがむと橋の柵がよく見える。雨に濡れた糸が街灯の光を浴びて光っていても不思議はない。

「柵のどのあたりにくくりつけてあったの？」

「ここだよ。ほら、まだ糸が残ってる」

陽太は橋の上を歩き、公園に近い下流側を向いてしゃがんだ。二十本近い支柱のうち、公園側から五本目。その一番下に透明の釣り糸が結んである。それも十以上、その先はいずれも鋭利な刃物で切断されている。

「前から気になっていたんだ。捨てられた釣り糸は動物を傷つけるって言うからね」

胸が早鐘をうつ。誰かがUSBメモリをここにぶらさげたということだ。容易に引っ張りあげることができるように……。

防諜に携わる者なら、ただひとつの結論に到達する。

デッドドロップ——。スパイたちが使う物資受け渡し手段。あらかじめ決められた場所、例えば大木に出来た穴、橋の下などに、秘密文書や工作資金を隠しておく古典的な技術だ。

残された釣り糸の数からすると、複数回、ドロップのポイントに使われていた可能性が高い。

「陽太君が車にぶつかったのは、確か……」

「うん。あそこ……僕が自転車でここに向かっていたんだ。そしたら、こっちに向いてとまってた黒い車が……」

陽太が指差した方向は、川沿いの道を横切った先の緩やかな下り坂。六十メートルほど先で、陽太は黒い車と接触、転倒し、右肘を骨折した。運転手は慌てて車に乗り込んで、車を急発進させたのだという。そして、その翌日午後、浜中忠一の遺体が二キロ川下で見つかった。浜中の死とUSBメモリ。二つの疑惑は一本の小川で繋がっているのだ。

うしろで水を流す音が聞こえた。陽太が赤くきらきら光るものを公園の手洗い場で洗っている。ハクビシンに餌を与えていた容器だ。ちょうど弁当箱の蓋くらいの……。

塾に行く陽太を見送ったあと、橋の上から下を流れる川を覗く。高さは七メートル、水深は二十センチくらい。まっさかさまに落ちればコンクリの川底に激突して致命傷を負うだろう。

そのとき、ねぐらを探すカルガモのつがいが、けたたましい鳴き声をあげながら、川面に降り立った。その様子を目で追ううちに、黒いものが道路側の護岸に落ちているのが見えた。


古い壁掛け時計の秒針の音がやけに大きく聞こえた。クリスマスイブの午後三時。地下鉄広尾駅から有栖川宮記念公園沿いの坂を上った住宅街の一角にある古い洋館。あのときの仲間が揃うのは七年半ぶりだった。

懐かしさより、気まずさが上回った。なにしろ、結末が最悪だった。固い結束を誇ったチームだったのに、別れの言葉もなく、全員が抜け殻のようになったまま解散した。所詮、人事異動で寄せ集められただけの、乾いた人間関係だったことを痛感したものだ。

外事二課第四係は、完全秘匿で中国情報機関のスパイ網を摘発するための「ウラ作業」を担当する。「ＡＺ」、「ＣＺ」、「ＧＺ」、「特命」の四つの班に所属する三十五名を統括したのが第四係長の筒見だった。

岩城たちが所属した「ＡＺ班」とは、「アドレス・ゾーン」を意味する。機関員たちが最も警戒する自宅や職場から秘匿追尾を開始し、エージェントとの接触を突き止める。そして、違法行為の証拠を摑むまで何ヵ月、何年も追い続けるのが任務だ。このためＡＺ班には、秘匿追尾、秘撮、秘聴の高い技術を持つ、選りすぐりが集められた。班員は、交遊関係を絶つだけでなく、家族に仕事内容を明かすことも禁じられ、存在や感情を消し去ってスパイを追う機械になることを求められた。

しかし、現在は末端の一人を除いて、誰も警視庁本部にいない。所轄に飛ばされたか、退職に追い込まれたのだ。

「トミーさんの体は大丈夫なのでしょうか？」

丸岡が壁掛け時計を見ながら言ったとき、玄関のドアが開く音が聞こえた。筒見に続いて入ってきた男を見て、全員が息を呑《の》んだ。

「ト、トミーさん……」

「おう。死ぬ前に、みんなの面《ツラ》、拝みに来たよ……」

富松新造《とみまつしんぞう》、五十五歳。元警部補。AZ班キャップだった男だ。公安部を追放されて半年後に警視庁を依願退職。故郷の札幌で興信所を経営していたが、数年前に胃癌の手術を受けた。色黒で恰幅が良かった体は、別人のように痩せ細っていた。頭蓋骨が薄皮をかぶっているような顔は青黒くしなびており、眼窩《がんか》から目玉が飛び出している。今にも折れてしまいそうな脚を登山用の杖でなんとか支えている。

かつては「秘匿追尾の達人」と呼ばれた。徒歩、自転車、バイク、車。追尾要員とさまざまな変装用グッズを積んだ補助車両をパズルのように動かし、対象に気づかれることなく追い続ける。この男が組んだ作戦で「失尾」、つまり、尾行対象を見失うことはなかった。

「トミーさん、やっとダイエット成功っすね！　太ってた頃より、いい男になりましたよ」

鴨居がつまらぬ冗談をいいながらバックパックを富松の背中からおろしてやり、コートを脱がせた。使い込んだ鼠色のコートは肩の辺りが破れ、中綿が飛び出している。当時は、バーバリーのトレンチを着て、ダンディな中年を気取っていたのに。

「カモ、相変わらず、アタマ悪そうだな。いくつになった……」

「四十です。そろそろ結婚したくなってきましたよ」

「もう遅せえよ。このつるっぱげが……」

ようやく、皆の口から笑い声が漏れた。

「マルさんも、岩城も元気そうだな。再会できて良かったよ」

岩城は辛うじて涙を堪《こら》えていた。

札幌に家族旅行にいったとき以来だ。夜、ホテルのバーで再会した富松は、妻と離婚し、興信所の経営がうまくいっていなかった。財布の中にほとんど金はなかったのに奢《おご》ってくれた。年賀状で、癌で胃を半分摘出したことを知らされた。その後も二度目の手術。半年前に肺に転移したとのメールを受け取ったきり、連絡は途絶えていた。思えば、昔から胃痛に悩まされていた。筒見という獰猛《どうもう》な指揮官の無茶な指令に耐え、癖の強い部下に手を焼きながら、捜査を切り盛りしていたのだから仕方がなかった。

戦友たちを改めて見回してみる。精鋭集団は見る影もない。富松キャップは干からびたミイラだ。丸岡は孫と会うことだけが楽しみの好々爺。鴨居は粗暴さが売りの武闘派ヤクザだ。かく言う岩城も負け犬面が染み付いた窓際サラリーマンだ。筒見は戦場で精神に異常をきたした退役軍人に見えなくもない。

それにしても筒見の本当の目的はどこにあるのだ。変わり果ててしまったかつての部下達に、何を語るつもりなのだろう。せめて一言、謝罪、いや、八年間の苦労への労《ねぎら》いの言葉でいいからかけて欲しい。そう思った矢先のことだった。

「……はじめるぞ。これからはメモを取るな。頭にすべて叩き込め」

会議開始を告げる筒見の言葉はかつてと同じだった。ささやかな期待は見事に裏切られた。

「岩城、オヤジの件から説明してくれ……」

筒見の口調からは何の躊躇《ためら》いも感じられない。捜査に感傷など必要ないということだ。怒りよりも諦めが上回った。

「早くしろ……」

浜中の遺体発見現場に臨場してから、これまでに起きた出来事を、岩城は時系列に従って説明した。馬宮理事官の指揮の下、桜庭や津村らに軟禁状態で取り調べを受け、自宅を捜索されたことまでを話すと、三人がポカンと口を開けていた。

「それで……馬宮たちの狙いは？　岩城は見えているのか？」

富松の顔がピンク色に紅潮している。岩城は例のファイルを鞄から取り出し、富松に渡した。

「こ、これは……？　なんで岩城が持っているんだ。外二の秘密文書じゃねえか」

丸岡と鴨居が額を寄せ合って覗き込み、同時に唸《うな》り声を上げた。

次に岩城はあのＵＳＢメモリをテーブルに置いた。

「秘密文書は、管内の子供が拾ったこのＵＳＢメモリに入っていました。配付した地図を見てください。ハマチュウさんの遺体発見現場がＡ地点。ＵＳＢメモリは瓶にいれられた状態で、そこから二キロ上流のＢ地点の橋から釣り糸でぶら下げられていました」

「デッドドロップですか……」鴨居が筒見の表情を探る。

筒見は腕を組んだまま眼を瞑《つむ》っている。

岩城はビニル袋に入った黒い物体をテーブルに置いた。紳士用の黒革靴。紐で締めるタイプのものではなく、足をいれるだけの紐なしのものだ。

「この靴はＢ地点、つまりＵＳＢメモリが発見された場所の川の護岸に落ちていました。ちなみに『銀座ミクニ靴店』はハマチュウさん行きつけの店で、サイズも二十六センチで一致しています」

「えっ？　ＡとＢは川で繋がっている。それって……」

「待て。次！　マルさん」

筒見が鴨居を遮《さえぎ》った。捜査員に予断を与えない。勝手な筋読みを披露させない。集団的思考に陥らせないための筒見の流儀だ。

最年長の丸岡が立ち上がった。

「私は、ハマチュウさんが主任研究員として在籍していた松樹総研について調べました。アパレルのノーチラスグループ傘下にあり、業態は対中国ビジネスのコンサルティングです。設立は五年前と新しいのですが、会員企業は約三百社にのぼります。会費は年間百二十万円。研究員が中心となって専門的な勉強会などが催されるほか、松《まつ》風《かぜ》レポートという冊子が毎月送られてきます。このレポートには、大物政治家の対談や、研究員による国際情勢分析も掲載されていて、その辺の三文《さんもん》情報誌より濃い中身です。いま人気の黒崎外務大臣もインタビューに答えていますし、それからハマチュウさんも……、ほら、ここに論文を発表していますよ」

丸枠の中に、浜中の四角い顔。現役時代より幾分穏やかな表情だ。表題に「中国ビジネスにおけるリスクマネジメント」とある。警視庁が過去に摘発した産業スパイ事件について解説し、企業の重要資産の不正流出防止策を説いている。

「……しかしこの松風レポートに気になるものがありました」

丸岡が指差す写真には、シンポジウムの様子が写し出されている。注釈として「中国現代国際関係研究院との共同研究発表」とあった。

「現代国際関係研究院って、国家安全部系の……」

富松が振り絞るように言うと、丸岡が引きとった。

「キャップのおっしゃるとおりです。釈迦に説法ですが、国家安全部の対外世論工作を担当する部門と言っていいでしょう。かつて国際関係研究院の院長が、国家安全部の副部長に就任したこともありますからね。そして松樹総研の業務を仕切っているのが、大志田譲という男です」

岩城は「この男です」といって秘撮写真をテーブルに置いた。

「こ、こいつ……倉持孝彦じゃねえか！」

富松は目玉が飛び出してしまうのではないかと思うほど目を丸くし、鴨居がその通りだとばかりに頷いた。

「この男は大志田譲を名乗っています。肩書はノーチラス取締役総務部長。松島桃香の側近です」

「でも、こいつが国家安全部のエージェントだった倉持だとすると、あのハマチュウさんが取り込まれていたことになる……」

鴨居が大志田譲の住民票の移転状況などを説明し終えた頃には、富松は頭を抱えていた。

「……最後に俺からだ」

筒見は、一枚の色褪《いろあ》せた新聞の切れ端をテーブルに投げた。

「……劉剣か……」全員が頭をぶつけんばかりに覗き込んだ。

かつて毎朝新聞の一面トップを飾ったスクープ記事。写真の中で、劉は血が滲《にじ》んだ下唇をかみ締め、カメラのレンズを睨みつけている。岩城の胸に、苦い記憶が込み上げた。

「劉は十一月に麻布に再赴任した。領事担当参事官、つまり国家安全部東京支局の機関長。出世しての再赴任だ。日本政府は外交査証を発給した。八年前の俺たちの捜査は改めて否定された……」

誰かが「畜生」と呟いた。

「そして……劉のエージェントとみられるこの女も来日している」

もう一枚の写真には、長い黒髪で、色白の女の姿があった。

女の名は「サラ・チュー」。FBIの情報によると、ロサンゼルス出身の中国系アメリカ人で、父親は大手玩具輸入商社を経営していた中国系社会の名士だった。カリフォルニア大学バークレー校で社会科学を学びながら、中国系学生協会に所属。留学中の中国共産党幹部の子弟の世話役を務め、尖閣諸島問題をめぐる反日学生グループの中心人物だったという。

「ここまでの事実で分かったか……。オヤジの死、秘密文書の漏洩、劉剣の動向は一本の線で繋がっている。そして中国が公安警察に送り込んだモグラは生きているということだ。もはや警察は、獅子身中の虫を探すことは出来ない。やれるのは俺たちだけだ」

筒見が全員の顔を見渡す。焼き付くような眼光を取り戻している。

「クソっ。まだモグラは生きてやがったのか！」鴨居が拳で机を叩いた。

「アニキ！　やりましょう。オレは絶対にリベンジします。桜田門から離れましたが、あのときのことは、いまでも夢に見るんです」

続いて、富松が杖をつきながら立ち上がった。

「俺はこの体だ、時間もねえ。でも、あの世に行くまでには決着をつけてやる」

富松の両眼が生命力を取り戻し始めている。

「私も……」といって、丸岡が立ち上がった。

「もうじき定年退職の爺さんですが、経験だけは豊富です。みなさんの役に立つなら、やらせてください」

　また、この空気だ。八年前と同じじゃないか、と岩城は思った。

　割れた頭、飛び散った脳漿《のうしょう》、立ちすくむ少女、たけり狂った筒見の形相——。当時の光景が走馬灯のように蘇《よみがえ》る。尻の辺りのむず痒《がゆ》さを堪え切れずに立ち上がった。

「私は反対です。いまの人生に満足できないからと言って、リベンジしようなんて気持ちは捨てるべきです……」

　ここまで言うと、締め付けていた感情の箍《たが》が外れた。胸の中ではちきれそうに膨らんでいたものを一気に吐き出した。

「筒見さん、私たちを集めて捜査を始める本当の目的はなんですか？　もう私たちはあなたの部下ではない。秘密主義はこりごりだ。腹を割って全部話してください。皆の気持ちを煽《あお》って、八年前と同じことを繰り返すのはやめましょうよ。私たちはあなたの道具じゃないんだ！」

　八年前の劉剣スパイ事件の端緒は、筒見が外務省内の協力者から得た極秘情報だった。

〈瀬戸口《せとぐち》課長が、休日のたびに無許可で上海や香港に出かけている——〉

外務省総合外交政策局・総務課長の瀬戸口顕一《けんいち》。総理大臣の外交にすべて同行し、日本の外交政策を取り仕切る外交官。中国・モンゴル課長や在中国日本国大使館政務公使を務めたチャイナスクールのトップエリートだった。

秘匿追尾には、筒見が統括する四係の中からAZ班を中心に、十五人が投入された。端緒を摑んだのは一ヵ月後のことだ。

瀬戸口が情報機関員と目される男と接触したのだ。それが在日本中国大使館経済商務処一等書記官の劉剣だった。外交官を偽装するが、機関員性は最も濃厚な「A」と判定され、中国最大の課報機関「国家安全部」に所属すると見られていた。義足の右脚を引きずり、杖をつきながら歩く、隻脚《せききゃく》の課報員だった。

劉は日本の政財界に独自の課報網を構築する仕掛けを、瀬戸口に作らせていた。各省庁の課長級の官僚と、大手企業の幹部候補社員からなる「霞友《かゆう》訪中団」を組織させ、年に一度、日中交流と称して中国に派遣するよう仕向けたのだ。参加者たちは中国各地で連日、共産党の若手幹部と意見交換をし、酒を酌み交わした。

この訪中団の事務局長として、毎年同行していたのが、あの倉持孝彦だった。倉持は劉剣の手足として、官僚たちを怪しげな店に案内して、時には女の世話までしていたのだ。そして訪中年ごとの「霞友訪中団OB会」も組織し、有望な人材をがっちりと摑んだ。

瀬戸口が馬脚を現したのは、秘匿追尾を開始してから、三ヵ月後のことだった。

夜の靖国神社で酒に酔った男が売店の看板を蹴って破壊し、現行犯逮捕される事件が起きた。逮捕されたのは学術交流で来日していた中国人経済学者で、麴町警察署に留置された。本人は謝罪や弁償を拒否、取り調べに黙秘したため、勾留が認められた。

瀬戸口は麴町署長に面会を求め、こう警告した。

「いま日中関係は微妙な時期だ。この件をメディアに公表せず、穏便に済ませて頂きたい。日中双方の国民感情を悪化させる事態となれば、警視総監のクビが飛ぶことになる」

正規の手続きを無視した圧力に、署長は屈した。翌日、釈放された学者の身柄を引き受けに来たのは劉だった。

釈放直前、筒見は中国人学者の所持品を検査し、パソコンに保存されていた膨大なファイルをコピーすることに成功していた。その中から、外務省の「秘」扱いの文書や公電が発見された。この経済学者は、霞友訪中団ＯＢの勉強会で、中国経済の展望について講演をしていたことがわかった。

筒見は秘文書漏洩を立件する計画を立てた。容疑は国家公務員法違反。中国人経済学者と氏名不詳の外務省職員。まず外務省に家宅捜索をかけ、瀬戸口を取り調べ、容疑を認めさせて逮捕する計画だった。劉については、参考人として聴取を要請、氏名を報道機関にリークすれば、劉は二度と諜報活動は出来なくなる。

だが、着手予定日の前日になって、捜査中止命令が下された。外事二課長は、「ウエからの指示だ」と、事務的に伝えただけだった。筒見は会議の途中に、席を蹴って出て行った。

キャリアの幹部は入庁以来、追尾や張り込みはおろか、協力者を獲得して生の情報を取った経験すらない。紙に印刷されたものを読むだけで、強制捜査の可否を判断するのだから始末が悪い。判断材料には組織防衛や保身も混入するのだが、現場に伝わってくるのは結論だけだ。

一方、寝食を忘れて、スパイを追尾してきた公安捜査員なら誰だって「逮捕」「捜索」といった結果を残したい。霞ケ関の論理で葬り去ることなど許せるはずもない。これは組織の論理を超越した捜査員たちの本能だ。筒見はこの本能に迷わず従った。

瀬戸口が住む池尻大橋の視察拠点にAZ班の五人を呼び出し、「Xデー」を告げた。池尻大橋駅前で瀬戸口を取り囲んで職務質問《バンカケ》を行い、任意同行《ニンドウ》と称して、ワゴン車に押し込む。短時間で容疑を認めさせて、上申書を書かせる。イチかバチかの賭けだったが、疑問を差し挟む者はなかった。第四係を恐怖政治で支配する指揮官を怖れ、そして、絶大なる信頼を寄せていたのだ。

何より、この一言が全員を奮い立たせた。

「この件は、オヤジがケツを持つことになっている」

「影の公安部長」と呼ばれた浜中参事官の後ろ盾があれば、怖いものはなかった。

だが、「事件」が起きた。

あの朝、瀬戸口は二十階建ての公務員宿舎の屋上から飛び降りて自殺した。凄惨な現場に立ち尽くしていたランドセルの少女のことを思うと、いまでも胸苦しくなる。

岩城が抱きかかえたとき、胸の名札が目に入った。「瀬戸口美希子《みきこ》」と書かれていた。あの少女は目の前で潰れた肉塊が、父親であることを認識していたのだろうか。

当日の午後、緊急帰国しようとする劉剣を、羽田空港国際線ターミナルのトイレで尋問した。公安警察内部のモグラが情報を漏洩している——。筒見はこんな思考にとりつかれ、ルビコンを越えた。

ウィーン条約では、外交官は住居、財産、文書、身体の不可侵という特権を持っている。警視庁外交特権等享有者取扱規程にも、「身分証明書の提示を求めて身分を確認し、特権の範囲を明らかにすること、強制捜査が出来ない場合でも、任意捜査により事案の真相を究明するよう努めること」とある。万国共通のこのルールを破った代償は大きかった。

毎朝新聞が、一連の出来事をすっぱ抜いたのは、二日後のことだ。

「機密文書が中国スパイに漏洩か、外務省課長が自殺――」

新聞を開いてすぐ、岩城たちは我が身に降りかかる出来事を覚悟せざるを得なかった。羽田空港のゲートから飛行機に乗り込む劉のカラー写真がすべてを物語っていたからだ。唇からシャツにかけて血がにじみ、髪は乱れている。暴行の痕跡がはっきりと残っていたのだ。

この報道の当日、中国外交部の報道官は、夕方の定例会見で異例の発表を行った。

「帰任する外交官が、羽田空港で日本当局に屈辱的な扱いを受け、暴力を振るわれた。被害者は身体に障害があり、人道的に許しがたい行為だ。日本政府に厳正な処分を求めるため、狼藉を働いた者の氏名を公表する。警視庁公安部外事二課・筒見慶太郎、富松新造、丸岡哲也、岩城剛明、鴨居千尋、津村啓一……」

外交部報道官は六人全員の名前を読み上げた。極秘であるはずのＡＺ班員の名前が中国側に漏れていたのだ。

これを受けて日本外務省が公式見解を発表した。

「瀬戸口課長と劉剣一等書記官は、外交官同士の公式の付き合いだった。警視庁が捜査対象にしたのは見当違いであり、外務事務次官から警察庁長官に厳重な抗議を申し入れた。有能な外交官を失ったのは日本外交にとって甚大な損失であり、警察には猛省を促したい」

記者会見で、外務報道官は「不当捜査だ」と怒り、脇に控える報道課長が涙を流す映像がテレビで放映された。

警察庁は当初、沈黙したが、長官が総理に呼び出され、日中外交への妨害行為だと叱責された。親中派の議員の反発はすさまじく、警備局長が衆議院外務委員会で追及される事態となった。その答弁が、岩城たちを愕然とさせるものだった。

「我が方の警察官が、劉書記官に対する職務質問を実施したのは事実です。ですが、警察庁としては、劉書記官が対日有害活動を行う情報機関員との認識はございません。したがって、警視庁の視察活動は事実誤認に基づくもので、その結果、外務省の瀬戸口課長が亡くなられたのは誠に残念なことです。今後、中国側が指摘する暴力行為については徹底した調査を行って……」

答弁どおり、筒見以下六人は内部調査の対象となった。劉への暴行については、誰も口を割らなかったので懲戒処分は免れた。しかし、ほとぼりが冷めた翌春、末端の津村以外の五人に対し、人事異動が発令された。小規模警察署の、しかも、畑違いの地域、交通といった制服勤務。通勤手当節減のため、自宅から遠い勤務地への異動は少ないものだが、このときばかりは、いずれも通勤に二時間近くを要する職場だった。「辞職せよ」という組織の意思表示だった。

気付いたときには、岩城は六本木ヒルズの広場のベンチに座っていた。クリスマスイブの夕方、周りは華やかに着飾ったカップルばかりで、居心地が悪い。スパイを追うときに沸き起こってくる体のうずきを味わいたかったから、昔の仲間と集まったのではなかったのか——。

「岩ちゃん。ひとりじゃ何もできねえぞ」

しわがれた声が背中から聞こえた。振り返ると、富松が杖を突いて立っていた。

「トミーさん、なぜ、ここが?」

「いくらポンコツでも、悩める男を追うことなど、わけないさ」

隣に腰掛けた富松の膝の辺りは骨ばっていて弱々しかった。

「俺だって筒見さんを恨んだよ。警察辞めて、食うのに困った頃はさ。でも、憎しみや、怒りなんて長続きはしねえ。人間の体は便利なもので、忘れるように出来ているんだ」

「トミーさん……」

「岩ちゃんは八年前の拓海君《たくみ》の事故を覚えているか？」

富松は綿のはみ出したハーフコートのジッパーを、首まで引き上げた。

「筒見さんの息子さんの件ですか？　詳しくは……」

八年前の夏、劉剣に対する暴行疑惑の内部調査を受けた後、筒見以下六人は中野駅近くのマンションの一室を拠点に重慶出身のマフィアの構成員の行確をするよう指示された。人事異動まで本部から追い払われただけのことだが、筒見は手を抜こうとしなかった。マフィアの男が頻繁に出入りする西新宿の商社に着目し、中国人社長の行確を岩城と鴨居に命じた。するとこの社長が工作機械メーカーに再就職している元海将補と接触していることが判明したのだ。名誉挽回の最大のチャンスだった。

しかし十月末頃、悲劇が起きた。岩城たちが午後十一時頃に中野の拠点に戻って報告を終えると、筒見が荷物をまとめて飛び出していった。富松が理由を明かした。

小学一年生の長男・拓海が学校から戻っていない――。

筒見は部下にすら私生活を明かさない男で、岩城たちはこのとき初めて、上司に男女の双子がいたことを知った。岩城と鴨居は探しに行こうとしたが、富松に制止された。筒見は午後六時に妻から異変を知らせる連絡を受けていたにもかかわらず、岩城たちの報告を聞き終えるまで拠点を離れなかったのだ。結局、残った全員が中野の拠点で夜を明かした。筒見本人から「遺体で発見された」と連絡があったのは翌朝八時のことだった。

「筒見さんは朝まで駆けずり回って探した。最後は自分で近所の池に浮かんでいた拓海君を見つけて、抱きしめて連れ帰ったそうだ……。実は俺、こっそり葬式いったんだ。そりゃあ、無残だった。奥さんなんて半狂乱になって、立ってられないんだ。筒見さんは、双子の妹……七海《なな み》ちゃんっていったかな、ずっと抱きかかえて、涙ひとつ見せなかった。あんなに悲しい葬式は後にも先にもなかったよ」

思い出したのか、富松の目元が潤んでいた。

「そうだったんですか……。私たちは葬儀の出席も断られたので、何も知らないままで……」

その後、二日くらいは行確を続けたが、筒見の留守中、捜査班に解散命令が出され、捜査記録は別の係に引き継がれた。結局、筒見とは話す機会もなく、全員が公安部を去ったのだ。

「……実は後日談があるんだ。俺が神奈川県警の知り合いに聞いてみたら、筒見さんの自宅前にレンタカーを止めて様子を窺《うかが》っているヤツがいるのを近所の人が目撃していたそうだ。拓海君がいなくなる前日夜のことだ。しかも車をどけろと言ったら、中国語で何か言ったそうだ」

「中国語……まさか……」

「捜査一課が事件の線でも調べたそうだが、筒見さんが捜査内容を何も明かさなかったから、真相はうやむやになった」

「……でも、八年前の話と、今回の件は関係が……」

「ああ、関係ないさ。でも、分かるだろう？　あの夜、筒見さんは息子を探すよりも、スパイを追うことを選んだ。しかし、捜査班も潰され、オヤジと慕ったハマチュウも守ってくれなかった。家族を犠牲にした決断は簡単に否定されたんだ。あの人のことだ、残された娘を危ない目に遭わせたくなかったんだろう。奥さんと離婚して、家族とも縁を切った。だから……あの人は何も隠してねえよ。後悔に身悶《みもだ》えながら、地獄を見続けているんだ。再びスパイを追う日が来るまで、ずっとだ……」

富松は杖をついて立ち上がり、岩城の肩を叩いて、ゆっくりと歩いていった。

第四章　迷宮

■十二月　東京　霞ヶ関

その質問をした瞬間、警察庁警護室長の南部哲夫は、口に入れていた飯粒を噴き出した。二、三粒が隣のテーブルまで飛んで行き、女性客が眉をひそめた。

「い、いまなんておっひゃいました？　お、奥野はん……」

飛び散った飯粒を口に入れながら、涙眼で奥野の顔を見つめた。

霞ヶ関の弁護士会館地下にある日本料理屋。銀むつ西京焼き定食を口に入れた途端に、ベテラン記者から驚愕の質問をぶつけられたのだから、取り乱すのも無理はない。この昼食は奥野の後輩にあたる警察庁担当記者が設定したものだ。誘った本人は急用が入ったと、端《はな》から席をはずし、南部は初対面の奥野と二人で食事をするハメになったのだ。

「あなたはマンハッタンで起きた外務大臣暗殺未遂事件の真相を隠蔽するつもりかとお聞きしたのです」

「暗殺って……何のことですか？」

「黒崎大臣が九月二十三日未明に救急搬送されましたよね？」

「いやあ、存じ上げませんなあ……」

南部はハンカチを取り出して、禿《は》げ上がった額を拭《ふ》いた。

「こっちは全部分かっているんです。あなたの部下である外務大臣担当SPの清水雄一警部補が一緒にニューヨーク市立大学付属病院に行っているじゃないですか？」

「……だ、だ、大臣は、体調を崩されたと報告を受けております」

「あなたは要人警護の総責任者です。現実を直視しなければなりません。黒崎大臣からは重金属が検出されました。おそらくタリウム……。猛毒です。なのに、肝心のあなたが事件を警備局長に報告していない。捜査が始まってしかるべきなのに」

「も、猛毒？　捜査？」

南部は目を見開いて固まったが、がっくりうな垂れた。つい先ほどまで「最近のマスコミは……」などとキャリア然とした威厳を見せ付けていた男が、わずか三十分でしょぼくれている。攻撃に弱い、典型的なエリート官僚だ。

「あなたを責めるつもりはありません。一緒に真相を解明しませんか？　確度の高い情報をウエにあげれば、あなたも警察官僚として評価が一段上がる」

「そ、そうですね！　それはいい案です！」

玩具のサルのように、南部は何度も首を縦に振った。

「ニューヨークの総領事館にいる筒見慶太郎という警備対策官と面識がありますね？　国連総会の警備で現地責任者だった男です」

「ああ、筒見君ね……。彼が何か？」

単純な男だ。優しい声をかけられて、もう態勢を立て直している。

「お親しいのですか？」

「ええ、彼は麻布署で僕の部下でした。なかなか優秀な男でね。この前、ニューヨークで会ったときも、相談に乗ってやったのです」

南部は胸を張った。

「引き合わせてください。すぐに」

「いやっ、でも……彼はニューヨークにいますからね。まあ、メールくらいはしておきましょうか」

「彼はいま東京にいます」

「えっ？　ウソっ？」

「本当です。正式に言えば、飯島総領事の特命を受けた一時帰国です。あなたが隠蔽しようとしていた黒崎大臣毒殺未遂事件の調査のためにね。近日中に彼との夜の会食を設定してください。いいですね」

「しかし、筒見君は公安の出身者だから記者さんとは……」

「あなたの部下だったのでしょう？　キャリア官僚である南部さんが命令すればいい。では連絡をお待ちしています」

奥野は伝票を取って立ち上がった。

あの男と出会ったのは、ワシントン駐在を終え、帰国したあとだから十年ほど前だ。血も凍る悪夢のような出来事が発端だった。

取材相手との会食を終えて、ほろ酔い加減で満員の地下鉄に揺られているときだった。横に立っていた若い女が突然「やめてください」と叫び、奥野の右手を摑《つか》んだのだ。「この人痴漢です」。その言葉に、血の気が引いた。警察に突き出されれば、逮捕され、容疑を認めるまで、留置場に入れられる。認めなければ起訴され、裁判にかけられる。面倒になって認めてしまえば、懲戒免職だ。

「俺はやっていない」押し問答になった。男性の乗客たちは巻き込まれまいと距離を置き、女性客の冷たい視線が突き刺さった。駅でドアが開いたとき、奥野は被害を訴える女を押しのけて外に飛び出した。逃げるしかなかったのだ。そのとき、何者かに、襟首をつかまれたかとおもうと、猛烈な力でホームに投げ飛ばされた。

「警察です」「痴漢されました」

目の前に警察手帳を突き付けられた。腰のベルトを摑まれ、衆人環視の中を連行された。屈辱と恐怖で気が動転した。改札をくぐり、地上への階段を上ると、黒いワゴン車の後部座席に乗せられた。暗幕が引かれた運転席は見えない。隣に座った男の姿が対向車のライトに浮かんだ。よくみると色白の端正な顔だ。やがて、車は警察署の前に止まった。

「旭日テレビ外報部記者、奥野滋さんだね。俺はツツミだ。君に選択肢を与えよう。このまま、警察に行って手錠をかけられるのがいいか。それとも俺に全面的に協力するか。後者なら痴漢事件は俺の裁量で見逃すことにする。こんなつまらんことで、優秀なジャーナリストを潰してしまうのは、日本にとって大きな損失だ」

「私は何もやっていません」

「きっと何かの間違いだろう」

「……協力ってどんな……？」

「国際情勢について、君の知恵を貸してくれ。考える時間を一分与える。決断して欲しい」

藁《わら》にもすがる思いで、取引に応じた。住所を教えてもいないのに、ワゴン車で自宅まで送り届けられた。冷静になると気味が悪くなった。そもそも、ツツミは本当に警察官なのか。裏社会の人間で、今後強請《ゆす》られるのではないか。不安は募るばかりだった。

しばらく音沙汰はなかった。だが、二週間後、重要な情報源とレストランで食事していると、背中に視線を感じた。ツツミがテーブルに座ってこちらをじっと見ていた。鳥肌が立った。取材相手を見送ったあと、ツツミの前に座った。

「彼女とお近づきになりたい。紹介してもらえないだろうか。君の知識をフル稼働して、引き合わせてくれ。君の同僚ということで構わない。そのあとは俺が自分でやる」

この時点でようやく感づいた。ツツミは公安、それも、外事二課の中国担当に違いない、と。なぜなら、奥野が食事をしていたのは在日中国大使館一等書記官の徐春《シュチユン》麗《リイ》、中国外交部の日本専門家として将来を嘱望される女性外交官だからだ。

十日後に徐との会食を設定し、ツツミを「同僚」として紹介した。ツツミは流暢《りゅうちょう》な北京語で、中国文学や映画を論評してみせ、白酒《パイチュウ》を飲んで座を盛り上げた。知識や語学力は群を抜いていたし、振る舞いが洗練されている。奥野から見ても魅力のある男だった。

その二年後、奥野は自分の愚かさを悔やむことになった。劉剣スパイ事件が発覚。「筒見慶太郎」の名が、中国外交部によって発表された。徐から電話があったのは、その一ヵ月後のことだ。取り乱した様子で、本国に召還されるといい、最後に「あなたを恨むわよ」という一言とともに電話は切れた。

徐は帰国直後、国家安全部にスパイ容疑で身柄を拘束された。筒見に内部情報を漏洩した嫌疑がかけられていると、中国国内で報じられた。共産党の機関紙には、「筒見は彼女と恋愛関係にあった」との記事も掲載され、日本警察が卑劣な手段で女性外交官を籠絡しているというプロパガンダに利用された。

筒見と出会った晩の出来事を改めて検証した。痴漢騒動が起きたあの晩も、徐を取材したあとだった。被害を訴えた女も芝居に違いない。すべてが徐を協力者として獲得するために仕組まれた工作だったのだ。

あの筒見なら今頃、黒崎大臣暗殺未遂事件の本質に迫っているに違いない。今度こそ、こっちがヤツを利用して、鼻を明かしてやろうじゃないか。警視庁本部庁舎を見上げながら、奥野は奥歯を嚙《か》み締めた。

引き摺るほど長いトレンチコートに身を包んだ南部が、百メートル程先の小料理屋に入っていくのが見えた。ハイヤーを降りた奥野は、大きく息を吸って冷たい空気を肺に循環させ、心を落ち着かせた。

神楽坂商店街から裏通りに入った若宮町は料亭がちらほら残る、風情のある地域だ。十五分後、午後八時に、南部に誘い出された筒見が店にやって来ることになっている。古民家を改築した小料理屋の女将は、奥野の十五年来の知人で、我儘《わがまま》もきく。筒見と南部が食事をしている隣の席に、通してもらう段取りになっている。そこで南部が旧友という設定の奥野に声をかける。陳腐な芝居だが、南部が知恵を絞ったストーリーに乗ることにした。

ほのかな灯りが店の目印だ。通常の客は店の二十メートル手前、右側の道から姿を現わす。上背がある筒見は大股で歩くので八年ぶりでも判別できるはずだ。

「黒崎外務大臣暗殺未遂」は魅力的なネタだ。丹波秘書官の資料によると、筒見と一緒に調査していた貴志麻里子という外交官は何者かに襲撃され戦線離脱したということだから、自分にも危険は及ぶかもしれない。奥野は空恐しさを覚えた。

気分転換に自動販売機で温かい缶コーヒーを二つ買い、ハイヤーの後部座席に戻った。運転手にひとつを渡そうとした瞬間、全身がばねになったかのように飛び上がって、ドアに背中を貼り付けた。全身の皮膚が粟立《あわだ》ち、呼吸が停止した。隣に男が座っていたからだ。

「だ、誰だ……」

唾を飲み込もうとしたが、喉が詰まって嚥下《えんか》できない。口が動くだけで声が出なかった。

「車を出してくれ」頰に無精髭《ぶしょうひげ》を生やした男は運転手に指示した。

ゆっくりとハイヤーが動き出す。南部がいる小料理屋の前を通り過ぎた。店の灯りに隣の男の顔が浮かんだ。

「筒見さん……ですか」

「俺に会いたかったんだろう？　奥野さん」

運転手がミラー越しにしきりにこちらを確認している。逆に、南部に嵌《は》められてしまったのか。奥野は唇を嚙んだ。

「……なぜ、分かったんですか」

ようやく声を振り絞ると、筒見は鼻で笑った。

「あの店は奥野さんの行きつけだろう。安心しろ。南部は君の言いつけを忠実に守ってる」

この男のやり口だ。相手を動転させ、精神的に優位な状況を作り出す。無実の人間を痴漢に仕立て上げるくらいだから、こんなことは朝飯前だ。またしてもしてやられたと、身体が熱くなった。

「罠に嵌めるようなマネをして申し訳ない。私は筒見さんが調べている『九・二三事件』を取材しています。情報交換をしたいのです」

運転手の手前、事件発生の日付を隠語に使った。この男には八年前の貸しがある。重要なネタ元を潰しておいて、謝罪の言葉ひとつもなく音信不通になるとは、情報の世界に生きるものとしてのマナーに欠けているではないか。

奥野の怒りをよそに、筒見はハイヤーの座席に深く腰掛け、窓の外を眺めたままだった。徐のことなど、忘却の彼方《かなた》といった様子だった。

ハイヤーは四ツ谷駅前を通過し、外堀通りを赤坂方面に向かった。

「ここで停まってくれ」

筒見が掠《かす》れた声で呟くと、赤坂見附駅をすぎたところで停車した。

「運転手さん、三分ほど降りてくれないか」

「えっ？　でも」

年配の運転手が振り返って奥野の顔を見た。

「いいんです。言うとおりにしてください」

運転手が戸惑った様子で車を降りると、筒見は紙を差し出した。

「この店に行ったことがあるか？」

「福星楼《ふくせいろう》」という高級中華料理店の名前が書かれていた。中国大使館の元料理長が経営する店で、先月、国防武官と食事をしたばかりだ。

「ええ、もちろん。麻布の武官室が使う店ですね」

「この店の五階には『貴賓室《きひんしつ》』という会員制秘密クラブがある。オーナーは福星楼と同じで、看板も出ていない店だ。サラ・チューという女がそこにいる。まず彼女の動向を洗ってみろ。俺に逐一報告することが条件だ。裏に電話番号を書いてある」

「サラ・チュー……。黒崎大臣の事件とどんな関係が？」

「調べれば分る。それから……この取材を続ければ、黒崎を潰すことになるかもしれない。腹を決めてから取り掛かることだ」

「……関係ありません。記者は親友だろうと、親兄弟だろうと、報じる価値があるものは報道するのです。あなたたちの捜査と同じだ」

奥野が言うと、筒見は口元に乾いた微笑みを浮かべ、車を降りていった。

取材力と覚悟を試しているのか。徹底的に調べてやろうじゃないか。記者の闘志が沸々とわき起こった。


午後十時半、エレベーターを降りてすぐ目の前の鉄の扉を開けると、なんとも怪しげな世界がひらけていた。

「ほう、すばらしい！　こんな隠れ家があったんですね」

奥野が大げさに驚いて見せると、「福星楼」のマネージャーはうやうやしく中へと案内した。照明を落としたほの暗い店内に客はいないようだった。出てきた女性たちは、胸元や脚の線を強調したセクシーなドレスを着た美女ばかりだった。

「いやぁ、いい店ですね。筒見君も残念だったよねえ」

ホステスにコートを預けながら、南部が甲高い声をあげた。

筒見からキャンセルの電話があったらしく、南部はすぐに助けを求めて電話をかけてきた。渡りに船とばかりに南部を赤坂に呼び出し、福星楼で食事を振舞った。ツバメの巣や鱶鰭《ふかひれ》、茅台酒《マオタイしゅ》を金に糸目をつけずに注文すると、支配人が挨拶にやってきた。

「こちらは大事なお客さんなんだ。このあと一杯やりたいのですが、先週ここで食事した方《ファン》武官から、上の階に貴賓室があるとお聞きしました。是非、案内してほしい」

奥野が先月食事をした国防武官の名前を出すと、支配人は深々と頭を下げた。会計を終えると、気をよくした支配人がエレベーターのボタンを押して待っていた。

「二人だといくらくらいでいけるんだ？」

「ボトル一本入れて頂いて、おひとり、このくらいでしょうか」

マネージャーは五指を開いて見せた。

「福星楼貴賓室」の店内は、六、七人がけのソファセットが五つ。薄暗く、それぞれのブースが衝立《ついたて》で区切られた造りだった。バーカウンターの棚には中国の名だたる酒がずらりと並び、照明に浮かび上がっている。

奥にはVIP用の個室があるようだ。若い男の店員がガラス扉を開けたとき、男たちの話し声が漏れてきた。「次官……」という単語が耳に飛び込み、葉巻の匂いが鼻をかすめた。

「こんばんは〜」

中国語のアクセントが残るホステスが二人、奥野たちの席にやってきた。鈴玉《リンユー》と杏《シン》と名乗る二人とも、秘密めいた店には似つかわしくない、健康的な色香を放っていた。

「いやぁ、これは美人さんですなぁ」

南部はあどけなさの残る顔立ちの鈴玉の豊満な胸元に顔を接近させ、助平な顔で食い入るように見つめている。この警察官僚はロリコン趣味があるようだ。

「お兄さんたち、何のお仕事をしているの？」

「テレビ局だよ。わかる？　電視台《ディエンシータイ》」

奥野は所属部署を書いていない名刺を二人に渡した。

「うん。分かる。分かる」

洋の東西問わず、テレビ局は女性の関心を引くものだ。しかし最近は「記者」と名乗った瞬間、女性たちは死肉を漁るハイエナでも見るかのような、警戒と侮蔑の眼差しを向けてくる。ここで、止めておくのが肝要だ。

「さて、クイズです。僕の仕事なんだと思う？　当ててごらん？」

南部が割り込んできた。ホステスの関心が奥野に向いたのが気に食わないらしい。

奥野は目で合図を送りながら、小さく首を振った。中国大使館幹部が接待用に使う秘密クラブで、警察庁幹部であることを告白していいはずがない。説明不足だったことを悔やんだ。

「何？　わからない。コメディアン？」

杏の答えを聞いて、南部は泣いたふりをしながら、鈴玉の太股に突っ伏した。計算された動きだ。

「くすぐったい！　お兄さんスケベ！」

たっぷり深呼吸して南部は起き上がると、名刺入れを取り出して、立ち上がった。

「失礼な！　君たち、よぉく聞きなさぁい。私はケイサ……」

「ば、馬鹿！」

奥野が名刺入れを取り上げようとすると、南部は抵抗し、テーブルの水割りをひっくり返した。

「もう。ドジなんだからぁ」

杏がボーイにおしぼりを持ってくるように頼んだ。

そのとき、奥のVIP室の扉が開いた。出てきた二人の男の顔を見て、奥野は咄嗟《とっさ》に衝立の陰に身を隠した。

外務副大臣の村尾彬、外務次官の室木《むろき》昇三《しょうぞう》じゃないか――。

「いやぁ、次官、ごちそうさまでした」

二人はご機嫌の様子でエレベーターホールに向かった。室木は黒崎との不仲説が囁かれ、更迭の噂すら出ている。一方の村尾副大臣は黒崎の側近中の側近で、「無名人の会」にも参加している。外務省にいた頃は、室木の後輩だったわけだが、いかにも胡散臭《うさんくさ》い取り合わせだ。

南部はぶつぶつ言いながら、濡れたズボンをおしぼりで拭いている。

「あの人たち、よく来るの？」奥野は杏の耳元で囁いた。

「村尾さん？すごくいい人！　この前、ゴルフにも連れて行ってくれたのよ。ちょっとスケベだけど……」

室木のほうは、何度か来たことがある程度らしい。

やがて二人を見送ったホステスたちが戻ってきた。奥野はその中の一人、長身で色白の女に目を奪われた。カウンター席で長い脚を組んでエビアンを飲んでいる。視線が合う。肉感的な唇、首から肩、胸にかけてのラインが柔らかく、妙になまめかしい。

「彼女は？　綺麗な娘だね」鈴玉に北京語で話しかけた。

「サラちゃん？　村尾さんのお気に入りよ。私がニューヨークのピアノバーでアルバイトしたときに知り合ったの。北京語が出来るホステスが足りなくて、先月から臨時で来てもらっているの。呼んで来るね」

鈴玉はすぐにサラを連れてきた。

「こんばんは。アメリカから来たんだって？　どこから？」

英語に切り替えて話しかけた。

「サラです。ニューヨークシティからよ」

奥野はサラと握手を交わした。シルクのような掌《てのひら》の感触、上品な香水の香りに、ぞくぞくと鳥肌が立った。全身に心地よい弱電流を流されたようだった。

「オクノだ。ボストンとワシントンDCにいたことがある。日本はどう？」

「ええ。大好きよ。みんな礼儀正しくて、慎《つつし》み深いわ」

まっすぐ奥野を見つめている。囁《ささや》くような柔かな声に、気持ちが満たされた。南部は英語も中国語も分からないらしく、広いおでこに汗を浮かべながら、鈴玉の掌に熱心にマッサージを施している。

「慎み深いヤツばかりじゃない。日本人の中にはこんなのもいる」

奥野が眼で南部を指すと、サラは声を出して笑った。

「ここは日中友好の最前線です。日中の政治が対立しているのに、中国人と日本人がこんなに仲良くしている。ここは貴重な場です」

サラは鈴玉の膝で眠り始めている南部を見て微笑んだ。鈴玉が赤ちゃんにするような調子で、優しく背中を叩くと、南部は満足そうに頬を太股に擦り付けた。首脳の身辺警護の全責任を負う警察庁幹部の醜態に溜息が出た。

「じゃあ、僕らはそろそろ……」

会計は十二万円。一時間半、ボトル一本でこの価格か。中華料理と合わせると、一晩で十七万円が飛んだ。室木と村尾の飲み代はどこから出ているんだ？

酔いつぶれた南部を抱えて店を出た。待たせてあったハイヤーに南部を放り込み、ビルの陰に身を隠した。

白いコート姿のサラが福星楼ビルから出てきたのは三十分後、午前一時すぎだった。タクシーを探す様子もなく、赤坂通りを乃木坂方面に歩く。奥野は三十メートルほど距離を置いて尾行した。途中左に折れて、繁華街の喧騒から離れていく。住宅やマンション、事務所ビルが混在する路地を歩いて、暗闇に包まれた氷川神社に入っていった。

ハイヒールの音と残り香を頼りにあとを追う。階段を上り、神社を抜けたサラは人気のない通りを縫うように歩いた。左折。そして右折……。もう二十分も同じエリアを回っている。奥野が神経をすり減らし、息が上がり始めた頃、サラは六本木通りに出て、上り方面のタクシーをつかまえた。奥野は走った。首尾よくタクシーがやってきた。

「あのグリーンのタクシーを追ってください」

運転手が慌ててアクセルを踏んだ。サラを乗せたタクシーが向かったのは日比谷交差点近くにあるホテル「グランド・ロイヤル」だった。車寄せでタクシーを降りたサラはサングラスをかけていた。奥野もポケットに突っ込んであったマスクをかけて追ったが、ロビーで見失ってしまった。

そのとき、左手奥の柱の陰に、見覚えのある男の横顔が見えた。

「何をやっているんだ」

背中がビクッと震えた。

「奥野さん……」

外務大臣秘書官の丹波は一瞬驚いた顔をした。

「もう、びっくりさせないで下さいよ。邪魔者排除の大事な作業中なんですから」

丹波は手に持っていた小型のビデオカメラを掲げ、いつもの笑顔を作った。

「邪魔者?」

「副大臣の村尾ですよ。ここで女と密会しているのですよ」

さも愉快そうに、天井を指差した。

「写真週刊誌のスクープカメラマンみたいだな。誰だい、女って？」

「赤坂の中国クラブのホステスです」

どきりとしたが、平静を装った。

「ふーん。村尾はふざけた男だけど、黒崎さんの大事な側近だ。邪魔者じゃないだろう。総理を狙う政治家は一人でも支持者が多いほうがいいはずだ」

「村尾は必要ありません。彼はいつか黒崎を裏切ります。そのときに備えて、証拠を押さえるのですよ」

「まさか……。秘書官も大変だ。じゃあ、お疲れさま」

「……例の件、取材費用が必要でしたら、遠慮なくおっしゃってくださいね」

振り向かずに手を振って玄関を出た。丹波は何か隠している。村尾がニューヨークの一件に絡んでいるということか。

立ち止まってズボンのポケットから電話番号が書かれた紙片を取り出した。筒見に報告すべきか。いや、そんな必要はない。今度はこっちがヤツを利用する番だ。奥野は紙を握り潰した。

■同十二月　神奈川　川崎

ＪＲ川崎駅東口の騒々しい商店街を一歩裏手に入ると、昔ながらのいかがわしい飲食店がひしめく通りがある。鴨居は道のど真ん中にメルセデスを停めると、運転席を飛び出し、筒見を後部座席から降ろした。

「こちらの店です」

鴨居が指したのは、雑居ビルの一階にある、古びたスナックだった。

まだ、午後四時だというのに「スナック・レッドルージュ」と書かれた毒々しい赤いネオンが点滅している。

「……さすがヤクザの親分だ。待ち合わせにも上等な店を使うんだな」

筒見は悪態をつきながら、店のドアを開けた。

店名通りの真っ赤な口紅を引いた女店主が、筒見と鴨居を奥に案内した。

窓際のテーブルで、赤いアーガイル柄のセーターを着た男が煙草を咥《くわ》えていた。

「あちらが反町の親分です」鴨居が耳打ちする。

広域指定暴力団・岩黒組大成会会長の反町弘は「よう」と手をあげた。

六十代半ばという年齢の割に、色艶の良い日焼けした肌。ヤクザと言うより、ゴルフ焼けした実業家といった風情だった。

岩黒組は神奈川県平塚市を本拠地とする日本三大暴力団の一つだ。若頭補佐である反町は巨大繁華街を擁する川崎を任されており、次世代の組長候補の筆頭だ。かつて関東進出を狙う福岡筑山会との抗争では、武闘派として鳴らしたが、最近は株や不動産取引をシノギの中心としており、経済ヤクザと評される。

「あんたかい？　カモちゃんの兄貴分は？」

「筒見です」

自己紹介すると、反町は「まあ座れよ」とセンスの悪い赤いソファを指した。筒見がテーブルを挟んで、向かい側に座り、鴨居はホステス用の小さな椅子を持ってきて、筒見の斜め後ろに座った。ボディガードらしき大柄な男二人が出口を塞ぐ格好でカウンターに座り、様子を窺っている。

「カモちゃんにも負けねえ面構えだな。現職のデカさんか？」

反町はまぶしい光でも見るかのように目を細めた。

「いまはニューヨーク総領事館に出向中ですがね」

「ニューヨークってえと、アメリカのどのあたりだったかな？」

咥《くわ》え煙草《タバコ》のまま、反町は受け取った名刺をまじまじと見ている。

「東の端です。行ったことは？」

「ねえよ。俺たちは入国禁止だ。むこうのFBIとかいう警察は日本のヤクザがとんでもねえ凶悪な犯罪集団だと思っているそうじゃねえか。運よく入国できても、罠に引っ掛けられて片っ端から捕まえられるんだろ？　俺みたいな善良なヤクザは怖くていけねえよ」

煙草を親指と人差し指で挟んで、にやりと笑った。爬虫類を思わせる、ぬめっとした肌。右手の小指と薬指が欠損している。

「FBIが日本のヤクザを過大評価しているだけだ」

筒見の一言に、反町は一瞬動きを止めたが、「その通りだ」と口を開けて笑った。

「さっそくだが……」筒見は用件を切り出した。

「大志田譲という男を捜している。川崎に住んでいた男だ。いくつかの犯歴《レキ》があって堅気《かたぎ》じゃない。このあたりを昔から仕切っている反町さんなら行方を知っているだろう」

「なんでえ、せっかちなヤロウだな。いきなり本題かよ……。何が知りたいの？」

眉間《みけん》に皺《しわ》を寄せると、反町は両腕を広げ、ソファの背もたれに肘《ひじ》をのせた。

「大志田の消息だ。まずは反町さんとどういう関係だったか教えてもらいたい」

「まあ、商売敵《しょうばいがたき》ってえのかね」

反町は筒見の眼を見据えたまま口角から煙を吐いた。

「大志田はいつまでヤクザだったんだ？」

「ヤクザの構成員かどうかは、あんたら警察が決めることだ」

「恍《とぼ》けないでくれ」

「あれは確か、昭和の時代だったねぇ」

反町は石原裕次郎の『喧嘩太郎』を口ずさんだ。そして反応を確かめるように、目を細めた。

「おい、反町よぉ。こっちが頭下げて聞いてるんだ。まともに答えたらどうなんだ」

筒見は声を低くした。

カウンターにいる二人のボディガードが立ち上がるのが、衣擦《きぬず》れの音で分かった。

「あ、アニキ……、いくらなんでも若い衆の前で……」鴨居が小声で言った。

「てめえ、何が商売敵だ！　大志田はてめえの兄貴分だったんだろう。一緒に傷害でパクられてるのはわかってんだ！」

筒見が身を乗り出した。反町と顔を突き合わせて、睨《にら》みあう。

「俺はなあ、国家権力が反吐《へど》が出るほど嫌《きれ》えなんだ」

大量の煙が筒見の顔に吹きかけられた。その瞬間、反町の口から煙草が消えた。筒見の左手で握りつぶされた煙草がコーヒーカップでジュッと音を立てた。

反町は組んでいた足をゆっくりと解いた。そして右足の靴の裏を二人の間のテーブルの縁に押し当てた。

「舐《な》めるな！」怒声とともにテーブルを蹴《け》った。

カップがひっくり返り、色褪せた絨毯《じゅうたん》に染みを作った。筒見の両膝めがけて飛んでいくはずのテーブルは、びくとも動いていなかった。筒見が身を乗り出して、テーブルの縁を両手でがっちりと固定していたからだ。

「兄さん、分かってるじゃねえか」

「こんな場末のスナックで、大事な膝を潰されるわけにはいかねえよ。あんたも、五十年近く昔と同じ手を……ナントカの一つ覚えってヤツだな」

にやりと笑うと、筒見はテーブルを右腕一本で撥《は》ね飛ばした。

背後で乾いた金属音が響く。ボディガードが特殊警棒を抜いたようだ。すぐさま鴨居が立ち上がる。大学空手の東日本チャンピオンだった鴨居は、かつて第五機動隊の空手道部に所属し、実業団大会でも活躍した猛者《もさ》だ。警棒を持ったチンピラ二人なら制圧できるはずだ。

「てめえら、じっとしてろ！」

窓ガラスがびりびりと震えた。この男が広域暴力団の直系組長であることを改めて認識させるに十分な迫力だった。カウンターの中にいた女もすくみ上がっていた。

「カモちゃん、若い衆つれて外に出てくれ。俺はこの兄さんとサシで話をつける」

反町が言うと、鴨居が二人のボディガードを小突きながら外に出て行った。

「悪かったな、兄さん。どんな野郎か確かめたかったんだ。それにしたって、あんたも古臭いオマワリだねえ。俺も昔はあんたみたいのと、やりあったもんだぜ」

反町は目尻に深い皺を寄せ、煙草を一本差し出した。そして絨毯に転がっていた金無垢のライターで火をつけた。

「俺にとって大志田は古傷みたいなものだ。それをほじくられたような気がしてな。……いうとおり、大志田は俺の兄貴分だった」

反町は眼を瞑《つむ》ったまま、訥々《とつとつ》と語りだした。

大志田譲との出会いは五十年ほど前のことだ。反町は十七歳で、鶴見一家という組の部屋住みになった。部屋住みとは二十四時間体制で親分宅の掃除や炊事、電話番を担当する過酷な極道修業。そのとき部屋住みを卒業して、組長の運転手になっていたのが大志田だったという。

「不器用な兄貴分でよぉ。千葉から出てきて、あちこちでトラック運転手や大工見習いみたいなことやっていたらしいんだが、長続きしなくて、飛び込みでヤクザに志願した人だった。いつも俺が失敗すると庇《かば》ってくれたんだけど、一緒に巻き添え食ってぶん殴られるんだ。当時、俺は煙草を買う金もなくて、大志田になけなしの小遣いめぐんでもらったりもしていたんだ」

反町は記憶を喚起するかのように、また沈黙した。

「何年かして、俺も工場地帯に日雇いを派遣する仕事や金貸しなんかで、それなりに金作れるようになったんだ。その頃だ、一緒に傷害でパクられたのは。貸した金返さねえ社長がいて、俺がさっきみたいにテーブル蹴飛ばして、膝潰してやったんだよ。二人でパクられたあと、大志田は自分がやったって言い張った。警察も大志田が主犯ってことで調書作っちまった。おかげで、俺より長い刑期食らって、出てきたんだけど、シノギがなくて食えねえんだ。惚《ほ》れたオンナがいたけど、いい服も買えねえ。で、シャブの売買に手を出しちゃったんだな。それが親分にばれて破門になった」

「その後、惚れていたオンナとは？」

「堅気《カタギ》になった直後に結婚したよ。バツイチの年上で、二人のコブ付きだったけど、大志田にはもったいねえ、気立てのいいオンナでさ。昼間は学校で給食作って、夜はこのあたりのスナックで働いてた。俺も祝儀包んでお祝いしてやったんだ。堅気の格好で来てくれって言うから、地味な背広買って、フランス料理予約して、二人のガキも連れてった」

鴨居の調査によると、大志田は昭和四十六年に、柏原恵子《かしわばらけいこ》と入籍している。このとき長男の陸斗が五歳、次男の秀也は三歳だった。わずか二年後に、恵子の死亡届が出されている。

「まもなく妻は死んだ……」

「交通事故だ。大志田がポンコツ車運転して、母ちゃんのスナックに迎えに行ったんだが、酒飲んでいたらしいんだ。対向車線に飛び出して、トラックに突っ込んだ。母ちゃんは死んで、大志田は頭に大怪我して生き残った。でも、アタマがヘンになっちまった。何の脈絡もなく、わめいたり、暴れたりして、凶暴になっちまうんだ。俺はそれまで仕事を回してやってたんだけど、あちこちでトラブル起こすもんだから、心を鬼にして出入り禁止を言い渡したんだ」

そういうと、反町は腕を組んで、瞑想するように眼を閉じた。

「大志田と二人の子供はその後どうなった？」

「お大師さまがあるだろう。大志田は、あのあたりのアパートに住んでいた。確か……四十年近く前だ。あちこちに借金重ねて、追い込みかけられた挙句《あげく》に息子二人と蒸発したんだ」

最後に筒見は、「大志田譲」を撮影した三枚の写真を見せた。マンションを出て来たところを秘撮したものだ。反町は金縁の眼鏡をかけなおすと、写真を穴の開くほど凝視した。

「……ぜんぜん違うね。まったくの別人だ。ひとつ教えてやるよ。大志田は顔をハスられて、顔のど真ん中をざっくりやられてるんだ。ここから……ここまで。あの傷は一生消えるもんじゃねえ」

反町は人差し指で、右の目尻から顎の先端まで直線になぞった。

「最後にヤツが事務所で暴れたとき、俺がドスでやったんだ。殺すつもりでな。それっきり大志田は来なくなった」

蛇のような両眼が遠くを見つめていた。

反町と別れた後、大志田譲が住んでいた場所を訪ねた。川崎駅から京浜工業地帯に延びる支線の駅から徒歩十分。かつて工員たちが住んだ町を細分化しながら、新築住宅が増殖している。住宅の隙間の人ひとりしか通れない細い路地。突き当たりに二階建ての木造アパートが廃墟となって存在していた。

「大志田の部屋は、一階の一番奥です」

鴨居が錆《さ》びついた鉄条網の前で指差した。

「危険・立ち入り禁止」の看板がぶら下がっている。放置期間は十五年といったところか。崩壊寸前の建物が草木で覆われている。腐食した外階段は崩壊し、骨組みを残すのみだ。敷地内には割れたブラウン管やベッドマット、古タイヤなどの粗大ゴミが不法投棄されていた。まさに時代の流れから取り残された異様な空間だった。

「土地の所有者は行方不明です。二十年前に死んだ大家には、相続人として娘がいたそうなんですが、行方知れずです。建物は近隣の苦情でようやく行政が撤去を決めたそうです」

鴨居が、土地の登記簿謄本を片手に説明した。

曇りガラスの窓の向こうに、破れたカーテンがぶら下がっているのが見えた。

大志田父子は、まさしくこの迷宮に飲み込まれたかのように、忽然と姿を消していた。失踪後は誰一人探すこともなく、記憶の彼方に葬られていたのだ。

鴨居と手分けして地取《ジド》りに歩いた結果、長男・陸斗の同級生に会うことが出来た。タクシー運転手になっていた同級生から入手したクラス写真には、子供たちの笑顔の中で、痩せた小柄な少年の姿が写っていた。短めの散切《ざんぎ》り、色白の顔は表情に乏しく、なんの特徴もない。

同級生の証言は悲惨なものだった。街のトラブルメーカーの息子。悪臭漂うボロ服を身にまとい、給食費も払えず水道水で空腹を満たす。男子からは殴る蹴るのイジメを受け、女子はバイキンがうつると逃げていた。

陸斗が行方をくらましたのは、三十七年前のある日のことだ。大社駅近くの理髪店の娘・小田村文香《おだむらふみか》は、その姿を最後に目撃した同級生だった。

「陸斗君は、すごく頭のいい子でした。ああいう子を天才っていうんでしょうね。ノートも持っていないから、授業では先生の話を聞いているだけ。でも、当てられるとすらすら答えちゃうんです」

陸斗の意外な一面を聞いて、鴨居が「うらやましい」と唸《うな》った。文香は、失踪当日の様子を鮮明に記憶していた。

「夜、陸斗君が弟さんを連れて、大きな荷物を背負って駅のほうに歩いていました。翌日は、運動会でフォークダンスがあったんです。でも陸斗君が来なかったものだから、彼と手を繋ぐのを嫌がっていた女子が喜んでいたのを覚えています」

ここまで話した文香が、階段の下から「お父さん」と大声で呼んだ。すると丸眼鏡をかけた老人が咳払いをしながら、二階から階段を降りてきた。

「大志田か……。思い出したくもない名前だ。顔に傷があるヤツだろう？」といって、老人は顔の前で人差し指を斜めに走らせた。筒見が頷《うなず》くと、老人は眉間の皺を一層深くして語りだした。

「……あいつは子供を虐待していた。いつだったか、親父が髪切りに来て傘を忘れて帰ったことがあった。俺が届けにいったら、アパートの前で、子供が二人、真っ裸で座ってたんだ。真冬だぜ。俺が警察に通報するぞ、って言ったら、目の前で子供をぶん殴りはじめたんだ。おめえらがみっともねえマネするからだって。二人とも泣きもしないで黙って耐えていた。鼻血を流してさ。しかも、上の子の背中や腹、尻に十円玉くらいの赤い痣《あざ》がびっしりあるんだ。間違いねえ。あれは根性焼きの痕《あと》だ。オヤジが煙草でやったに違いねえ」

「煙草で焼いたのか……。クソ野郎だ」鴨居が吐き捨てた。

「それからしばらくしてからだよ。弟が白い杖ついて歩いてたのは。事故だという噂だったが、俺はあいつの暴力で眼が潰れちまったんだと思った」

文香の父は怒りを堪《こら》えるように目を閉じた。

大志田兄弟が最後に目撃された、パチンコ屋の裏手に行くと、文香が走って追いかけてきた。

「……言い忘れていたことがあります。陸斗君たちはこの場所で車に乗りました。風呂敷に包んだ荷物を全部ここのゴミ捨て場に捨てて……。中に学校の道具やアルバムがあって……。陸斗君、写真の中でお母さんと一緒に笑っていました。学校では見たこともないくらい幸せそうな笑顔で……。私、子供心に、陸斗君はすべてを捨てたんだろうって悲しくなって……」

文香はハンカチで感極まったように涙を拭《ぬぐ》った。

三十七年前、幼い兄弟は街灯もない路地の闇に吸い込まれるように消えた。日本経済が飛躍的に成長し、豊かになっていたあの時代。その歪《ゆが》みが公害という形で押し寄せたこの街に、成長の恩恵をまるで享受することのなかった兄弟がいたのだ。

■同十二月　東京　飯倉公館

港区麻布台、在日ロシア連邦大使館の斜向《はすむか》いに、「外務省飯倉公館」という建物がある。各国の外相が来日すると、日本の外務大臣はここで会談を行い、食事を振舞う。一流ホテルから引き抜かれたバトラー、セラーで熟成された高級ワイン、重厚な赤絨毯……。饗宴《きょうえん》は外交のツールであり、接遇《せつぐう》は国家の意思表示だ。

暮れも押し詰まり、御用納めとなるはずのこの日、奥野は報道用取材スペースの片隅から、玄関でゲストの到着を待つ黒崎周辺の動きを観察していた。黒崎の隣で家老のように控える村尾副大臣は、満面の作り笑顔。大臣秘書官の森安は、十以上年下の丹波秘書官になにやら指示されて、右往左往している。

村尾と森安、二人を結ぶのは「福星楼貴賓室」のサラだ。

奥野は休暇をとってニューヨークに行き、「月の窓」に通った。そして留学生崩れのホステスから、サラの贔屓客《ひいき》の中に、「森安」という名の外交官がいるという証言を引き出した。

ハ、ニ、ー、ト、ラ、ッ、プ、か――。中国が得意とする工作手法だ。それも黒崎側近に浸透している。筒見とどっちが先に真相に辿り着くかの勝負だ。絶対に出し抜いてやる。

普段は黒塗りの大使館車両が出入りする飯倉公館の車寄せに、二台のタクシーが入ってきた。降り立ったのは地味なジャンパーを羽織った男女五人組だった。

「崔《さい》先生、ようこそ！」

玄関前で出迎えた黒崎が、中国語で呼びかけた。そして先頭の初老の男性と大げさに肩を叩き合った。

「きょうは歴史的な第一歩です。皆さんと公式に意見交換したい」

黒崎が五人と順番に握手する姿がフラッシュに浮かび上がった。

中国共産党を真っ向から批判する反体制派知識人と呼ばれる面々だった。先頭の紳士は北京大学法学部元教授の崔志強《しきょう》。反体制派知識人の代表格で、法の支配や言論の自由を学ぶという名目で来日した。ほかの面々は映画監督、人権派弁護士、作家。全員が中国の民主化・人権状況の改善を求める宣言文「零八《れいはち》憲章」に署名したとして、中国の治安当局の監視下に置かれている。

この飯倉公館に、国交のある国の反体制派勢力が招かれたのは、はじめてのことだ。しかも閣僚や国際機関のトップと同等、「外務省賓客《ひんきゃく》」としての接遇レベルだ。

事前に中国政府に漏れれば、崔たちの出国許可は出ない。このため外務省内では厳しい情報統制が敷かれ、記者クラブに広報されたのは、崔たちが羽田空港に到着した後、会談のわずか一時間前だった。

会談開始直後、ひと悶着《もんちゃく》があった。報道機関による三分間の冒頭撮影が終わり、事務官がカメラマンに部屋から出るよう指示したとき、黒崎がこれを制止した。

「待ちなさい！　この意見交換会は報道の皆さんにフルオープンで取材してもらいたい。中国メディアの方が外にいるそうじゃないか。彼らも全員お呼びしなさい」

慌てた外務報道官が割って入った。

「大臣、慣例ですと、会談の撮影は冒頭のみということに……」

「私に慣例はない。崔先生、中国メディアがいても構いませんか？」

「もちろん。我々にとって言論の自由も大事なテーマだ。中国のメディアを締め出していては矛盾するではありませんか」

崔は豪快に笑った。

大広間の真ん中に置かれた大テーブルで日中が向かい合った。日本側は黒崎外務大臣、村尾副大臣のほか、総合外交政策局長、アジア大洋州局長ほか外務省の幹部たちが居並んだ。日中外相会談と同じレベルの布陣で会談に臨んだのだ。

「ようこそおいでくださいました。私が外務大臣になってから五ヵ月経つが、中国との外相会談はまだ実現できていません。ご存知の通り、日中関係は国交回復以来最悪の状況です。互いに問題があるのかもしれません。きょうは視点を変えて、人権、民主のために闘う皆様と話し合って、問題をあぶりだしていきたいと思う」

黒崎が開会の辞を述べると、替わって崔が立ち上がった。銀色になびく頭髪、獰猛《どうもう》に輝く眼光は、雄ライオンのような風格を漂わせている。法律家でありながら、筋金入りの反体制派の闘士。将来、中国の政治体制が変われば、リーダーとなりうるカリスマだ。

「黒崎大臣の勇気ある決断に感謝します……」

ここで崔は表情を一変させ、五人の外務官僚を、大きな目でぎろりと睨みつけた。

「厳しいことを言うようだが、日本政府はこれまで中国の問題に眼を瞑ってきた。中国の人権問題は一国の内政の問題ではない。人類全体の問題だ。日本人は戦時中、アジア諸国で重大な過ちを犯しました。中国の人権問題に目を瞑るのは、過ちをもう一度繰り返すことになる。黒崎先生の言う通り、二つの国が親密な関係を築くには、互いの問題をあぶりだすことが重要だ。問題を乗り越えてこそ、はじめて、真の友好をもたらすのです」

奥野は一言一言に頷きながら、沸き起こる興奮を押し殺した。黒崎の対中戦略が鮮やかな色を帯び始めている。

中国への対抗策を打ち出すとき、これまでの保守政治家の思考回路は「防衛費の増額」の一辺倒だった。しかし日本の厳しい財政状況では現実離れした議論だし、際限なき軍拡競争の泥沼にはまるだけだ。目指すべきは軍事力増強より「和平演変《わへいえんぺん》」。つまり平和的手段によって共産党一党独裁体制を内部から崩壊させ、民主化を後押しする。これまで奥野が幾度となく黒崎に進言したことだった。

意見交換が終わり、食事会に場所を移そうとしたとき、黒崎が立ち上がった。

「ここから我々の友人がサプライズで参加してくれることになりました。……アーサー！　入ってくれよ」

姿を現わしたのはアーサー・ウォーカー駐日アメリカ大使だった。報道陣にどよめきが広がり、無数のフラッシュが焚《た》かれる。かつて国務副長官として、大統領のアジア太平洋戦略を描いた知日派として知られ、ハーバード大学教授から駐日大使に就任した大物だ。

「アーサー。私は崔先生たちとお話しして、人間の尊厳は、民主主義を基盤にした自由な言論、法の支配によってもたらされることを確認した。中国の改革開放路線は素晴らしい経済発展をもたらし、何億人もの人々を貧困から救いました。私は中国の偉業を高く評価しています。でも最後の課題は民主と人権です。崔先生たちの平和な闘いが、拘束されている民主活動家の釈放を実現し、中国で暮らす、数多くの人々に幸福がもたらされることを願うのです」

簡潔な発言だったが、絶妙な均衡が保たれていた。黒崎は中国の偉業を評価し、うまくバランスをとりながら、民主活動家との連携を訴えている。しかも駐日アメリカ大使を同席させることで強固な日米連帯も表現している。玄人《くろうと》的には百点満点だ。

食事会の最後に崔が立ち上がった。その覚悟を決めた表情に奥野は身を引き締めた。崔は異例の厚遇に謝辞を述べたあと、険《けわ》しい表情に一変させ、記者席に向き直った。

「今回、私たちは十人で来日する予定でした。しかし五人が中国政府の出国許可をもらえず、この貴重な機会を失いました。私は出国直前、国保（中国公安部国内安全保衛局）に呼び出されて、こういわれました。『飯倉公館に行けば、家族が危険に晒《さら》される』と。我々は黒崎大臣と食事をする約束をしていたが、東京に到着するまで、飯倉公館に招かれることを知らなかった。にもかかわらず、中国当局はそれを把握していた。記者の皆さん、どういうことだと思いますか？……日本外務省から情報が漏れているということです」

崔の爆弾発言に、記者席がざわついた。携帯電話を手に駆け出していく者もいた。日本外務省から中国への情報漏洩。このニュースは世界各国に配信されるだろう。

奥野の眼は、例の二人の動きを追っていた。村尾は深刻な表情を作って、隣の黒崎を見やっただけ。森安は一心不乱にボールペンを走らせ、崔の発言をメモしている。頬を冷たい汗が伝う。黒崎周辺に、中国の工作員が浸透しているのではないか。多くの記者たちはこう推理するはずだ。それはあたかも事実であるかのように、永田町、霞ケ関に伝播《でんぱ》していくだろう。早く真相に辿《たど》り着かねば——。奥野は唇を噛んだ。

崔は最後にこう結んだ。

「変革を恐れる勢力はどこの組織にもいます。どんなに苦難が待ち構えていようとも、黒崎先生には信念を貫いてほしい」

黒崎は深く頷き、崔と力強く握手を交わした。

■一月　ニューヨーク　マンハッタン

約束の午前十一時、筒見が三十三丁目のステーキハウスに到着すると、飯島はカウンターでワインを飲みながらオーナーと談笑していた。

「やあ、筒見さん。ハッピーニューイヤー。お帰りなさい」

年末年始は美食三昧だったのだろうか。飯島の丸太のような体にはさらに脂肪がのっていた。

「お待ちしてました。奥の個室にとっておきのワインを用意してありますよ」

オーパスワンがグラスに注がれると、飯島はオイスターのプレートと、二十日間熟成された三ポンドのポーターハウスステーキ、生玉ねぎとトマトの厚切りスライスを注文した。

「私はこの店のステーキを一週間に一度は食べなきゃ気がすまないのですよ。筒見さんも、日本の歯ごたえのない霜降り肉じゃ、物足りなかったでしょう」

飯島は嬉しそうに喋《しゃべ》り続けた。細身のネクタイが首の肉に食い込んでいる。

「それでは、筒見さんの任務《アサイメント》の成功を祈って……」

言われるがまま、グラスを合わせた。

「黒崎大臣はすっかりお元気なようですね？」

飯島は前菜のオイスターを手で摑み、ずるりと一気に飲み込んだ。

「長期休養の痛手はなさそうです。それどころか、欧米各国とマスコミを味方につけて人権外交に突き進んでいます」

「彼の手法は危うい。そのうち大きなしっぺ返しを食いますよ。中国側は外相会談の要請を撥《は》ね付けています。中国側は黒崎大臣が国内の親中派や財界に屈するのを待っているんです。私がチャイナスクールだから言うわけじゃないのですが、対中外交はプロの外交官を使いこなさなきゃうまく動きません。日中国交回復のときだってそうだったでしょう。政治家は目標を掲げて、船に乗っかっていればいい。対中外交は大臣個人の能力や人柄で動くものじゃないんです。歴史や人脈、慣習、すべてを叩き込まれている職業外交官じゃないと回りません。私が大臣の立場なら室木次官や村尾副大臣のような、中国の本質を理解している人間をうまく使いますがね。なのに、早見のような、中国素人を重用して……」

　こういって、飯島はいかにも、忌々《いまいま》しいといった顔を作った。

「しかし民主活動家との会談は高評価です。マスコミの論調は黒崎支持一色です」

「早見のマスコミ操作術はたいしたものだ……。民主化運動の支持をするかどうかは、我々中国屋が天安門事件直後からずっと議論し続けてきたことです。当時は、中国人の大半が食うや食わずの生活だった。私たちは中国には国民が食べていけるだけの安定が必要だ、という考えに落ち着いた。だから、民主化の動きを見て見ぬふりをするほうが、中国民衆の人権を尊重するとの判断だったのです」

「きっと黒崎大臣は時代が変わったと判断したのでしょう」

「アラブの春の惨憺《さんたん》たる結果をごらんなさい。損したのは市民だ。急速な民主化は抑圧と流血をもたらしたじゃないですか」

　そう言って飯島は生玉ねぎの厚切りスライスにかじりついた。

　三十分ほどで、熱い大皿の上に載った小山のような骨付きステーキが運ばれてきた。表面は焦げているが、切口は見事なピンク色だ。飯島は舌なめずりしながら、巨大な一片にフォークをざくりと突き立てた。肉汁をたっぷりと絡めて、口に放り込む。

「黒崎支持のマスコミはそのうち掌を返しますよ。これまで積み上げてきた外交をひっくり返されて、室木次官が黙っているはずはない。彼は修羅場を潜ってきたサムライ外交官です」

どうも話がキナ臭くなりはじめた。飯島は室木や村尾と結託して、黒崎の覚えめでたい早見外務審議官の排除を狙っているようだ。そして自ら後釜におさまろうという腹だ。

「さてと……本題です。これまでの調査結果を報告してください。黒崎大臣に毒を盛ったのは誰ですか？」

「……まだ、報告できるようなものはありません」

「筒見さんほどの方が一ヵ月以上も東京に戻っていて、手ぶらというのは許されません。成果がないなら調査は打ち切りにします」

飯島はさらに大きな肉塊を口に放り込んだ。咀嚼《そしゃく》して、飲み込むまでに答えよ、ということだ。ワインで肉を流し込むと、じろりと細い眼を筒見に向けた。

「……オンナが絡んでいる可能性があります」

この一言で、飯島の眼がぱっと見開かれた。

「ホテルの防犯カメラの映像を分析すると、大臣が宿泊していたフロアに若い女性が頻繁に出入りしていました」

「ほほう。その女性とは？」表情を崩した飯島が食いついてきた。

「ピアノバーの日本人ホステスです。それも二十代の美人です」

「ということはアレですな！　別れ話のもつれで、女に毒を盛られた。そして外交日程がキャンセルになった。くうー、お粗末な話だ。……もうすぐ国会がはじまります。野党の追及材料になりますなあ」

飯島は悪巧みを漏らすと、握り締めたナイフを乱暴に肉に突き立てた。そして肉汁の滴《したた》るレアの赤身を噛み締めながら、「ぐっ、ぐっ、ぐっ」と牛蛙のように笑った。老獪《ろうかい》とは思っていたが、出世への欲望をあらわにした本性はもはや醜悪だった。

「それは面白くなりそうです。麻里子ちゃんにも退院したら、手伝っていただきましょう」

「私は彼女の身の安全に責任をもてない。次は大使にそのリスクを負っていただきますよ」

「……そこは麻里子ちゃんの意思を尊重しましょう。あくまでも、彼女のやる気次第ということで、ねっ」

飯島が片目を瞑った。筒見は胸のむかつきを抑えながら、隠し玉を放った。

「ただ、問題のホステスがいるピアノバー……。五十三丁目の『月の窓』という店です。顧客の中に飯島大使の名前がありました。大使ご自身に跳ね返ってくる可能性もあるので、しばらくは内密にしておいたほうがよろしいかと思います」

ウインクを返すと、飯島の目が宙を泳いだ。

夕方、オニール宅に、フィデルを迎えに行き、氷点下の寒風吹き荒《すさ》ぶ中、セントラルパークの貯水池《リザーバー》の周回路を走った。フィデルは針で刺すような寒さを楽しんでいる。醜悪な欲望を目の当たりにしたあとに見る、フィデルの美しい姿は心を落ち着かせる効果があった。

筒見が戻ったとき、ちょうどオニールは帰宅したところで、Tシャツに短パン姿で、シャワールームから出てきた。

「ウエルカムバック。この寒空の下を走りに行ったそうだな。凍えても知らないぞ」

大げさに目を丸くして、フィデルの頭を撫《な》でた。

「ああ、一周走ったら、頭痛がしたよ……。ところでフィデルは迷惑をかけなかったかい?」

「出来のいい子供が増えたみたいだ。このままうちの子になっても構わないよ。エルネストが見習ってくれれば助かるんだがな」

オニールが漆黒の毛並みの首筋を軽く叩くと、遊んでくれると勘違いしたエルネストは主人に飛びついて、テーブルのコーヒーをこぼしてしまった。妻のポーラがキッチンペーパーで床を拭くと、今度はその動きに興味を示し、手で押さえて遊び始めた。

「ケイは来週また、東京に行くのでしょう？　フィデルはうちで預からせてね。お兄さんとしてエルネストを教育してもらわなきゃ」

と、ポーラは言った。

子供がいないオニール夫妻は、エルネストを我が子のように可愛がっている。ポーラはジュリアード音楽院卒のピアニストで多くの生徒を持つピアノ教師だ。いたずらばかりしているひとり息子に兄が来たようなものだから、安心して留守に出来るのだそうだ。

「エルネストは警察犬の子供だから身体も大きくて元気がいいんだ。フィデルは虐待されて、殺処分寸前の犬だったから、我慢することを覚えたのかもしれないな」

「見て。あんな幸せそうな顔で寝ている。笑っているみたいよ」

筒見の足元で、フィデルが満たされた表情で眠っている。保護されたとき、フィデルは顔だけ出した状態で地面に埋められていた。雨にうたれ、衰弱していたそうだ。虐待による深い心の傷を癒すには時間がかかった。最初の一週間は筒見が触れようとするだけで、がたがたと震え、時には牙を剥いて唸り声をあげた。大人になっても人間を信用できず、以前、筒見が一週間、南米に出張したときには、ペットホテルの餌を一口も食べずに、痩せこけて待っていた。オニール夫妻はフィデルが心を許した数少ない人間だ。

「体が冷えただろう。一杯やるか？」

オニールは棚から、ブッカーズのボトルを持ってきた。

「バーボンか。久しぶりだ。東京のビジネスマンは中華料理屋でもワインを飲んでる」

「ワインなんてクソくらえだ。ＦＢＩの特別捜査官《スペシャルエージェント》はパスタを食うときもコレだ」

ショットグラスを軽く合わせ、深い琥珀《こはく》の液体をあおる。そして、焼けた喉に水を流し込んだ。ＦＢＩ捜査官は伝統的にバーボンを好む。ワイン愛好家が多いＣＩＡとのライバル意識がそうさせているとの説が有力だ。

「どうだ？　うまくいってるか？」

「徐々に真相が見えてきた」筒見は頷いた。

「美人外交官の手術はうまくいったのか？」

「ああ、彼女は強い女性だ。直《じき》に復帰するよ」

「彼女は襲撃者の顔を本当に見てないのか？」

「見ていないと言っているそうだ。信じるしかない」

筒見は小さく首を振った。

「強い女でも事件の記憶を無意識のうちに消そうとする。ゆっくり時間をかけて解きほぐしていけ。必ず何か覚えているはずだ」

グラスを見つめながら、オニールは難しい顔を作った。

「この前、君から照会のあったサラ・チューだが、五歳のときに移民ビザで入国していたことが分った。ロサンゼルスの中国系米国人のファミリーのもとに養子に入っている……」

「日本からか……」

筒見が独り言のように呟くと、オニールの眼に力が籠った。

「……そうだ」

ヒーターの蒸気が循環する大きな音が聞こえた。いつの間にかチーズとスモークサーモンがのった大皿がテーブルに置かれていた。近所の老舗スーパーのサーモンは好物のはずだが、オニールは琥珀の液体に眼を落としたままだ。

「……もうひとつ。サラ・チューと死んだハマナカには接点がある……」

オニールは前に乗り出すように筒見を見つめた。クアンティコの教官だった頃の表情に戻っていた。

「……アヌビスだ。オペレーション・アヌビス。この作戦がどんな結末を迎えたのか、調べてみろ。深い因縁が明らかになるはずだ」

アヌビス——。ジャッカルの頭を持つ墓守の半獣神。あのとき、黒崎の部屋で網膜に焼き付けた文字が、まるで焦点をあわせるかのように筒見の脳裏にくっきり浮かび上がった。

第五章　覚悟

ボクたち兄弟が若い警官のアパートで暮らすようになって十日ほどが経っていた。ゲジゲジ眉毛の警官のことを、ボクたちは「ターさん」と呼んでいた。毎晩、なっちゃんという綺麗な女性がやってきて、おいしい食事を作ってくれた。どうやらターさんのガールフレンドらしい。

ボクたちは外出しちゃいけない。それがここで暮らす条件だった。仕事が休みのターさんが、朝から出かけたある日、なっちゃんが五年生用の算数と国語の問題集を買ってきていて、「勉強だけはしておきなさい」といった。ボクが一時間くらいで解き終えると、なっちゃんはすぐに本屋に走って、六年生用と中学一年生用の問題集を買ってきた。これも二時間くらいで解き終えた。なっちゃんは口をぽかんと開けていた。

ターさんは、暗くなりかけた頃に帰ってきた。

「陸斗君、天才かもしれないわ」

問題集を持って駆け寄ったなっちゃんを無視して、ターさんは風呂場に向かった。しばらく水を流す音が聞こえ、タオルで頭をごしごし拭《ふ》きながら出てきた。顔を覗《のぞ》いて驚いた。右目の瞼《まぶた》が青黒く腫《は》れあがっている。

「……ご飯の用意するわね。みんなお腹をすかせて待っていたのよ」

なっちゃんは怪我のことには触れずに、おかずに火を通し始めた。ターさんはテーブルの問題集を手に取ると、黙ってページを捲《めく》った。

「どうしたの？　ターさん、ケンカしたの？　大丈夫？」

「ガキは余計なことを聞くな。……おい、ついて来い」

ターさんは玄関の扉を開けて先に出て行ってしまった。台所に立っているなっちゃんは不安げにドアを見つめていた。慌てて靴を履いてあとを追った。

固く結ばれた口は何かを決断しているかのようだった。思いつめたような雰囲気に、ボクの心はざわめき、両手の指先がずきずきと痛んだ。あの男が爪の間に針を刺したときの痛みだ。身体がパニックを起し、立っていることができずに、その場にしやがみ込んでしまった。

気付くとターさんの顔が目の前にあった。

「安心しろ。あの家におまえたちを戻したりはしない。もう痛みを感じなくていいんだ」と力強く言い、ボクの両手を分厚い掌《てのひら》で包んだ。腫れあがった右目にはすこし涙が滲《にじ》んでいる。

「あの家って……。行ったの？　川崎に……」

「ちょっと見てきただけだ」

気まずそうに顔をそらした。

図星だ、とおもった。

「殴られたんでしょう！　アイツに！」

「バカヤロウ。俺は柔道の達人だぞ。素人に殴られるわけがない」

ターさんは照れくさそうに人差し指で鼻の下をこすった。

大きな団地を抜けて、二十分くらい歩いた。あたりは真っ暗になっていた。公園の水銀灯にたくさんの蛾やカナブンが集っていた。畑の中の一本道に差し掛かると、ターさんは立ち止まった。

「ここからは目隠しをする。これから会う人のことは、一切誰にも言っちゃいかん。

俺にとって大事な人だ。いいか、約束できるな」

ターさんはポケットから黒いバンダナを取り出して、ボクに目隠しをした。腕をつかまれて誘導された。

「よし、ここだ」

ターさんは立ち止まり、ボクに回れ右をさせた。木と土の匂い。森だ。頭上で木々がざわめいた。しばらく歩いて、段差をひとつのぼったところで立ち止まった。呼び鈴の音。ガチャンと重い音がしてドアが開くと、ふわっと甘い香りがした。

「陸斗。これはテストだ。おまえの心の中をすべて吐き出せ」

「はい。わかりました」

言うとおりにすれば、何かが変わる予感がした。靴を脱いで屋内に入ると、バンダナを解かれた。そっと目を開ける。何もない広い部屋。目の前で、眼の大きなショートカットの女性が微笑んでいた。

おかあさん――。喉まで声が出掛かった。顔は違うが、醸《かも》し出す慈愛に満ちた空気が死んだ母さんにそっくりだった。

「私の名前は美鈴《みれい》よ。陸斗君……。最初に一言言っておくわ。幸福というのは自分の力で勝ち取るものよ。いまの生活を受け入れていては何も変化は起きない。闘って、もがき苦しみながら勝ち取るの。あなたにその覚悟はある？」
覚悟――。胸が鳴った。腐臭を発する人生に抗《あらが》えば、あたりまえの生活を勝ち取ることが出来るというのか。ボクは吸い込まれるような大きな眼を見つめ、大きく頷いた。

■一月　高知　宿毛《すくも》

土佐くろしお鉄道・宿毛線の車両は、地元の高校生が数人いるだけで閑散としていた。ディーゼル特有のガラガラという唸り声が高くなった。中村駅を出発した車両はまもなく四万十川に差し掛かり、車両がエメラルドグリーンの川面《かわも》に反射した。筒見は隣の女を見やると、鼻から小さな溜息を漏らした。

「美味《おい》しい〜、このおにぎり。筒見さんも食べましょうよ。でも、顎《あご》に金属が入っているから、口がうまく開かないのよねー」

麻里子は上機嫌だった。右手には握り飯、左手には大きな肉まん。退院翌日にもかかわらず、食欲は旺盛だ。まぶたや顎に手術痕や腫れは残るものの、義歯が入って、原形を取り戻しつつある。

「それにしても、遠いわ！　移動だけで一日かかるのね。お尻が痛くなっちゃったよ

〜」

今度は立ち上がって体操し始めた。相変わらず食べているか、動いているか、のどちらかだ。

「俺は頼んだ覚えはない。不満なら大使に文句を言え」

「飯島大使に指示されたから来たわけじゃないわ。自分の意思よ。それに、このあたりは魚が美味しいみたいだし」

冷たい言葉にめげる様子もなく、麻里子はから揚げの袋を覗き込んでいた。

夕刻の宿毛市中心部を歩く者はほとんどなかった。目印の赤提灯を見つけ、建て付けの悪い引き戸を開けると、席は半分が埋まっていた。

「お二人さん、カウンターにどうぞ」という店主の声を聞きながら、筒見はさっと視線を走らせた。カウンターの壁際で小柄な老人が熱燗《あつかん》を傾けている。鋭い眼でこちらをちらりと見やり、また酒に視線を戻した。

店主に「ビール」といいながら、コートのまま老人の隣に腰を落ち着けた。すでにカウンターには徳利《とっくり》が二本倒れている。

「あんた、所属は九十一《キュウジュウイチ》か？」

老人は、ぼそりと呟いた。「九十一」とは警視庁を指す警察内部の隠語だ。

「はい。いまの身分は外務事務官です」

「大将。二人にお猪口《ちょこ》。それから熱燗二本」

老人は赤くなった顔を上げた。白シャツを捲《まく》った腕は日に焼けており、血管が浮いている。七十代後半のはずだが、精悍そのものだ。

「まずは美人の姉さんからだ。レディファーストだ」

メニューを食い入るように見ていた麻里子に徳利を向けた。麻里子は両手でお猪口を差し出し、注がれた酒をくいっと飲み干した。

「次はあんただ」

「筒見慶太郎といいます」

注がれた酒を飲み干す。そして、お猪口を老人に渡した。

「お、返杯を知っちょうがか？」

筒見が注いだ酒を老人が飲む。

「なにそれ？　面白いわね。私にもやらせてよ」

麻里子が眼を輝かせて、徳利を差し出す。老人が飲むと、お猪口を受け取った麻里子が飲む。

「これは高知の酒の飲み方ながぞ。あんたおもしろい娘やにゃあ。何ゆう名前ぞ?」

「貴志麻里子です。外交官よ」

「ほえぇ、外交官? なんでこがいなとこまで」

「筒見さんが素敵なおじ様に会いに行くというので、同行させてもらったの」麻里子はいいながら、老人に酒を差した。

伊賀年男《いがとしお》。二十数年前、大阪府警警備部から警察庁警備局外事課、公安警察用語で言う「ゼロサン」に出向していた男だ。当時の肩書は指導係中国担当警部。特別協力者《マルトク》の獲得・運用の司令塔だ。つまりオニールが解明しろと言った「アヌビス作業」に関わっていた可能性がある人物だ。

「筒見さんも飲めや。俺のおごりやけん。麻里子ちゃんも刺身を好きなだけ頼んだらええ」

伊賀は最初の険しい表情が嘘のように、上機嫌だった。

刺身の大皿がやってきたときには、十本近い徳利が空になっていた。いつの間にか麻里子が席を移動し、伊賀を挟む形で座っていた。

「ええっ、本当? いいの?」

「本当よ。明日連れて行っちゃうけん」

「筒見さん、伊賀さんに明日、珊瑚《さんご》漁に連れて行って頂くことにしたわよ。桃色珊瑚の原木がとれたら、一本三千万円の値が付くこともあるんですって！」

中国人の富裕層向けの需要が伸びて、高知の珊瑚漁は活況に沸いているらしい。魚の価格下落にともなって、宝石珊瑚漁に舵を切る漁師が増えているのだそうだ。

「よっしゃ。あんたらぁ、俺の家に泊まれ。明日の朝、子供に船を出さすけん」

「よぉし、海に出るぞ！　一攫千金だぁ！」

酔っ払った麻里子が拳《こぶし》を高く振り上げた。

翌朝は六時に起されて、伊賀の長男・俊久《としひさ》の船で宿毛沖に出た。俊久は四十すぎの無口な男で、もともとは高知市内でサラリーマンをやっていたのだが、十年前に宿毛の女性と見合い結婚したのをきっかけに、曳網《ひきあみ》漁師に転身したのだという。

凪《な》いだ青い海は暖かい陽光に照らされていた。彼方に珊瑚漁の船が数隻見える。採取網に石の錘《おもり》をつけて海に放り込み、水深百メートル以上の岩礁を潮の流れに任せて網を引きずる。そして引き揚げたときに珊瑚がひっかかっていれば成功という、運に頼った漁だ。

漁を始めて二時間ほどで、長さ三センチくらいの赤珊瑚の欠片《かけら》が揚がってきた。麻里子が飛び上がって喜び、伊賀に抱きついた。寡黙な俊久も白い歯を見せた。

午後は沖の島で磯釣りをした。透明度日本一といわれる黒潮に竿を振る。伊賀の妻・綾子《あやこ》が作った弁当を食べる麻里子は、旅の目的を忘れたかのようにはしゃいでいた。

「あっちを見てみれや。達磨《だるま》夕日になっちょうぞ。あんたら、運がええぞ。めったに見れんがぞ」

操舵室にいる伊賀が後ろを指差したのは港に戻るときだった。船の引き波の向う、水平線上に沈みかけた太陽が、海面に映し出されたもうひとつの夕日とともに、橙色《だいだい》の達磨を形作っている。冷たい風になびく麻里子の長い髪が金色に輝いている。

そのとき、眩《まぶ》しそうに眼を細めていた麻里子が、眉間《みけん》に皺《しわ》を寄せ、頬に手をやるのを、筒見は視界の端に捉えていた。

「きょう三回目だ」

頬を押さえている右手を指すと、麻里子は怒ったような表情で筒見を睨《にら》んだ。

「たまに痛むだけ。余計なお世話よ」

「大事な公務があると言って、無理に退院したそうだな。あんな目に遭ったのになぜ戻ってきた。何が目的だ」

麻里子は夕日を見ながら沈黙したが、何かを決断したように向き直った。わずかな反応も見逃すまいという、強い視線だった。

「瀬戸口顕一さんって知ってるわね？」麻里子は唐突に切り出した。

「………」筒見は何も答えず、凍てつくような視線を麻里子に向けた。

「八年前……瀬戸口さんを自殺に追いやったのは、筒見さんだったって、本当なの？」

船のエンジン音が二人の空間を包んだ。沈黙したまま睨みあった。

「飯島さんの入れ知恵か……。外交官なのに口が軽いんだな」

筒見は口元に苦笑を浮かべた。

「逃げないで答えて。瀬戸口さんは本当に国を裏切るようなことをしたの？ 筒見さんは事件をでっちあげるような人じゃない。私、まだ短い間だけど、一緒に仕事して分かってるつもりよ」

「質問に答えるつもりは一切ない。あんたには関係ない話だ」

「関係あるわ！ ……大事な話なの……」麻里子は何かを言い掛けた。

そのとき、操舵室からデッキに出てきた伊賀がフェンダーを下ろし始めた。港の岸壁がゆっくりと近づいていた。

夜、伊賀の家で食卓を囲んだ。釣り上げたグレの刺身、たたき、酒蒸しがテーブルに並ぶ。香り深い芋焼酎をロックで飲んだ。俊久はギターが趣味らしく、その演奏に合わせて、伊賀がよさこい節を披露した。妻の綾子は慈愛深い笑みを湛えて手拍子をとった。

日付が変わろうとする頃、部屋に残っていたのは筒見と伊賀の二人だった。正確に言えば麻里子もいたが、献杯と返杯の応酬で酔っ払って、畳で大の字になって熟睡していた。

「麻里子ちゃんはほんまによう飲むにゃあ。この娘は人の心をほぐらかすなんかを持っちょう。けんど、心に重いもんを抱えちょう……」

伊賀は娘を見るような眼で、麻里子の寝顔を見やった。筒見は頷《うなず》いた。

「事件に巻き込まれて大怪我をしました。退院したばかりです」

「そうなが……」伊賀が低く呟いた。

「……用件を聞こう。何が目的で来た？」

背筋を伸ばした伊賀が目を細め、空気が一変した。悠長な調子の方言は消え失せている。

「……浜中忠一が死にました」

「昔の仲間から聞いた。葬式には行けなかったがな……。なぜニューヨークの警備対策官がハマチュウのことを調べているんだ？」

「尊敬する男だったからです」

筒見の強い視線を跳《は》ね返して、伊賀がにやりと笑った。

「……ハマチュウは危ない男だった。あんたも同じ臭いがする。とんでもなく危険な臭いだ。ちょっと錆《さ》び付いているようだがな」

「私なんて足元にも及びません……」

「確かにあんたとハマチュウは違う。ハマチュウは群れの中のボスになりたがるが、筒見さんは一匹狼だ。でも組織にとってとんでもない爆弾であることには変わりはない」

「門前の小僧、ってやつかもしれません」

「ところで……」伊賀は言いかけて、煙を吐いた。

「八年前、中国のスパイ事件で下手うったのは、あんただったそうだな。国家安全部の機関員に暴行を加え、未来のある日本の外交官を自殺に追い込んだのは」

さすがに元外事課《ゼロサン》の指導だ。もう筒見のことを調べ上げている。

「その通りです」

「組織を追われた狂犬が、俺から何を聞き出したいんだ？」

「……アヌビス作業のことです。特別協力者《マルトク》の正体を教えていただきたい」

歴戦の公安捜査官の目玉がゆっくりと動き、冷気が背筋を撫《な》でた。

「断る」

即答だった。

「そいつは墓場に持っていくものだ。それが我々の掟《おきて》だろう」

煙草《タバコ》を灰皿に揉み消す動作に、伊賀の強い意志がこめられていた。

「掟……？　浜中の死の裏には公安警察が崩壊しかねない問題があります。つまらないノスタルジーにひたるのは止めて頂きたい」

コップに氷を入れようとした伊賀の動きが止まり、そのまま睨み合った。

「ほう……言ってくれるじゃねえか……。あんたに、ひとつ教えてやる。公安警察というのは組織力だ。個人の力量や正義感なんて求めてない。もしハムに戻るつもりがあるのなら、自分を消し去ることだ。これ以上動くんじゃねえ」

伊賀は布団と毛布を押入れから出すと、「これなら風邪をひかんじゃろ」といいながら、麻里子の上にかけた。

「筒見さんは、何のために真相を解明しようとしているんだ？」

「私が警察官だからです」

「あんたにとって、一番大事なものはなんだ。捜査か？　家族か？」

「いえ……」

筒見の視線が宙を彷徨《さまよ》うのを見て、伊賀の表情がふっと緩んだ。

「あんたに聞くのは残酷だったかな……。これでも昔、この家も崩壊しちょったがよ。俊久は家庭内暴力、嫁さんは家出だ。俺は警察庁に出向したとき、そんな家族の問題をほっぽって東京に単身赴任した。日本の安全を守ることができるかが家庭より大事だと信じちょった。けんど、ハマチュウと仕事をしよった頃、選ぶがを間違うたと後悔することがあった。定年まで六年残して警察をやめた。この田舎で第二の人生をはじめるとき、俺は家族に土下座して詫《わ》びをいれた。けんど、修復には時間がかかったがや。ようやく二人の娘も孫を連れて帰ってくるようになったし、見ての通り、嫁や俊久とも仲良くやりようけんどね」

伊賀は向かい合ったまま、言葉に詰まる筒見の左の肩を、右手でがっちり摑《つか》んだ。

「……ええか。これは先輩としての忠告ぞ。組織は人間の集まりやけんど、人の心を持ってないがぞ。守ってくれんがぞ。それだけやなしに牙を剝《む》いてくるかもしれんがぞ。あんたにとって、何が大事ながか、もう一度考えることやにゃあ」

伊賀はゆっくり立ち上がると、腰をとんとんと拳で叩いた。

「じゃ、これでお開きぞ。遠いところまで来てもろうたけんど、無駄足になったにゃあ。おやすみ」

長い廊下の板が軋《きし》む音が遠ざかっていく。筒見は握り締めた拳を畳に叩きつけた。


明け方、「あの夢」を見た。

真っ黒な水の中で横たわっている。両腕に暖かい光を抱きしめる。男の子が胸の中で笑っている。

玄関の扉が開き、制服の警察官が立っている。

拓海は？　拓海は見つかったか――？

お父さん、見つかりましたよ――。

満面の笑みを浮かべた警官の前歯は抜けている。

ほら、そこにいますよ――。

指差したのは玄関の外。そこには黒いゴミ袋が置いてある。

どこだ——！

ここですよ。ほら、袋の中にいるじゃないですか——。

警官が腹を抱えるようにして笑いだした。ぎゃははは。狂った声が響く。

袋に飛びついて、引き裂く。両手に真っ黒いヘドロが絡みつく。

これが我々の結論です。それでは——。

拓海——！

■同一月　東京　杉並

午前七時。革靴の先で、轍《わだち》の氷を砕いてみる。岩城がこんな意味のない行為を繰り返しているうちに三時間がすぎていた。

筒見は年明けからニューヨークに戻ったきり、音信不通だ。相変わらずの隠密行動だ。岩城の中では、別の目的に利用されているのではないか、という不信感が再び渦巻き始めていた。

杉並区方南の住宅街は雪化粧をしている。全身の関節を動かして潤滑油を回そうとするが、足元から這い上がってくる寒気からは逃れようがない。鴨居はこの一時間前から、即身仏のように固まったまま動かなくなっている。

とっておきの情報は、鴨居の如才なさがもたらした。知らぬ間に外事二課の捜査員が出入りする銀座のスナック「モネ」に通い詰めたのだ。一律四千円で飲み続ける外事二課員に比べて、ヤクザから大金を引っ張っている鴨居は金払いがいい。高級ボトルを何本も入れて、ホステスにチップを弾んだ。そしていつの間にか、ママの愚痴を聞いたり、相談に乗ったりするようになった。その中にかつての後輩、津村の「火遊び」の情報が紛《まぎ》れ込んでいた。

きっかけは一番人気の若いホステスが辞めたことだった。ママは当初、他店に引き抜かれたと思ったが、調べてみると津村の世話で企業に就職していたことが分かったのだという。いつの間にか二人はデキていたのだ。彼女の就職先は、中国を主要取引先とする小さな商社で、経営者は、かつての津村の協力者だった。見事な公私混同、監察にタレ込めば、公安捜査員としてのキャリアは終わる。

〈デッチが部屋から出てきました。彼女のお見送り付きです〉

マンションの裏側から外廊下を監視していた丸岡の囁《ささや》きが耳に入った。「デッチ」とは、津村の渾名《あだな》だ。四係の最年少として、こき使われ、文字通り丁稚奉公《でっちぼうこう》していたからこう呼ばれるようになった。

紺色のスーツ姿の男が、玄関ドアを押し開けた。

「よう、デッチ！」

鴨居が真横の柱の陰から叫ぶと、津村はびくっと身を縮ませて立ち止まった。

「やあ！　偶然だねえ。久しぶりじゃないか」

鴨居が強引に腕を組む。

「か、鴨居さん……なぜ、ここに……」

「別宅からご出勤とは羨《うらや》ましいなあ」

岩城が背後からベルトをがっちりと摑み、目の前に停止したワゴン車に押し込んだ。

南麻布の洋館で目隠しを外してやると、津村は怯《おび》えきった小動物のようにリビングを見回した。テーブルには三人分の朝食が用意されていた。部屋の隅には三脚が据えられ、デジカムの赤いライトが点灯している。

「さあ、話をしながら食べようじゃないか」

岩城が促すと、津村は小さな声で「いただきます」といったが、ベーコンエッグを見つめたままだ。

「いやぁ、デッチ君。君と食事できるなんて夢みたいだ。相変わらず忙しいのかい？」

鴨居が猫撫で声を出した。

「それほどでもありません。私なんか下っ端ですから……」

「ところで、デッチ君は結婚したんだって?」

「は、はい……」

「どんな人? どこで知り合ったの?」

「メック……の隊員です」

「メ、メック? あの美女軍団の? まじかよ! えー、スゲー!」

鴨居は椅子を撥《は》ね除《の》けて立ち上がると、大げさに声を張り上げた。

「メック」というのは警視庁音楽隊カラーガードのことで、音楽隊とともにパレードやイベントでダンスを披露する美人女性警察官の集団、警視庁の男どもの憧れの的だ。

「それなのに君、不倫……」

ここまで言って、鴨居は自分の口を両手で塞《ふさ》いだ。

漫才師のような一人芝居に岩城は苦笑するしかなかった。

「そこに封筒があるだろう。プレゼントだ。開けてみてごらん」

岩城はテーブルの真ん中に置いてある封筒を指した。津村はおどおどしながら手を伸ばして、中の写真を引き出した。その瞬間、ぴたりと動きが止まった。そして、悪い予感が的中したとばかりに天を仰ぎ、ずるずると椅子に沈んでいった。

してやったり。岩城はこの反応に大満足だった。

「君ィ、カーテンを開け放しで、こんなことするなんてハレンチだぞ。おじさんたちは恥ずかしくて……こんなエロエロ写真を見ることができなかったよぉ」

鴨居の声はもはや耳に入っていないようだった。十枚の秘撮写真で津村は陥落し、すべてを自供した。

結論から言えば、やはり外事二課は馬宮理事官の指揮下で、浜中が持っていた秘密文書の行方を探していた。しかも公安部長にも報告せずに極秘に行なわれていたのだ。

「馬宮理事官は支離滅裂な指示を散々した挙句《あげく》……年明けから体調不良を理由に出勤していません。でも、桜庭係長の自宅に毎晩電話をかけてきて、早く文書を探し出せと怒鳴ったり、狙われているから警備をつけろと騒いだり……。昨日も外二《ソトニ》のＦＡＸに何十枚も紙を流してきて……」

埼玉県との都県境に近い東大和市の幹線道路から一本入った住宅街にその家はあっ

た。四十坪ほどの土地、ベージュの壁の二階建ての建物。馬宮のものらしく、何の特徴もなく、周囲に溶け込んでいる。

「ここが馬面野郎のヤサっすよ。徐行で通過します」

鴨居がメルセデスのスピードを落とした。

「ちょっと止まってくれ」

後部座席のスモークガラスを少し開けた。ガレージに古いBMWのセダンが駐車してある。

「警察官の癖に洒落た色のBMWなんか乗りやがって……どうします? 出てきたところをとっ捕まえましょうか?」

岩城は答えず、小豆色の車体を見つめた。綺麗な色だ。赤ワインのような深い色だ。この色、どこかで……。

「カモちゃん! 悪いけど、深沢署方面に向かってくれ。急ぎで頼む」

白いメルセデスの巨体が急発進した。

渋滞に巻き込まれ、野島自然公園の入り口に到着したときには、午後八時を回っていた。岩城は暗い森に向かう橋を渡ってソメイヨシノの巨木の陰をペンライトで照らした。

ない。どこだ――。

頭上でがさっと音がした。

「うわっ、なんだよぉ？」鴨居の怯えたような声。

「しっ！　静かに……見ろよ」

ペンライトを上に向ける。青白い二つの光が、ソメイヨシノの枝の間に見えた。

「なんすか？　あれ。猫みたいな……」

「ハクビシンだ」

「なんで、あんな獣《けもの》がこんな住宅地に……」

そのとき、橋の向こうの道路で、きゅっと自転車が停止する音がした。小さな人影が橋を渡ってこちらに向かってくる。

「誰……？　お巡りさん？」

陽太の驚いた顔が街灯の光に浮かんだ。

「やあ、こんばんは。塾、おわったの？」

岩城は焦りを隠して、明るく声をかけた。

「うん。きょうは早い日なんだ」

「ハクビシンに餌もってきたのか？」

「うん、きょうは鳥のからあげ残してきた」

「そうそう。前に……プラスチックの箱みたいのを持っていたよね。このくらいの大きさの……」

陽太の前にしゃがみ込んで、両手の親指と人差し指で四角い形を作って弁当箱ほどの大きさを示した。

「……うーん。ああ、あれ？　餌を入れる？」

「そうだよ」

陽太がアスナロの生垣の前にしゃがみ、根元に手を突っ込んだ。

「これ？」

手にとってペンライトをあてる。メタリックが入った深いワインレッド。そう。これだ。

「どこで拾ったんだい？」

「あっちの道路の隅っこに落ちてたんだ」

「事故にあった場所？」

「はい。よく覚えていないけど……。そうだ。事故のあと、自転車に乗れなくて、歩いて塾から帰ってくるとき、見つけたんだ。ハクビシンの餌入れにちょうどいいとおもって……」

「これ借りていいかい？　あと自転車も……」

陽太は何がなんだかわからないといった様子で頷いた。

岩城は陽太の自転車を事故現場に押していった。自然公園沿いの川から緩やかな勾配を六十メートル下った場所。「黒い車」が止まっていた位置には、鴨居の白いメルセデスが止めてある。事故と同じ状態に自転車を並べる。間違いない。自転車のハンドルの左端と右のドアミラーの位置が重なった。

「これは車のドアミラーのカバーっすね。旧式の車だと、強い力を加えると取れるんすよ。固定用の爪が折れるんです。ほら、ここ。折れた痕《あと》があるでしょ」

鴨居はペンライトを照らしながら、内側を指差した。

「あれ？　黒かとおもったけど、明るいところで見ると小豆色だ。ん？　ああっ！　これ……馬面野郎の車と同じ色じゃないですかっ！」

素《す》っ頓狂《とんきょう》な声が夜の住宅街にこだました。

「ああ、そうだ。馬宮の車のものだよ！」

岩城は鞄のジッパーを開けて、陽太が描いたスケッチを広げた。丸いライトが左右に二つずつ。車体はクレヨンで黒く塗られている。事故は夜だったから黒く見えたのだ。

「そして……この場所は……」

言いながら、岩城は再び川の方角に駆けた。橋の上で立ち止まって振り返り、左手で柵を握る。

「USBメモリはここからぶら下がっていたんだ。そして、例の革靴が片方落ちていたのは……あそこだ」

橋から五メートルほど下流の河岸をライトで照らした。

鴨居の眼が大きく見開かれた。

「……ここからハマチュウの遺体発見現場まで二キロ、川で繋がってる。ということは、ハマチュウが転落したのはここじゃあ……」

「そうだよ！　あの夜はにわか雨が降って、小川は増水していたんだ」

「ハマチュウはデッドドロップされたUSBメモリを回収するために、ここにきた。そして、何らかの理由で転落、そのはずみで靴が脱げた。遺体は水に流されて、マンション前で偶然引っ掛かって止まったってことですね」

「靴を履いてなかったから、自宅のバルコニーから転落したと判断されたんだ」

「しかも、あのチビを引っ掛けたとき、馬面野郎は慌てて走り去ろうとしていた、ってことは……」

興奮する中年男二人に背を向けて、陽太は杉の木陰に身を潜めている。ハクビシンがソメイヨシノの幹をするすると降りてきた。尖《とが》った口がからあげを咥《くわ》えたかと思うと、森の暗闇に身を翻《ひるがえ》した。

「馬宮の家にもう一度行こう。こいつが一致すれば、答えが出る」

小豆色の小箱が街灯に輝き、真実を主張しているように見えた。

翌日は日曜日の第一当番、つまり朝からの勤務だった。一時間ばかりうとうとしただけで出勤したので、絶え間なく睡魔に襲われる。

午前二時に馬宮邸が寝静まったのを見計らって、岩城は敷地内に侵入した。ＢＭＷのミラーカバーの形状は、陽太の持っていたものと完全に一致した。しかも、ペンライトの光を当てると、右側のミラーカバーだけ磨き傷もなく、新品に近い状態だった。やはり、ＵＳＢメモリをデッドドロップし、陽太に当て逃げしたのは馬宮だったのだ。まさかハマチュウを突き落としたのも……。

あれこれと思いを巡らせながら交番勤務をなんとか乗り切り、夕方、署に戻るために自転車にまたがったところで、背中から声をかけられた。

「岩ちゃん……ちょっと、いいか……話がある」

「トミーさん」

富松の表情が強張《こわば》っているように見えた。

日没が近づき、冷え込んできた商店街の石畳を、買い物帰りの親子連れが行き交っている。岩城は自転車を押しながら、杖をつく富松のペースに合わせて歩いた。

「……きょうはイヤなものを見ちまったよ」

弱々しいしわがれ声で言った。ここ数日、富松は劉剣の行確をしていたはずだ。単独追尾、しかも病身では難しい作業だ。

「藪《やぶ》から棒に、どうしたんです？」

「劉の野郎、きょうは朝から電車で、横浜の体育館に行ったんだ」

「体育館？」

「ごく普通の市民剣道大会だ。もちろん試合に参加するわけじゃねえ。観戦だ。……そこに誰がいたと思う？」

「例のサラっていうエージェントですか？」

「違う。……筒見さんだ」

「えっ？」足が止まった。

「筒見さんがひとりで観客席に座ってたんだ。劉から五十メートルも離れていない席で、ぼんやり、子供たちの試合を見てた。そのうち、俺と眼が合うと、出て行った。まるで逃げるみたいに……」

いつの間に日本に戻っていたんだ。なぜ何も言わずに……。

「まさか……二人が接触しようとしていたってことですか？」

「接触は確認してねえけどな……。でも、誰を信じていいか分からなくなっちまった」

「ありえませんよ。それじゃ、まるで安っぽい漫画です。あの人に限ってはモグラなんて……」

乾いた笑いしか出なかった。

「……だよな。よかった。岩ちゃんに話をして、ちょっと気持ちが晴れたぜ。俺ひとりじゃ抱えきれなかったんだ」

富松は顔を皺くちゃにすると、「じゃあな」と言って、駅の方へ消えた。

商店街に雪が舞い始めていた。ゆらゆらと落ちた雪は乾いたアスファルトで溶け、小さな黒い染みをいくつも作る。それがやがて繋がり、路面を黒く染めていった。

■同一月　東京　麻布台

〈あ、私よ。麻里子です。今晩七時過ぎに羽田に着く飛行機で戻るから、時間空けておいて。直接、そっちに行くから。重要な報告があるの。驚かないでよぉ。じゃあね〉

愉快そうな笑い声を残して、電話は一方的に切れた。筒見は軽く舌打ちして、携帯電話をジーンズの尻のポケットに突っ込んだ。

宿毛駅まで伊賀の車で送ってもらった後、麻里子は「道後温泉につかって休養したい」と言って、高速バス乗り場に向かったきりだった。

飯倉タワーの一階ロビーのポストに投函されたICレコーダーを回収した。森安秘書官が十七階の部屋でサラと密会するたびに、会話を隠し録音して、ICレコーダーを筒見の部屋のポストに投函することになっている。サラは村尾副大臣という黒崎の側近を籠絡してしまったのだから、事務秘書官など用済みだろう。切り捨てられる前に、サラが中国情報機関のエージェントである物的証拠を摑まなくてはならない。

三階まで階段を上り、部屋の鍵を開けようとして、筒見は動きを止めた。床に落ちていた三センチ四方の紙片を拾い上げ、ドアに耳を当てる。カードキーをスライドさせ、音をたてずに玄関に入った。

まず左手の寝室に入る。デスクの引き出しには髪の毛が貼り付けてある。髪の毛の片方の端を一段目に、もう片方を二段目にセロハンテープで貼り、誰かが引き出しを開ければ、どちらか一方の端が取れる。トランクも蓋を開ければ、細い紙のテープが千切れる仕組みだ。しかし、いずれの細工にも変化はない。

閉めておいたはずのリビングのドアがわずかに開いている。隙間から覗くと、部屋の片隅に見知らぬ黒い革靴が置いてある。靴の下には丁寧に新聞紙が敷いてあった。

思い切りドアを蹴飛ばして、壁の陰に身を隠した。

「相変わらず乱暴なヤツだな。俺だよ。入ってこいよ」

どこか聞き覚えのある声がリビングから聞こえた。

「誰だ」

「俺だよ。桜庭だ。同期を忘れちまったのか？」

「桜庭……」

ソファに鼠色《ねずみいろ》の背広を着た胡麻塩頭の男が座っていた。

「玄関ドアに紙片を挟むなんて古典的な細工だ。元通りにして脅かしてやろうと思ったが、悪趣味だから止めたよ」

男はまるで同窓会で旧友に会ったときのように、気軽に手を上げた。

外事二課第四係長・桜庭隆之。警察学校時代の同期で、かつての友。岩城を軟禁下に置いて取り調べ、自宅のガサ入れまでやった男が遂にこの拠点を突き止めたのだ。テーブルに潰れたビールの空き缶が転がっている。頬が赤く、酔っているようだった。

「……勝手に寛《くつろ》ぎやがって。おまえらが探しているものはここにはないぜ」

「何のことだ？　久しぶりに顔を見たくなっただけだ。悪いか？」

「休暇中に、桜田門のヤツとは会いたくない。帰ってくれ」

筒見はドアを親指で指した。

「……冷たいじゃないか。おまえ、昔の部下たちを動かして、うちの津村をさらったんだろ？　なにかいい情報は取れたのか？」

桜庭はからかうように言って、立ち上がると、勝手に冷蔵庫を開けて新しい缶ビールを取り出した。

「お互い様だ。係長なら、部下の私生活にも目を配っておけ。腐ったリンゴは組織を腐らせる」

「多少の欠陥には目を瞑《つむ》って、いいところを伸ばすのが俺の主義だ。組織は愛情で育てるものだ」

「捜査一課志望は捨てたのか？　すっかりハムの面《ツラ》になってるぜ」

「ふざけるな。お前みたいな公安エリートとは違って、俺の売りは泥臭さだ。所轄の刑事《デカ》として小さな悪を退治するのが性に合ってるんだ。これは人事事故だよ」

窓際に立った桜庭は、にかっと笑顔を作った。そして薄暮に浮かぶ東京タワーの影絵を眺めながら、缶ビールを呷《あお》った。

筒見が公安部から放逐された後、桜庭は八丈島署の刑事から、本部の公安一課に引き上げられた。ドサ回りの万年巡査部長は、四十目前の異例の抜擢《ばってき》をきっかけに、スパイハンターの裏部隊を率いるまでになったのだ。父親は警視庁の警官。桜庭が高校生の頃、パトロール中に遭遇した路上強盗犯を追い詰めた末、胸を刺されて殉職、二階級特別昇進という慣行によって警部になった。

「……慶太郎。八年前のおまえの気持ちがようやく理解できたぜ」

「何をいまさら……」

「俺と組む気はないか？　ハムがとんでもないことになっているんだ。内部の人間だけでは解決できない事態だ」

「……俺の知ったことじゃねえ」筒見は吐き捨てた。

振り返った桜庭の表情が一変していた。

「……極秘の情報だ。さっき、相模湖のほとりで馬宮理事官が遺体で発見された。自慢のBMWの車内で、硫化水素入りのゴミ袋をかぶってな」

「なんだと？」

「馬宮の口座には過去五年間に、五千万以上の金が入金されている。職場のパソコンで、大量の秘密文書を移し替えていた痕跡も見つかった。これは諜報事件だ。慶太郎、逃げないでくれ」

強い眼差しがまっすぐ筒見に向けられていた。

「はい。これプレゼント」

午後八時、麻里子は飯倉タワーのロビーに駆け込んでくるなり、重みのある大判封筒を筒見に渡した。

「なんだこれは」

中から出てきたのは三冊の古びたノートだった。

「筒見さんが欲しがっていたモノよ。酔っ払って寝たふりしていたけど、大事なことは聞いてたんだからね」

「どこで手に入れたんだ」

「戻ったのよ。伊賀さんの家に」麻里子は鼻の穴を膨らませた。

「勝手に動くな！　痛い目に遭ってもまだわからないのか」

「私は外交官、交渉のプロなの。礼くらい言ってよ！　必要ないなら返しに行くわ」

恫喝《どうかつ》にひるむどころか、麻里子は真っ赤な顔で食って掛かった。受付にいたマネージャーが何を勘違いしたのか、にやっと笑った。

「ここじゃまずい。部屋に来い」

勝手にキッチンに入り込んだ麻里子はコップで水を飲むと、「人の気持ちはカチ割るものじゃなくて、解きほぐすものよ」と言った。

「筒見さんの頼みを断った後も、伊賀さんは悩んでいたのよ。私が戻ったら、『俺は秘密を明かさない。でも、女泥棒が蔵の床下の箱から盗んでいくなら見逃してやる』って、蔵の鍵を開けてくれたわ」

黄色く退色したノートの表紙には「一」から「三」までの番号が振ってあるだけだった。「二」のノートを開くと、万年筆で書かれた伸びやかな達筆が並んでいる。〈浜中警部補来庁〉〈基調報告〉〈SRにおける指導内容〉などの文字が目に飛び込んできた。

「ここを見て」。麻里子の指先が示す文字を見た瞬間、筒見の顔が熱を帯びた。

〈アヌビスの動向、及び発言について〉と書かれている。

「黒崎大臣が救急車で運ばれた後、部屋にアヌビスからの手紙が残されていたでしょう。エジプト神話の半獣の神、墓場の守護神よ」

筒見は奥歯を食いしばったまま頷いた。これぞまさしくエリックが言っていた「アヌビス作業」だ。

冒頭には、いきさつが箇条書きで記されていた。それは、一九七五年から行なわれた在日中国人女性に対する獲得作業だった。伊賀が警察庁警備局に出向したのが一九八七年からの四年間であることを考えると、前任者からの引継ぎを受けた際の備忘録らしい。

〈コードネーム：アヌビス。氏名：張美鈴（日本名：松島美鈴）。夫：松島幸市（東光商事代表取締役社長）、長女：桃香、次女：讃良、長男：和樹――〉

文字を追う筒見の身体は粟立っていた。

松島桃香――。ばらばらのパズルのピースが、ひとつの形を成し、鮮やかな絵を描き始めている。桃香の母親・張美鈴は、浜中が獲得し、「アヌビス」のコードネームを与えられた、警察庁登録の特別協力者《マルトク》だったのだ。

ノートにはまず、美鈴の波乱の人生が綴られていた。共産党の高級幹部だった両親は、文化大革命の際、河南省の農場に下放された。北京師範大学附属高校の紅衛兵《こうえいへい》だった美鈴は、親戚を頼って台湾に密航する。そして一九六九年、親戚と共に来日して、東京の大学に入学した。

「張美鈴の父親は共青団出身で、のちに総書記になる胡耀邦《こようほう》に近い人物だった。つまりリベラルで、親日派だったと考えるのが自然よ。きっと美鈴は急成長した日本から、何かを学ぼうとしたのよ。そういう意味では日本警察の協力者になる素地はあったと思う」

麻里子は外交官らしい分析を披露した。

大学で経営学を学んだ美鈴は、就職先の商社「東光商事」の社長・松島幸市と結婚、対共産圏貿易で財を成した経営者の妻となった。しかし、幸せな生活は暗転する。幸市が警視庁公安部に逮捕されたのだ。容疑はCOCOM《ココム》違反。COCOM（対共産圏輸出統制委員会）は、軍事転用可能な物資や技術を西側諸国から共産圏に輸出することを禁じた国際機関で、加盟国では、無許可輸出に罰則を科していた。東光商事は禁輸品のひとつ、ゲルマニウム・トランジスタを中国に無許可で輸出していたのだ。

松島幸市の逮捕後、捜査班の一員だった浜中は巡査部長から警部補に昇進。同時に、外事課《ゼロサン》は浜中を、張美玲の居住地を管轄する本田《ほんでん》警察署地域課に昇進異動させた。交番の制服警官を偽装した浜中は、張美鈴に接近、特別協力者《マルトク》として獲得、潜入スパイとして運用する。これが「アヌビス作業」だ。浜中は防犯設備を備えた邸宅に美鈴を住まわせ、秘密作業の拠点とした。当時の公安警察にとって、美玲は最重要の特別協力者《マルトク》になった。とりわけ、中国政府による対日工作活動の実態解明では、美鈴が中国共産党への太いパイプを利用して、日本警察に数々の重要情報をもたらした。

筒見と麻里子は二人がかりでノートの内容をパソコンにタイプしていった。公安警察の秘密作業史上、最悪の失敗の輪郭が少しずつ鮮明になっていく。

美鈴が国家安全部に身柄を拘束されたのは、作業開始から十四年後、一九八九年十一月のことだ。この年の六月、北京では「六四天安門事件」が起きた。人民解放軍が民主化を求める学生の集団に無差別発砲、装甲車を突入させ、多くの死傷者を出したのだ。

当局から追われた学生たちは密航船で、香港やマカオに入り、イギリス、フランスの外交官や諜報部員が用意した隠れ家に転がり込む。ここで身元確認を受けた後、世界に散った。

美鈴は現地に乗り込み、フランスの支援団体とともに、学生たちの国外脱出を手助けした。そして、幾人かを日本に送り、安全な住居を提供した。

　アメリカの人権NGOが民主派学生の実態調査のため来日したとき、FBIから緊急提報があった。

　調査団の中に黒羊《ブラックシープ》がいる――。

「黒羊」とは、国外脱出した民主派学生とその支援者を追う中国情報機関の潜入工作員のことだ。FBIから、調査団の「法律専門家」の動向を監視するよう求められた警察庁外事課《ゼロサン》は、外事二課第四係長になっていた浜中にある指令を下す。

「アヌビスを黒羊に接触させ、日本国内での活動実態を探れ」

　浜中から指示された美鈴はこの難易度の高い指令を忠実に実行する。だが、二人は中国側の掌で転がされていたのだ。

　一ヵ月後、浜中から伊賀のもとにこんな報告が入る。

「アヌビスが黒羊と香港へ渡航」

　返還前の香港なら安全だと判断したのだろう。だが、その十日後、在中国日本大使館から〈アヌビス身柄拘束――〉との一報が入る。

〈――アヌビスが北京で国家安全部に身柄を拘束。外務省より大使館員による面会は不可能との回答。日本国籍を有しないことが理由との説明あり。浜中警部と協議。理

事官から「中国側の反応を待て」との指示。浜中警部に伝える〉

文字には焦燥が滲んでいる。

このとき、長女の桃香は中学一年、幼い弟妹がいた。美鈴は東光商事の役員で、夫・幸市にとって重要なパートナー。美鈴の不在は会社にとっても、家族にとっても、致命的だった。

三ヵ月後の伊賀のノートには〈松島幸市が脳梗塞で倒れ緊急手術〉と記されている。矢印の先には〈浜中警部、松島幸市に面会するも会話不可能〉とあった。さらに〈東光商事が倒産〉。苛立《いらだ》ったような乱暴な筆跡で、二重三重に丸で囲まれていた。

そして最後のページには、松島家を襲った悲劇について詳述されていた。震えた筆跡から伊賀の心の内が手に取るように分った。それは「アヌビス作業の閉鎖」を意味していた。

麻里子はパソコンを閉じて、大きく息を吐く。午前一時、ノートの解読を始めて四時間半が経過していた。

「松島桃香は知っているのかしら。私なら浜中さん、いや、警察を絶対に許さないわ」

「彼女はすべて知っている……。そして黒崎は何らかの形でこの悲劇に絡んでいるはずだ」

荷物をまとめて立ち上がった麻里子が、玄関に向かって歩きながら言った。

「そういえば、伊賀さんからの伝言よ。『これより先へ進めば、パンドラの箱をあけることになる。再び災厄を背負う覚悟があるのか、もう一度考えろ』って……」

第六章　リーク

■二月　東京　外務省

外務省三階の記者会見室。村尾外務副大臣の定例会見が始まった。一番後ろの席に陣取った奥野がICレコーダーのスイッチを入れたとき、丹波が部屋に入ってきて、報道課長の隣に腰掛けた。大臣秘書官が、副大臣の会見に顔を出すのは珍しい。その理由はすぐにわかった。

「きょうの質問は、この記事ですか？」

村尾が一枚の紙を広げると、前列の記者たちから笑いが漏れた。発売されたばかりの「週刊近代」のコピー。〈黒崎外交に外務省内乱！　中国への情報漏洩疑惑で次官更迭《こうてつ》か〉という記事だ。

最前列の若い女性記者が先陣を切った。

「じゃ、お聞きします。中国の民主派知識人を飯倉公館に招いた際、中国側に事前に情報が漏れたのは、外務省内部の妨害工作だった、と記事に書かれています。この問題に絡んで、黒崎大臣が室木次官の更迭を決めたとも書かれていますが、事実でしょうか？」

「根も葉もない記事ですな。そもそも黒崎大臣と室木次官の確執など存在しません」

「大臣と次官との間で、対中国の外交政策をめぐって激しい口論があった、というのは？」

「外交政策の方向性を決めるのは、真藤総理と黒崎大臣です。事務方はそれを実現するのです。これは論評にも値しない記事です」

村尾は記事のコピーを引き裂いて、投げ捨てた。陳腐なパフォーマンスに、カメラのフラッシュがお付き合い程度に焚《た》かれた。丹波が納得したように頷《うなず》き、会見室を出て行くのが見えた。

記事に関する質問はこれだけで、その後は退屈な質問が続いた。

司会役の報道課の首席事務官が会見を締めくくろうとすると、村尾は手で制した。

「あれ……、旭日テレビは外報部長さんがいらしている。せっかくですから何か質問は？」

政治記者たちが、奥野のほうを一斉に振り向く。

「いえ……。『週刊近代』の記事について、村尾副大臣が失言するのではないかと偵察に来ただけです。期待はずれでしたがね」

会見が終わると、若い記者たちの苦笑が漏れた。村尾は不愉快そうに顔を歪めた。

奥野が茶化すと、村尾が卑屈な笑いを浮かべながら近づいてきた。

「奥野ちゃん、カメラが回っているところで俺に恥かかせなくていいじゃんかよぉ」

「冗談ですよ。村尾さんが、大臣と次官の板ばさみでご苦労されていると聞いて、元気付けにきたのです。でも、現場の外交官たちはあなたに期待していますよ。独走する親分を抑えることができるのは村尾さんだけだってね」

声を落として耳打ちした。

「そっか……、嬉しいよ。ところで奥野ちゃん、今晩時間ない？　相談に乗って欲しいことがあるんだよ」

やはり、この男は落としやすい。奥野は心の中でほくそ笑んだ。

時計を見ると約束の午後九時を、二十分もすぎていた。新風党議員の大半は、黒崎らごく一部の人気政治家が作り出した追い風に乗って当選しただけの、取るに足らない連中だ。政治経験は素人同然で、人格的にも未完成だが、一丁前に政権党の一員であることに酔っている。権力は人を狂わせ、立ち振る舞いに滲《にじ》み出て来るものだ。

西麻布の裏通り。カップル客ばかりの薄暗いワインバーで男同士の密談など、悪趣味にもほどがある。奥野が時計を睨《にら》みながら、苛立《いらだ》っていると、村尾があたかも忙しそうに入ってきた。

「いやぁゴメン、某国の大使との会食が長引いてね。でも、このあと大事な人と会う予定があるから三十分だけね」

手を合わせて謝って見せた。自分から誘っておいて三十分で区切るとは大層なご身分だ。

「で、相談ってなんですか？」

強いオーデコロンの香りに、思わず顔を背《そむ》ける。

「奥野ちゃんにネタをあげようと思ってね」村尾は不敵な笑いを浮かべた。

「ほう、珍しいですね。何のネタです？」

「まあ聞いてくれよ。……いま、黒崎は日本に民主主義基金を作って、中国の反体制派に資金援助する計画を立てて動き出しているんだ」

「次はそう来ましたか」

「もう根回しは始まっている。欧米諸国と共同で、中国共産党の一党独裁体制を転覆しようというう腹だ。どう思う、奥野ちゃん。危険な企みだと思わないか？　俺と室木次官はこの計画を潰したいんだ」

「ふーん。黒崎大臣の腹心なのに、『潰す』なんて穏やかじゃないですね。クーデターでも起こすつもりですか？」

「違うよ。俺は日本の外交を本気で心配しているんだ。黒崎が危うい方向に独走し続けるなら、袂《たもと》を分かつ覚悟だ」

「でも黒崎さんの外交政策を国民は支持してます」

「もう、奥野ちゃんは政局に疎《うと》いなあ。永田町の追い風は突然逆風に変わるものだぜ。この計画が漏れれば財界や党内の親中派から凄《すさ》まじい反発喰って、真藤総理も支えきれなくなるぞ。そうじゃなくてもポスト真藤争いは始まっているんだ。俺だって次は大臣を狙うために、勝ち馬に乗りたいよぉ」

これが本音か。この男の厚顔無恥ぶりは度しがたいが、ようやく本題に差し掛かっている。奥野はなんとか堪《こら》えた。

「ここからが本題だ」脂ぎった顔を近づけると、村尾は声を低くした。

「……これは極秘情報だぜ。実は厄介なことが起きて黒崎は追い詰められている。この問題処理に失敗すれば黒崎のクビは飛ぶ」

「更迭されるようなトラブルですか？」

「ああ、上海にある日本総領事館の移転にまつわる話さ。松島社長の会社の重役さんと、その問題処理について協議しなきゃいけないんだけど、黒崎の様子がちょっと変でね……」

「松島さん……？」桃香の美しい横顔が奥野の胸をかすめた。

村尾は自分のグラスにワインを注ぎ、語り始めた。奥野はジャケットのポケットに隠しておいたＩＣレコーダーのスイッチを入れた。

バーのドアが開いたのは村尾が語りだして、二十分が経過した頃だった。振り返ると、一人の女が立っていた。サラだった。コートを脱いだ瞬間にのぞいた白い二の腕に息を呑《の》んだ。心地よい香りが風にのって奥野の体をくすぐった。

村尾はサラに目配せすると、

「……ごめんねぇ。次の約束の時間になっちゃった。これ、特定秘密の限配《ゲンパイ》だ。取り扱いに注意してよ。これは正義の告発だからねぇ」

といいながら、茶封筒を奥野の胸に押し付けた。

追い立てられるように店を出た奥野は、封筒から折り畳まれた紙を取り出した。「複写厳禁」の文字が斜めに並んでいる。在上海日本国総領事館発の公電のコピーだ。表紙には「特定秘密・限定配布・領事部移転に関わる問題点について」との案件名が書いてある。

貴電在公第1165号に関し、
6日、当館、松永首席領事が在上海米国総領事館領事より入手した関連情報を下記1及び2の通りご報告申し上げる。また、本件に関する当館の見方及び関連情報は下記3の通り。尚《なお》、当該米総領事館員は中央情報局員とされ、情報の確度は高いと思われる。
1：当館領事部が本年5月に移転を予定している上海市延安西路の上海国際大《だい》廈《か》の所有企業「青松投資有限公司」は、人民解放軍総参謀部第二部の傘下企業「凱洋科技公司」の子会社である。
2：上海国際大廈については、米情報当局が通信回線傍受や盗聴機器の埋設等を確認している。
3：貴大臣にこれまで報告の通り、内装工事費、保証金、前払い家賃、不動産仲介手数料として、一億八千万円を支払い済みであり、移転計画中止による回収は不可能と考える。また、本物件を紹介したのは上海国際大廈の13階を本年2月まで賃借している上海桃花服飾有限公司であり、当社の代表取締役である松島桃香氏は青松投資有限公司との賃貸借契約交渉にも立ち会っている。

転電（添付無）中国（了）

松島桃香が中国情報機関のビルを外務省に斡旋《あっせん》——。あまりの衝撃に、奥野は立ち眩《くら》みすら覚えた。村尾は何が目的でこの公電を提供したのだろう。永田町の権力争いなのか。それとも、黒崎暗殺を目論《もくろ》む何者かに操られているのだろうか。

なぜかサラの美しい横顔が頭から離れない。この冬一番の寒さとの予報どおり、寒風が頬に刺さる。コートの襟を立てたが、背筋を這《は》う冷気は防ぎようもなかった。

■同二月　東京　四谷三丁目

〈先ほど入ってきたニュースです。神奈川県横浜市のマリーナに浮かんでいたトランクの中からバラバラに切断された遺体が見つかった事件で、遺体は都内のアパレルメーカー役員・大志田譲さんのものと確認されました。警察によりますと、大志田さんは北京に出張するため、三日前に会社を出たということで、警察は足取りを調べています〉（TNN昼ニュース）

筒見の携帯に、南部から連絡が入ったのは、このニュースが流れた一時間後だった。

〈……というわけなんです。早く先輩のお耳に入れたくて連絡させていただきました〉

南部は受話器の向こうからひとしきりまくし立て、「どうだ」と言わんばかりに沈黙した。黒崎の異変を伝えているのだが、興奮しているものだから要領を得ない。

「清水本人から話を聞かせてくれないか」

〈分かりました。今晩、黒崎大臣の公務終了後に連れて行きます〉

午後七時、四谷三丁目の小料理屋の個室で、二人はお茶を飲みながら待っていた。

外務大臣担当SPの清水雄一が立ち上がると、隣の南部は余計に小さく見えた。

「久しぶりだな、清水君。外務大臣と一緒にテレビに映っているのを見かけたよ」

「お久しぶりです。ニューヨークでは大変お世話になりました」

清水は腰を九十度に折った。

「今晩、黒崎大臣は早いご帰宅かい？」

「いえ、まだ役所にいらっしゃいます。今晩は相方の当番なのですが、そろそろ……」

こう言うと、清水は時計を見て、続く言葉を飲み込んだ。

本題に入るまでにそう時間はかからなかった。芋焼酎を何杯か飲んだあたりで、南部が痺《しび》れを切らした。

「おい、清水。食ってばかりいねえで、例の件を先輩に相談申し上げろ。この筒見さんは知っての通り、外事のプロだ。黒崎のことで困っているのだろう？」

すでに眼が据わっている。

「まあ、その……困っているといいますか……」

清水はワックスで固めた頭をかきながら、八の字眉を作った。なかなか職務に忠実な男のようだ。いや、SPも人間だ。一日中、行動を共にする警護対象と一体化し、ときには感情移入するものだ。政治の表裏を間近で見続け、ときには金や女といったスキャンダルに目をつむることもあるだろう。

「言え！　命令だ！」南部が一喝した。

清水は困り果てた様子で、筒見の顔色を窺《うかが》う。

「君は黒崎大臣の異変に気付いた。何者かに脅されているのではないかと思っている。そうなんだろう？」

筒見が断定するかのように言うと、清水は意を決したように頷いた。

「実は……。きょうのニュースで報道されていた殺された男ですが……、以前、黒崎大臣と面会したことがあるんです」

「大志田譲が大臣と？」

「はい。去年の年末、中国の民主活動家を飯倉公館に招いて会談したときのことです。黒崎大臣がゲストを送り出した後、予定外の面会が急遽《きゅうきょ》入ったのです。村尾副大臣がセットした後援会関係の男性だったのですが、緊急だったもので、飯倉公館の敷地内の吉田茂記念館の会議室で会うことになったのです」

「相手は誰だ！　名前を早く言わんか！」

呂律《ろれつ》の回らなくなった南部が肩で体当たりすると、清水は慌てて手帳を取り出した。

「ノーチラスの……、大志田譲と名乗りました。大臣に名刺を差し出して、こういったのです。『私は生きていますよ』と……。そうしたら大臣が急に部屋を飛び出したのです。公館に戻られたあとも、顔色が悪くて、震えていて……。私は大臣を車に乗せて、次の会合先にお連れしたのですが、途中、何度も後ろを確認して……。とにかく怯《おび》えていました。きょうニュースを見て、あの大志田譲が殺されたというので、南部室長に相談申し上げた次第です」

黒崎と「大志田譲」の間に秘めたるものがあるに違いない。倉持孝彦が大志田譲に背乗《ハイノ》っていたのは、それが目的なのだろう。

「それから、その話と関係あるかどうか、わかりませんが、黒崎大臣は毎週木曜の夜に隠密行動をとるのです」

「どんな行動だ」

「最初は政局絡みの秘密会合かと思っていました。それにしても、ＳＰに警護させずに、公用車も使わないのは奇妙です。実は……ルール違反ではありますが、先日、相方と二人で大臣を尾行したのです。そしたら……」

清水が渇いた口を焼酎のグラスにつけた。

「酒飲んでるんじゃねえよ！　続きを言えよ！」

南部の体が揺れ、再び清水に体当たりした。

「霞ケ関駅から電車に乗って、中目黒で東急東横線に乗り換えて……都立大学駅で降りました。そこから歩いて城東医科大学付属病院に入ったんです。きょうも木曜ですよね？　ちょうど今頃の時間に……」

時計は午後八時を指している。

「バーカ！　まだ、ニューヨークで倒れた時の後遺症が残っているんだよ。政治家にとって病気の噂は命取りだ。だから極秘で診察を受けるものなんだ。そんなことも理解できんのかっ」

南部が吠えた。

「そうかもしれません。あの裸は異常でしたから……」

「異常？」筒見は思わず身を乗り出した。

「ニューヨークで倒れたとき、大臣は裸だったのですが、全身に赤い斑点がたくさんあったんです。下腹部や尻、脇の下、足の裏に、気味悪いくらいに……。何かの病気かと思ったのですが……」

清水が語り終える前に、筒見は立ち上がっていた。

城東医科大学付属病院は街灯の青白い光に浮かんでいた。午後八時半、一般診療は終わり、正面玄関は閉鎖されている。

全身を締めつける冷気を、身体の芯から湧き出る熱が溶かしていく。駐車場にあるワゴン車の陰の暗闇に身を隠した筒見は、夜間救急出入り口を見つめていた。〈お見舞いの面会者は防災センターにて、身分証を提示のうえ面会票を記入し、バッジをお受け取りください〉との看板が立っている。

マスクをつけ、トレンチコートに長身を包んだ男が入ったのは三十分後、面会時間が終わる直前のことだった。男が自動ドアをくぐった三十秒後、筒見はミリタリーコートを脱ぎ捨て、マフラーをはずしながらあとを追い、防災センターのカウンターに駆け込んだ。

「すいません。私、タクシーの運転手ですが、いま入った男性のお客さんがこちらをお忘れに……」

慌てふためいた様子で、黒いマフラーを掲げた。

「えっと、いま入った方というと……」

警備員が面会票の束を手に取ったとき、筒見はすばやく一番上の紙に視線を走らせ、その画像を脳裏に焼き付けた。

〈面会者：黒崎倫太郎　患者：今井大輔《いまいだいすけ》〉

「マスクをつけた、背の高い方です」

「エレベーターホールにいないかな……そこの右手です。どうぞ」

ホールには誰もいなかった。エレベーターのランプは五階で停止していた。

■同二月　東京　北青山

夕日が差し込む部屋のパイプ椅子に、桜庭はこちらに背を向けた状態で腰掛けていた。「山陽通商」の室内は、独身男性の部屋のように雑然としていた。隅に簡易ベッド、真ん中のテーブルには、食べかけのコンビニ弁当が放置されている。窓の向こうは橙《だいだい》色に染まったノーチラス本社ビルだ。社員たちが働く様子が手に取るように判る。岩城がこの視察拠点の存在に気付いてから四ヵ月。煤《すす》けた壁には、ここで生活しながら倉持を追い続けた捜査員たちの怨念が居着いているようだった。

「ここを撤収することになった。大志田は失尾した隙《すき》に殺されたんだ。俺たちのミスだ……」

桜庭は窓をぼんやり見つめたまま呟《つぶや》いた。

外事二課第四係は、倉持孝彦が行方不明の元暴力団組員・大志田譲に成り代わる「背乗り」をしていたとして、ノーチラス本社への強制捜査に入るべく準備を進めていた。捜索差押さえ許可状の罪名は旅券法違反及び公正証書原本不実記載。虚偽の戸籍を使って、旅券や運転免許証を取得していたという容疑だ。広範囲にガサをかければ、機密文書漏洩の証拠を摑《つか》むことができる。警察史上最悪のスパイ事件になるはずだった。

「大志田が殺された途端、天の声が降りてきた。捜査は中止だ。警察庁警備局《ビキョク》はガサ入れで身内の不祥事が出るのを怖れている。機密漏洩にほっかむりするつもりだ」

桜庭は抜け殻のようだった。

逮捕から起訴にいたる刑事訴訟法上の手続きの中で、本来、警察庁という行政機関が関与する隙はない。公訴権を持つ検察官が逮捕、捜索を了承し、裁判所が証拠を検討したうえで令状を発布すれば、警視庁は執行できるはずだ。しかし公訴権を独占する検事の判断を、警察内部のヒエラルキーは上回る。庁益重視の政治判断や、官僚たちの保身に基づいた判断が介入する余地があるのだ。

「私たちは八年前、ルビコンを渡って放逐されましたが、桜庭係長は警察に残ってください。そして潜り込んだ中国情報機関のモグラを土の中から引っ張り出してくださ い。あなたのような人がいなくなったら、この国の防諜は骨抜きになります」

岩城の言葉に、桜庭ははじめて振り向き、目尻に皺を寄せた。

「ありがとよ。肝に銘じるよ」

机を挟んで何十時間も向き合った敵だったが、この桜庭は信頼の置ける男であった。公安捜査官にありがちな謀略めいた動きをしない、まっすぐな男だ。

「これ、筒見さんからです」

岩城が三枚の写真を渡すと、桜庭は沈黙し、やがてごくりと唾を飲んだ。

「……外交公電。こっちは局長会議の議事録……。なんだこれ？」

「外務省の内部文書です。飯倉タワー、十七階の一七〇三号室。玄関脇のクローゼット内にあるアルミのアタッシェケースに入っています。鍵の暗証番号は523です。宿泊者はサラ・チュー、中国系アメリカ人で、FBIは国家安全部のエージェントと見ています。ハンドラーは……中国大使館領事担当参事官・劉剣です」

「劉？　こ、この写真、慶太郎が撮影してきたのか？」

「入手方法は不明です。ヤツは昔から隠密行動ばかりですから……」

「そう言うな。ヤツは昔から一匹狼、孤高の天才だ。……それよりもこれ……」

写真と岩城を交互に見ている。

「これを端緒にもう一度、劉剣に切りこんでください。どこかでノーチラスに繋がるはずです。私たちにはこれ以上何も出来ない。桜庭さんの健闘を祈ります」

桜庭は椅子の背もたれに体を預け、天井を見上げた。そして大きく息を吐いた。

「やっぱり、おまえらすげえよ。やっぱりスパイ事件は俺みたいな善人じゃダメだ。悔しいけど勝てねえや」

興奮した様子の桜庭の目が潤《うる》んでいた。

四日後の午前六時ちょうど、岩城は指定された六本木駅近くの檜町《ひのきちょう》公園に到着した。ミッドタウン・タワーのビル風が吹き荒ぶ公園のベンチで、ダウンジャケット姿の津村が待っていた。岩城の姿を認めると、小さいジェスチャーで公園の出口を指し、早足で歩き出した。十メートル後方についた。

「いよいよガサか？」

六本木通りを渡る信号待ちで横に並んだ。

「はい。でも、おフダはありません」

「任意でやるのか？」

「そうです。結局、警察庁《サッチョウ》が許可しませんでした。外交公電が、いま部屋にあることを証明できないのなら、令状請求はまかりならん、とのことです」

外事二課から深沢署への正式な応援派遣要請は寝耳に水だった。八年間遠ざかっていた捜査現場。破裂しそうな興奮と吐き気を催《もよお》しそうな緊張が交互に襲ってくる。

飯倉片町の交差点を越えると飯倉タワーが見えてきた。ロシア大使館手前で外苑東通りを右手に折れ、坂を下る途中に立派な門構えがある。視線を外して通過。坂を下りきった突き当たりの駐車場には黒いワゴン車が一台と大型バイクが置かれていた。

「よう。岩城……」桜庭はワゴン車から手招きをしていた。

「お声かけ頂いて、本当にありがとうございました」

岩城が深々と頭を下げると、桜庭は八の字眉を作り、胡麻塩頭を掻《か》きながら、言った。

「……たまには刺激があってもいいだろ。肩の力を抜けよ」

ワゴンのスライドドアを開けると、車内には、細身で、神経質そうな中年男がいた。鼈甲《べっこう》柄のセルロイドフレームの眼鏡が、エリート臭をぷんぷん漂わせている。

「こちらは外務大臣秘書官の森安さん。きょうは重大な役割を担っていらっしゃる」

桜庭が岩城を紹介しても、森安は携帯をいじりながら一瞥《いちべつ》をくれ、「どうも」と言っただけだった。

筒見は強制捜査が許可されないことを見越して手を打っていた。サラが宿泊している部屋の契約を、森安名義に変更させたのだ。森安の許可さえあれば、令状なしで部屋に立ち入ることが出来るからだ。

車外に出ると、桜庭は声を低くした。

「おまえは俺の補佐として、一緒に十七階に来てくれ。秘書官殿に危害が加えられぬよう頼む。マルさんには、管理人室で監視カメラの画像を見てもらっている」

「えっ？　マルさんが……」

桜庭の意図が理解できた。八年前の決着をつけさせようとしているのだ。

あの日、丸岡は公務員宿舎の管理人室にいた。防犯カメラの映像を見ながら、瀬戸口の動きを、仲間に伝えるのが任務だった。だが、瀬戸口はエレベーターホールで姿を消し、カメラのない非常階段を昇っていった。丸岡が再び瀬戸口の姿を見たのは、公務員宿舎の屋上に設置されたカメラの映像だった。モニターの中で、瀬戸口は地上に背を向けた状態で、建物の縁に立っていた。手を合わせて二言三言呟くと、ゆっくり後ろに倒れて画面から消えた。このたった一度の失敗が、丸岡の心を破壊したのだ。

そして今日、丸岡はあの時と同じく、エレベーターホールの防犯カメラと廊下のドア開閉センサーで、対象の動向を監視する役割を担っている。桜庭の粋《いき》な計らいに熱いものがこみ上げた。

〈係長、予定時刻まで十分です。十七階に動きはありません〉

イヤホンから丸岡の声が聞こえた。現役時代の張りのある声を取り戻している。

「さあ、秘書官殿、ご案内よろしくお願いします」

桜庭がうやうやしくスライドドアを開けた。森安は携帯電話をいじりながら車を降りてきた。

「じゃ行きましょう。部屋の鍵はお持ちですね？」

森安は携帯の画面に視線を落としたまま、胸ポケットから黒いカードキーをのぞかせただけだった。

「全員配置についてくれ」

〈アルファ了解〉

〈ベータ了解しました〉

〈車両一、車両二は所定の位置です〉

徒歩と車両の追尾部隊が二個班ずつ、周囲に配置されているようだ。

森安を真ん中に挟んで飯倉タワーに向かった。桜庭がドアマンに目で合図を送る。

受付の女性、作業服で庭の掃除をしている中年男。すべてが偽装した捜査員だ。

「マルさん、十七階に動きは？」

〈ありません〉

「乗るぞ！」

桜庭が携帯電話をいじっている森安の背中を押して、エレベーターに乗り込んだ。

この感覚だ。スパイを追い詰めるときの高揚感、ぴりぴりと肌が痺れる感覚が蘇《よみがえ》る。

「勘は戻ってきたか、岩城？」

「はい」

「実は二人の応援は、おまえの兄貴分に頼まれたことだ」

「えっ？　筒見さんが……」

「ヤツも苦労して成長した。信じてやってくれ」

桜庭が白い歯を見せたとき、イヤホンから丸岡の声が聞こえた。

〈開閉センサーが鳴動。対象の部屋に動きあり。、、、お客さんが部屋を出た模様。……十七階エレベーターホールのカメラで確認。出てきました！　顔を隠しており人定《じんてい》不明！　女性一名です〉

桜庭が舌打ちした。高速エレベーターは上昇を続けている。

〈エレベーターに乗りました！　下降します。黒いコート、サングラス。大型のボストンバッグ。もう一度繰り返す……〉

「降りましょう！」

岩城は七、八、九階のボタンを一気に押した。エレベーターは辛うじて九階に止まった。籠を飛び出し、もうひとつのエレベーターの下降ボタンを押した。間に合わず、上階から降りてきたエレベーターは虚しく目の前を通過していった。

「アルファは対象を徒歩で追尾。車両二班が補佐しろ。我々は予定通り部屋に入る」

もとのエレベーターに乗り、上昇する。

〈お、お客さんはロビー、いま……徒歩で出ます。アタッシェケースは持っていません〉

十七階でエレベーターを飛び降り、両側から森安の背広を摑んで廊下を走った。カードキーを操作した森安を押しのけて、靴のまま室内に飛び込んだ。手分けしてリビング、そしてベッドルームのドアを開ける。いない。バスルーム……。

テーブルには二人分のコーヒーカップや、英字新聞が載ったままだった。カップはまだ温かい。直前まで食事をしていたのだ。

「もう一人いたのか……」桜庭が喉の奥で唸った。

〈ん？　ちょっと待って……。おかしいぞ……〉

丸岡の低い声。イヤホン越しにパソコンを操作する音が聞こえる。

〈……違う。先ほどの女性を構造物と比較した結果、お、お客さんより身長が四センチ低い。耳の形状も……違います。間違いなく別人です〉

「マルさん、助かったぜ……」と、桜庭が眼を閉じる。

〈対象の女、飯倉片町で信号待ちの車に乗りました。マセラティ・クアトロポルテ、車体は白。ナンバーは品川３３４え……〉

小堀の声とともに、大型バイクの低いエンジン音がイヤホンに飛び込んだ。

「白いクアトロポルテ……？　そのナンバーは……」

岩城は眼を強く瞑《つむ》って、記憶を喚起した。

「桜庭さん。その車、ノーチラスの松島桃香の車です」

「そういうことか……」といって、桜庭は袖口のマイクに囁《ささや》いた。

「皆、よく聞いてくれ……。我々の客はマンション内に潜伏している。ベータは全ての出入り口を固め、客を捕捉したら完全秘匿による追尾を行う。車両二班はマセラティの追尾を続行しろ」

桜庭は嚙んで含めるように指示した。

岩城はキッチンに入って、外交公電が隠されたアルミケースを探した。シンク下の収納棚から冷蔵庫まですべて漁《あさ》ったが、見つからない。残るはここしかない。ガスコンロの下の大型オーブンを開けると、銀色のケースが光っていた。

「アルミケースがありま……あ、熱っ！」

右手で取っ手を掴んだ瞬間、猛烈な熱さに手を引っ込めた。

「うぉぉ……、クソッ。ケースが焼いてある！」

蛇口の水で掌《てのひら》の火傷《やけど》を冷やす。桜庭がケースの取っ手をタオルごしに掴んで引っ張り出し、ダイヤルを「５２３」にあわせると、バネがはじけて鍵が開いた。

「何もない……空だ。時間稼ぎだ」

〈……対象車両、飯倉から首都高環状線。銀座方面に走行中〉

森安を連れて部屋を出た。十七階のエレベーターホールには、茶色い中型犬を連れた若い男がいた。背中にはバックパック、帽子に、サングラス。短い髪。エレベーターに一緒に乗りこんだ。

「……朝早くからすいませんでした。空振りでしたよ」

桜庭に話しかけられた森安が、引き攣《つ》った愛想笑いを浮かべた。しきりに唾を飲み込んでいる。岩城と桜庭は、ほぼ同時に、操作ボタンの前に立つ「男」の背中に視線を突き刺した。

「……いい犬ですね。なんて種類ですか？」

桜庭は流暢《りゅうちょう》な英語でその「男」に話しかけた。

「マリノワ。ベルギーの犬……」

エレベーターの作動音に掻《か》き消されるほどのか細い声。

「……名前は？」

「………」俯《うつむ》いたまま沈黙した。こちらを振り向こうとしない。

「どうも落ち着かない様子だな。君の犬じゃないね？　君も慣れていない。リードを短く持って、左に座らせなきゃ」

森安は何度も大きな溜息をつき、ハンカチで汗を拭いはじめた。それを見た桜庭はにやりと笑った。

「あんた、分かりやすい男だな……」

一階に到着し、ドアが開いたときだった。森安が突然、「うわーっ」と悲鳴のような叫び声を上げ、桜庭の腰にタックルした。二人はホールの床にもつれるように転がった。

「やめろ！」岩城は森安の襟首を摑んだ。

両手両足をばたつかせる森安を押さえ込もうとしたとき、顔面に革靴の底が命中し、岩城は仰向けにひっくり返った。

「逃げろ！　サラっ！　行けっ！」

朦朧《もうろう》とする中で、森安の叫びが遠くに聞こえた。はじめて何が起きたのか理解できた。ロビーを駆ける靴音。桜庭の怒声――。

■同日　東京　駒沢

午前八時、駒沢公園の周回路を、冷たい風に乗ったランナーたちが軽やかに駆け抜けていく。さらに深く進むと、ひとけのないサッカー場があり、灰色のコートで身を包んだ男がベンチに座っているのが見えた。筒見の姿を確認すると、男は煙草《タバコ》を咥《くわ》えてライターで火をつけた。「周囲に怪しい人影はない」という合図だ。

富松は三日前から、この公園に隣接する城東医科大学付属病院の癌病棟に入院していた。病歴を利用した偽装入院だ。

「どうだ……」筒見は隣に腰掛けた。

「昨晩、黒崎が来ました。ヤツが部屋に入ったあと、音声が……」

「聞こえなくなったのか？」

富松は寒そうに身体を丸めたまま頷いた。

「盗聴器に気づかれたようです……。黒崎の警戒振りは異常です。消灯時刻直前に、眼鏡とマスクで顔を隠して入ってきて……。何かに怯《おび》えているとしか思えません」

富松は入院初日、今井大輔が診察のために病室を空けた隙に侵入し、ベッド下に超薄型のカード式マイクを貼り付けていた。機器の選定から設置場所、偽装方法まで、富松は熟練しているはずだ。

「今井は末期の癌で、ほとんど寝たきりです。私も同じ病気なので分かるのですが、悠長《ゆうちょう》なことやっていると、死んじまいます」

「三鷹市の障害者福祉ホームあおば荘……が、今井の現住所だ。十二年前からそこで暮らしている。身体に障害があるはずだ」

これは桜庭が「ギブアンドテイクだ」といって、送ってきた情報だ。病院を管轄する碑文谷《ひもんや》署に調べさせたものだろう。

富松は煙草を落とし、サンダルで踏みながら言った。

「やはりそうですか。車椅子に乗せられていたヤツの姿……、両脚が膝下からなくて、しかも……盲目です」

そのとき、重苦しい冬の雲間から、わずかな陽光が差し込み、筒見は眼を細めた。

病室のベッドに寝ていた男の口元がわずかに動いた。布団から出た右手を動かして、ようやくリモコンを探し当てた。モーター音がして上体がゆっくり起き上がってきた。頭髪はほとんど残っておらず、顔色は死人のように青白かった。

「誰？」小さく、細い声だった。

眼窩《がんか》の窪《くぼ》みは洞穴《ほらあな》のようだ。部屋の隅には車椅子が置いてある。男は顔を揺らしながら、鼻を動かす。

「お兄ちゃん……じゃない。先生でもないね。誰？」

筒見は黙ったままベッド脇まで歩き、布団を引き剝《は》がした。麻里子が息を呑《の》み、口を押さえた。男の下半身は、両膝から下が存在しなかった。

「今井大輔さんだね」

「うん……、君は誰？」

「筒見慶太郎だ」

「私は貴志麻里子」

前を見たままだ。眼球の欠落が感情を読み取らせない。

「筒見さんと貴志さん……なぜ、君たちがここに？」

「あなたに会いにきた」

「じゃあ、握手しようよ」

差し出された手を握った。女のようにやわらかい、小さな手だった。二人と握手を交わすと、にっこりと微笑んだ。

「筒見さん……。ボクから何か聞きたいんでしょ？」

「君はいつから入院している？」

「ずっとだよ。もう何年もここにいる」

「なんの病気だい？」

「癌だよ。胃に出来て手術したんだけど、リンパ節とか、いくつか転移して……ときどきかなり痛むんだ。でも、いまは調子がいい」

〈そろそろ面会時間が終わります。看護師の見回りが始まりました〉

耳に埋め込んだイヤホンから富松の声が聞こえてきた。

「眼は見えないのか？」

「うん。昔は見えたんだけどね。あれは……。小学校一年のときだったかな。ボクがドジで怪我をしちゃって……、気づいたときには真っ暗だった。でもボクは一度握手すればどんな人なのか、心の中まで分かるよ。あててみようか？　……筒見さんは……年齢はボクより少し上。身長は百八十五センチあるかな。一人暮らしで、生活は荒んでいる。格闘技の経験があるね。……麻里子さんも背が高い。百七十はあるね。たぶんスポーツウーマンだ。そして二人とも……ボクから何か重大なことを聞き出そうとしている。あたりでしょう？」

笑うと薄い皮膚に無数の皺《しわ》ができた。

〈看護師が隣の部屋に入りました。次そっち行きます〉

振り返ると、太った色白の女性看護師が立っていた。

「すみません。面会時間は過ぎているんですが……」

怪訝《けげん》な表情で筒見を睨《にら》んでいる。

「大事な友達なんだ。もう少しだけいいでしょ？　お願いだよ」

患者に懇願され、看護師は少し考えるような顔をした。

「……では十分以内にお願いしますよ。きょうはお兄さんも来る日でしょう？」

「出張で来ないよ。明日だと思う」

彼女は目礼して、部屋を出て行った。

筒見は枕元の椅子に座った。

「お兄さんは出張中なのかい？」

「うん。ベトナムに行っているはずだよ」

「そうか。もうひとつ聞きたい。君の名前は、大志田秀也……だね」

頬の筋肉がわずかに動いた。長い沈黙の後、大きな溜息をついてこういった。

「昔、そんな名前だったこともあったかな……。そんなことを聞きにきたのかぁ氷が解けていくように、微笑が浮かんだ。

「これから秀也さん、と呼んでいいかい？」

「うん……」

「秀也さん……君のお兄さんは……陸斗さんだよね？」

「………」

「でもいまは黒崎倫太郎という名前だ。いまベトナムの外務大臣と会っている。明日帰国して、君に会いに来るはずだ」

「黒崎……知らないよ。そんな人……」

「黒崎倫太郎はここに何度も来ている」

麻里子が筒見の肩を押さえた。

「違う！　ボクのお兄ちゃんは陸斗だ！　変なこと言わないでよ！」

秀也が投げたプラスチックのコップが床に転がった。

「秀也さん、落ち着いて」

麻里子が握った手を振りほどき、点滴のスタンドが大きな音を立てて倒れた。

「やめて！　もう出て行って！」

……」

「答えは出たわ」麻里子が筒見の耳元で囁《ささや》き、腕を引っ張った。

「わぁぁ」大きな叫び声。秀也はサイドテーブルのペットボトルをすべて床に落とし、勢い余ってベッドから転落した。

〈ど、どうしました？　看護師が三人来ます〉

富松の声が聞こえたときには、先ほどの太った看護師が病室のドアを開けていた。

「何があったのですか！」

秀也は床に転がったまま、のた打ち回って悲鳴を上げている。

「ごめんなさい。ちょっと混乱したみたいで……」

看護師は、秀也を起そうとしている麻里子を睨み付けた。

「今井さんはご家族以外、面会しないことになっています。お友達だと言うから特別に許可したのですが、こんなことなら……。もうお引取りください。あとは私たちでやります」

こういって病室の出口を指差した。

「秀也さん、また会いに来る。答えを良く考えておいてくれ。君の決断が重要だ」

床をのた打ち回る秀也の耳には届いていまい。麻里子に眼で合図して部屋を出た。

絶望的な叫び声が後ろから追いかけてきた。

■三月　東京　八王子

ベッドに潜りこんで、眠りに落ちたところで、枕元の携帯電話が鳴った。寝室の時計は午前一時二十分を指していた。

〈あっ、もしもし。岩城さんですか？　俺です。津村です……〉

「どうした、こんな時間に。動きはあったのか？」

〈桜庭さんが……桜庭係長が……〉津村の声が震えている。

「なに言っているんだ？　桜庭係長がどうした？」

桜庭たちはサラ・チューの行確を続けているはずだ。一昨日、サラは十七階の自室を抜け出した後、二部屋隣にある顔見知りのアメリカ人夫婦の部屋に身を潜めていた。そこで髪を短く切ると、男性を装って夫婦の飼い犬を散歩に連れ出し、脱出を図った。だが、桜庭たちは、桃香とサラの隠れ家を秘匿追尾によって突き止めていた。二人は長野県佐久市の貸し別荘で合流したのだ。

〈……車の中で死んでいたんです〉

「し、死……んだ……？」首を絞められたように声が出ない。

〈視察中だったのですが、夕方から姿が見えなくて……、さっき……午後十時頃に近くの森の中でレンタカーが見つかって……。長野県警が検視していますが、自殺だろ

う……と〉

「えっ？　……自殺？」

脇の下を冷たいものが走り、携帯電話を持つ手が震えた。

〈それが馬宮理事官と同じで……ゴミ袋かぶって、硫化水素で……〉

「桜庭さんが……。なぜ？　自殺なんてするわけないだろう！」

岩城は声を張り上げていた。隣で寝ていた順子が飛び起きた。

〈拠点で食事をしたあと、電話で誰かと話していたのですが、一人で出かけて……〉

「誰と電話で話していたんだ！」

〈話しぶりからすると、知り合いのようでした。長野県警が来る前に桜庭さんの携帯の着信履歴を見ましたが、公衆電話でした……〉

「それで、松島たちに動きは？」

〈現場に捜査車両が大集結したものですから……〉

「消えたのか？」

〈はい……〉津村の声も消え入るようだった。

〈……第一発見者の小堀も硫化水素にやられて入院しています。これから私は監察の聴取を受けます。私は桜庭さんと小堀の三人で、休暇で釣りに来ていたことにします。他の視察班のメンバーは拠点を撤収して、佐久のホテルに身を隠しました。もう、桜庭係は解散です。このあとは筒見さんと岩城先輩たちで、なんとか……あっ、本部の連中が来ました。じゃ……〉

電話はぷつりと切れた。

馬宮に続いて、桜庭まで硫化水素自殺――。ゴミ袋を被るという奇妙な方法を真似るとは到底考えられない。それに、秘密文書漏洩疑惑の解明に、あれほどの執念を燃やしていた桜庭が、自ら命を絶つなどあり得ない。

すぐに筒見に電話を入れた。津村から聞いた話を逐一伝えたが、大きな呼吸が何度か聞こえただけだった。最後に「そうか」という言葉とともに電話が切れた。

■同三月　神奈川　川崎

桜庭隆之は「休暇中」であったため、殉職と扱われなかった。つまり二階級特進した父親と同じ、警部として死んだのだ。桜庭自身の中では殉職だったに違いない。

筒見は通夜にも行かず、廃墟の中で一人立ち尽くしていた。鋸《のこぎり》が右手から滑り落ちて大きな音を立てた。うち棄てられたアパートは軀体《くたい》から悲鳴を上げながらも、辛うじて建っている。朽ちた木材が発する軋《きし》みが、桜庭の断末魔の呻《うめ》きのようだった。

枯れ草を踏みしめる音がしたのは、日が暮れかかったときだった。ドアが開き、黒いダウンジャケットを着た麻里子が立っていた。

「筒見さんの推理は当たりよ。今井大輔は三十九年前まで東京葛飾区に住んでいた。両親は蒸発して、区内の養護施設に暮らしていたけど、小学校四年生のときに脱走して行方が分からなくなった。その二年後に神奈川県相模原市の施設に今井大輔という少年が入所している。ただし、視覚障害者になって……。おそらく彼は同姓同名の別人よ。そこに半年に一度、訪ねてくる夫婦がいたそうよ。名前は浜中忠一と奈津美……」

浜中夫妻が秀也を——。パズルの最後のピースがはまりかけている。完成したとき、どのような絵が見えるのか。それは足元の土の下にある。

「そうか……これを見ろ」

引き剝がした床下にペンライトを向けた。光の筋が一点に定まると、麻里子が眉間《みけん》に皺を寄せた。

「これは……アヌビス……」

土の上に立つ膝丈《ひざたけ》ほどの像。細長く黒いジャッカルの顔、クビから下は手足の長い人間だった。

「そうだ。墓守の神、ミイラの守護神だ……」

「……掘ってみる？」

筒見は首を振った。

「ここを掘るのは俺たちじゃない……」

窓の外から、童謡が聞こえてきた。近所の小学校のスピーカーから流れる音楽は午後五時を告げていた。


あのまちこのまち日がくれる。

日がくれる。

いまきたこのみちかえりゃんせ。

かえりゃんせ。

おうちがだんだんとおくなる。

とおくなる。

いまきたこのみちかえりゃんせ。

かえりゃんせ。

おそらにゆうべの星がでる。

星がでる。

いまきたこのみちかえりゃんせ。

かえりゃんせ。


録音した音楽を聴かせると、ベッドの上の秀也は静かに聴き入っていたが、やがて歌詞を口ずさみ始めた。眼の表情はなくとも、感情の動きは十分に読み取ることが出来た。

「……筒見さん、なんでこれをボクに聴かせたの？」

「ある場所に行ったら、小学校のスピーカーから流れてきた」

「この歌は嫌いだったんだ、ボク……」

「寂しくなる歌だよな」

筒見が言うと、秀也はぷっと吹き出した。麻里子も笑っている。

「筒見さんでも心細くなることなんてあるの？」

「あるさ」

「でも、……ありがとう。いま聴くと懐かしいや……」

秀也の言葉は弱々しく、明らかに衰えていた。まさしく生命を保っているだけの状態。だが、豊かな感情はあった。何かを必死で守ろうとしているからだろう。だが、彼が守ろうとする男は病室に姿を現さない。

その代わり、麻里子がこの病室に通い詰めている。

「この筒見さんはね、変わった人なのよぉ。普段、職場でも話しかけるな、っていうオーラ出して、同僚を遠ざけているの。でもね、問題があると黙って解決をしてくれるのよ」

「ボクは仕事したことがないから、分からないけど、そういう職場の人間関係って羨《うらや》ましいなあ……でも、筒見さんがボクの上司だったら、怒られてばかりなんだろうなあ」

「私もそうよ。生きる世界も、価値観も私とは全く違う。だから腹が立つことも多いの。でも正義感が強くて、ウソはつかない人よ」

麻里子が笑うと、秀也も微笑んだ。

「……筒見さんは警察の人なんでしょう。犯人捕まえる人なんだから、普通の人とは違うよね」

と言って、秀也は笑った。

麻里子が小さく首を横に振った。筒見の本職が警察であることは秀也に話していないはずだ。疑問を察したように、秀也は続けた。

「このままえも言ったでしょ？　ボクは匂いで分かるんだ。筒見さんからは、血の匂いがする……。たくさんの人の血を浴びている。血を洗い流そうともせずに生きている……。貴志さんも、似たようなものだ。好きな人を失ったんでしょう？　それも酷い死に方で」

「そうよ。自殺したの」と、麻里子が呟き、大きく息を吸った。

「……私が新人外交官として入省したとき上司だった人。私、こんな性格だから、一途に追いかけて、お付き合いしたんだけど、子供扱いだったわ。別れたあと、彼は他の人と結婚しちゃったけど、私はずっと好きだった。でも、その人、警察からある嫌疑をかけられて、最後は転落死よ。……まったく、イヤになっちゃう。私それ以来、恋愛が出来なくなって……」

髪を掻きあげた麻里子は筒見を見つめ、震える口元で笑顔を作った。

何故か室内の空気が張り詰めることはない。大志田秀也という男が作り出す、この空間がそうさせている。筒見は、ベッドの脇にパイプ椅子を持っていき、腰掛けた。

「俺が関わった人間は死んでいく。……皆、家族がいて、愛する人がいて、社会で懸命に生きていた」

麻里子は虚を衝《つ》かれたように顔を上げたが、秀也は穏やかな笑みを湛《たた》えたままだった。

「俺は息子も殺した……。暗い池で、汚れた水を沢山飲んで、苦しみ抜いて死んだんだ。いくら助けを呼んでも父親は仕事から戻ってこなかった。まだ六歳だったのに……。だから俺は……血の臭いとともに生きていくしかない」

秀也が、ベッドの柵に置かれた筒見の手をそっと握った。

「やっぱり筒見さんは死に神だ……。ボクたちと一緒だ」

「君は血の色を覚えているのか？」

「うん。ボクが最後に見たのも真っ赤な血だったんだ。あの色だけははっきり覚えてる。次の瞬間には真っ暗な闇にいた。ボクたちの体にも血の臭いが染み付いている。もうとれないんだ……。たくさんの人を苦しめて……、犠牲にしながら生きてきたんだよ……」

「自分がどんなに苦しくても、他人に不幸を与える権利はない」

「うん……。きっと、次はボクたちの番だね……。ちょっと疲れた……。休んでいいかい？」

枕元を右手がさぐる。麻里子が酸素マスクをかけてやると、大きく呼吸をした。そしてリモコンを操作してベッドを倒していった。

毛布の上で麻里子の指が柔らかくリズムを取る。

……おそらにゆうべの星がでる。

星がでる。

いまきたこのみちかえりゃんせ。

かえりゃんせ……。

秀也の目尻が濡れている。病室の窓からは夜空に重なり合う灰色の雲が見えた。厚い雲の向うに、ぼんやりと光る月が浮かんでいた。

第七章　真相

あとにも先にも、あの夏ほど暑かったことはない。生まれ変わることが出来る、という高揚感が体を火照《ほて》らせていたと思う。

ボクと秀也は、ターさんのアパートを出て、美鈴《みれい》さんの家にお世話になることになった。美鈴さんは、小柄で笑顔のとても可愛い女性で、いつも眼がきらきらと輝いていた。家族はいないようで、「張」という表札の掛かった大きな屋敷に一人で住んでいた。

ボクは過去のすべてを美鈴さんに明かした。告白することで、体の中にあった澱《おり》が消え、気持ちが楽になった。本や洋服を買ってもらい、毎日腹一杯に食べた。立ち入ることを許されたのは、居間と寝室、美鈴さんの書斎だけだったけれど、ボクたち兄弟は自由と幸福を満喫した。

ある日、美鈴さんが買い物に出かけたとき、書斎で本を読んでいると、誰も居ないはずの壁の向こうから子猫の鳴くような声が聞こえた。忍び足でその部屋に入ると、ベッドの上で小さな赤ん坊が泣いていた。宝石のように輝く目、ミルクの匂い。なぜか自分が酷《ひど》く穢《けが》れた存在であると思った。

強い視線を感じたのはその時だ。飾台の上から、二つの大きな目がボクを睨《にら》んでいる。全身真っ黒な人間。いや、体は人だが、顔は尖《とが》った鼻をした犬だ。いまにも歩きだして、持っている金色の杖で殴り掛かって来そうなくらい、生命力を宿した像だった。

逃げるように寝室を出た。あの赤ん坊は誰の子供だろう？ きっと、ボクのような人間が見てはいけないものだったんだ。穢れを知らぬ、美しい生命体。ボクは鮮烈な印象を記憶から消すことにした。

平和な生活が一変したのは、夏休みが終わった九月半ば、大雨の晩のことだ。ボクたちは食卓の鉄板で焼肉を食べていた。玄関のベルが何度も鳴り、どんどんと扉を叩く音がした。美鈴さんが怪訝《けげん》な表情で玄関に出て行くと、ターさんの声が聞こえてきた。

「ターさん！　来たの？」

ボクが玄関に駆けていくと、

「こっちに来るな！」

鋭い声で怒鳴られ、凍りついた。

ターさんの恋人のなっちゃんが、ずぶ濡れで玄関に座っている。服が汚れ、大きく破れており、両手で白いワイシャツの胸元を押さえていた。濡れた髪の向うから、彼女がこちらを見た。悲しげな眼。口元からは血が流れていた。

「なっちゃん……」

破れたシャツからのぞく白い肌を見つめていると、ボクの全身はどうにもならないほど震え、気が遠のいた。

目が覚めたとき、居間のソファに寝かされ、食卓で美鈴さんとターさんが深刻な表情で話し合っているのが見えた。二人の表情から、これから何を言われるのか、ボクにはなんとなく理解できた。

「おまえにはすべて説明したい」

ボクの向かいに座ったターさんは目を真っ赤にして、膝の上の両手で拳《こぶし》を作っていた。

「おまえの親父が俺の家を突き止めた。俺が留守中になっちゃんが酷い目に遭わされた」

「なっちゃんが……。大丈夫？　ケガは？」

「しばらくこの家に匿《かくま》ってもらうことになった。それに俺が一生傍《そば》にいるから、彼女は大丈夫だ」

言葉には強い意志が込められていたが、頬を涙が伝っていた。なっちゃんの身に女性として重大なことが起きたことは理解できた。

「ごめんなさい。ボクたちのせいで……」

「親父さんは子供を誘拐されたといっている。神奈川県警という別の組織に被害届を出されると、俺もヤバくなる」

「……わかった。ボクたちは帰るよ」

かなり無理して笑おうとしたが、強張《こわば》って笑顔を作れなかった。

「すまない……。本当に申し訳ない」

ターさんはこういって涙をぽろぽろと流しながら、頭を下げた。

ボクは二階の寝室に行き、秀也に「帰るぞ」と告げた。秀也は何も言わずに、こくりと頷《うなず》いた。いずれ、地獄に戻る日が来ると、秀也も覚悟していたのだろう。「楽しかったな……」というと、秀也はうわずった声で「うん」とだけ言った。

別れ際、玄関で美鈴さんはボクの鞄《かばん》に水色の小さな瓶を入れると、耳元でこう囁《ささや》いた。

「自分の人生は自分で切り開くのよ。あなたたち兄弟が生まれ変わるために、協力するわ。絶対に生き延びなさい。私は待ってる……」

激しい雨のカーテンの向う、車の前にターさんの姿が見えた。地獄と希望のドアを開けて、ずぶ濡れで立っていた。

■三月　東京　旭日テレビ報道局

〈ノーチラスが民事再生法を申請、融資四百億円が焦げ付き——服飾製造「ノーチラス」（松島桃香社長）が、東京地方裁判所に民事再生法の適用を申請した。帝国データバンクによると、グループ会社の保証債務を含めると、負債は四百億円にのぼる。一流ブランドの女性用下着や婦人服のOEM生産を中心とし、中国上海に現地法人を設立して、生産拠点を整備、業務を拡大してきた。現地工場の拡大などの資金を金融機関からの借り入れに依存しており、債務が

膨らんだ〉（毎朝新聞・三月三日）

この記事が全国紙の経済面を飾ったとき、奥野の原稿は校閲も終わり、一週間後の発売を待つのみだった。

〈在上海総領事館がスパイ機関ビルに移転計画・巨額キャンセル料を肩代わりした黒崎外相の美人タニマチの告白〉

「文芸公論」編集部がつけたタイトルは品性に欠けるが、文句ないスクープ記事だ。三日かけて八ページ分書き上げた。

取材の申し込みの電話を桃香の携帯にいれると、迎えに来たのは、どういうわけか丹波だった。目隠しをされて車に乗せられ、二時間ほど走った。高速道路を走り、山道を登ったことだけは分かった。桃香と丹波は、黒崎を通じた顔見知り程度の関係だと思っていたが、それ以上のものがありそうだと直感した。

久しぶりに対面した桃香は、美しさを増していた。「ようやく私のところに辿《たど》り着いたのね」と、悪戯《いたずら》でもしたかのように笑った。丹波や村尾からの情報提供は、彼女が仕組んだことだと悟った。奥野は十も年下の女性経営者の掌で転がされていたのだ。

インタビューは六時間に及んだ。桃香の証言に迷いはなかった。

在上海日本総領事館の移転先として上海国際大廈《だいか》を斡旋《あっせん》したこと。しかし所有者が中国の軍事諜報機関・人民解放軍総参謀部第二部の傘下企業であることが発覚し、盗聴の恐れがあるとして、移転計画が中止されたこと。保証金や前払い家賃、不動産仲介手数料、内装工事費などで一億八千万円もの国民の血税が無駄になったことなどを明らかにした。その証言は公電の内容と寸分の違いもなかった。

聞いて驚いたのは問題発覚後の黒崎の言動だった。桃香の責任を追及し、損失を補塡するよう求めたというのだ。桃香は中国にある休眠会社と外務省との不動産仲介契約書を偽造して、情報開示違反の際の損失補塡条項を盛り込み、一億八千万円を返却したという。

奥野が「資金をどう捻出したのか」と問うと、桃香はマカオのカジノにある個人口座から引き出したと説明した。このとき初めてノーチラスが経営危機にあることを知らされた。上海郊外での工場拡張計画が頓挫して、運転資金にも事欠く状態なのだという。

窮地に陥った恩人を潰すつもりか——。黒崎に対する後ろめたい気持ちは吹き飛び、奥野は記事の執筆を決意した。

最後に重要な確認をした。

「最有力の後援者であるあなたが、告発を決意した理由は？」

「ノーコメントです」

何度聞いても桃香は回答を拒否した。

黒崎の不人情に怒り、告発を決意したのだろうと想像していた奥野は、別れ際の桃香の一言に背筋が寒くなった。

「まだ途中経過にすぎません。ニューヨークでの暗殺未遂事件の本質には程遠いわ。奥野さんは巨大な組織を敵に回す勇気はありますか――」


奥野が発表した「文芸公論」のスクープ記事は想定を超えたインパクトがあった。国会は大荒れだった。捻《ねじ》れ国会で、数で上回る参議院の野党は勢いづいている。とりわけ黒崎のクーデターが原因で下野した最大野党・憲政党の追及は、情け容赦なかった。外交防衛委員会で血祭りに上げられたあと、疑惑は予算委員会での集中審議に持ち込まれた。

質問者は憲政党の富田《とみた》竜平《りゅうへい》。弁護士出身、法廷で鍛え抜かれた弁舌には定評がある。富田はのっけから重圧をかけてきた。

「……黒崎さん、これは議員生命も大きく左右する問題だ。迂闊《うかつ》にお答えになると、すべてを失います。慎重にお答えください。まず、これを見てください！」

フリップが掲げられたとき、報道局で国会中継を見ていた奥野は思わず唸《うな》り声を上げた。桃香と外務省、そして奥野しか持っていないはずの契約書を拡大したものだったからだ。

「こんな無茶な契約があるわけないでしょう。説明と違うという理由で、不動産仲介業者に損失を全額補塡させる契約なんてありえない。事後に偽造された契約としか思えませんな。これはスポンサー企業からあなたへの利益供与じゃないのですか？」

「ありえません。松島さんという方とお会いしたことがあるのは事実です。スポンサー企業とおっしゃいましたが、お話しさせていただいて、私の政策に賛同いただいたという程度の関係です」

「松島社長とは顔見知り程度の関係、ということですね？」

黒崎が頷いた。

「じゃ、これはなんですか？」

富田は紙袋から新しいフリップを取り出し、高々と掲げた。

「過去三年間、松島さんのグループ企業と役員たちが、あなたが代表を務める政党支部や政治団体にこんなに寄付しています。パーティー券の購入もある。総額一千万円以上です！　顔見知り程度の方がこれだけの献金をしますか？　有力後援者ではないか！　ウソをつくのもいい加減にしていただきたい！　黒崎議員、あなたは、国民を愚弄《ぐろう》している！」

富田は声を張り上げて、フリップを放り投げた。

「ウソをついてはおりません。じゃあ、富田先生はご自身の政治団体に寄付してもらっている全員の顔と名前が一致しますか？」

「ここは、あなたに質問する場だ……。勘違いしてもらっちゃ困る！」

黒崎の抗弁にピシャリと蓋をして、質問を変えた。

「私は不思議でなりません。在外公館の移転先を探すときに、民間人、しかも、外務大臣の有力後援者を噛《か》ませてもいいのですか？　不動産仲介料は発生するのでしょう？　それだけで大きな問題だ！」

机に両手をついて、富田は身を乗り出した。

「何度も言うが、これは上海総領事が指揮したことだ！　総領事館の場所探しに、いちいち外務大臣が関与するわけがないでしょう！」

声を上擦《うわず》らせた黒崎は、飛び掛りそうな表情で富田を睨《にら》みつけた。髪は乱れ、顔が歪んでいる。冷静沈着な男が公衆の面前で、怒りに我を失ったのははじめてのことだ。

「まあまあ、大臣、興奮なさらないで……。落ち着いてくださいよ」

と、富田は大げさに溜息をつき、黒崎の激情を弄《もてあそ》んだ。完全に富田のペースだった。

「じゃ、質問を変えます。あなたの政務秘書官の丹波隼人さんは、きょうこちらにいらしている？」

「いえ、病気療養中です」

「丹波さんは、もともと黒崎事務所にいた方ですか？」

「いえ、東都大学教授でしたが、大臣就任時に来てもらいました」

「こちらをご覧ください！」富田が足元の紙袋から冊子を取り出した。

「これは松島社長が経営する松樹総研が一年前、会員に配った冊子です。ここに掲載された論文、あなたの秘書官である丹波隼人さんが書いています。肩書は東都大学教授・松樹総研主任研究員とあるではないですか！　つまり丹波さんは、松樹総研からも給料をもらっていて、松島社長から送り込まれた人物じゃないですか！　大臣、真実を答えてください！」

奥野の中に新たな疑念が浮かんだ。桃香は周到に仕掛けた罠に黒崎を嵌《は》めたのではないか。総領事館の移転先を紹介し、自らが巨額のキャンセル料を補塡する状況に誘い込んだのだ。あらかじめ丹波を秘書官として送り込んで——。ここまでする動機は何だ？

テレビ画面に大写しになった黒崎の顔は、石膏《せっこう》像のように血の気を失っている。報道局の大部屋で、誰かが「もう終わりだ」と呟くのが聞こえた。

奥野は掌の汗をズボンにこすりつけた。なんとかこの場を切り抜けて欲しいと願う自分がいる。スクープ記事で政局を作り出しておいて、なぜ黒崎に感情移入しているのだ。興奮の中で、小さな後悔が少しずつ膨らんでゆく。自己矛盾に頭の中が混乱した。

翌々日の午後九時、首相官邸の正面玄関ホールにはただならぬ空気が流れていた。カメラの放列が出来上がり、政治部記者だけでなく、政治スキャンダルに飢えた社会部の記者たちもうろついていた。

真藤総理の下に、黒崎が出頭したのだ。「更迭」か、「辞意表明」か。じりじりとしたときが過ぎてゆく。旭日テレビ報道局でも夜のニュースの準備が進んでいた。

「黒崎が出てきたら、中継画面に切り替える。辞意表明のテロップを準備しておけ」

編集長のアナウンスが局内に響く。

黒崎が官邸の玄関ホールに降りてきたのは、午後十一時のニュース番組のオープニング音楽が流れた直後、狙い澄ましたかのようなタイミングだった。十数本のマイクに囲まれ、強烈なライトを浴びた顔は脂でぎらついている。吊りあがった眼が酷薄な光を帯びていた。飢餓状態の野性。これが黒崎の本性だ。

記者たちをゆっくりと睥睨《へいげい》すると、ようやく口を開いた。

「君たちは私の力を過小評価しているようだ。私がやめるときは、真藤内閣が、いや、新風党政権が潰れるときだ。私にはやり残したことが山のようにある。それをやり遂げることを国民の皆さんは期待している。ここではっきりさせておく。私に対する中傷は個人を狙ったテロだ。怪しげなビジネスを展開しながら、妄言《もうげん》を並べ立て、私を陥れようとした会社経営者については、名誉毀損で刑事告訴する。テロを策謀し、逃亡した秘書官については解雇を決定した。そしてウラどり取材せずに雑誌記事を執筆した三流ジャーナリストは筆を折るべきだ。この記者については特定秘密保護法違反で刑事告訴する。あなた方は国益を毀損していることに気づくべきだ」

黒崎は旭日テレビのカメラのレンズを指差した。

報道局員の視線が一斉に奥野に注がれた。かっと血が頭にのぼるとともに、この男の権力への執着に戦慄した。黒崎は公共の電波を通じて、戦闘開始を宣言したのだ。

携帯電話が震えているのに、しばらく気づかなかった。

〈言われっぱなしでいいんですか？　特定秘密保護法違反で第一号の逮捕者になりますよ〉

場違いに無邪気な声が飛び込んできた。丹波だった。

「君こそ逃亡秘書官だ。黒崎さんは徹底抗戦の構えだぞ」

奥野が言うと、高らかな笑いが聞こえた。

〈総理執務室で何があったかお分かりですか？　黒崎は真藤総理を脅したのです。新風党立ち上げ時に選挙資金十億円を無担保融資したのは松島社長です。黒崎と真藤、松島社長の三者で交わされたメールや返済を協議した際の隠し録り音声もある。黒崎はこういう時のために、記録を残していたのです。まったく恐ろしい男ですよ〉

丹波は質問に答えずに、一方的に喋《しゃべ》り続けた。

〈さてと……いよいよゲームはファイナルステージです。ご協力いただけますよね〉

「協力？」

〈以前お話しした、筒見慶太郎とはお会いになりましたね？　中国スパイたちに蛇蝎《だかつ》のごとく嫌われている公安部の……。彼との面会をセットしていただきたい。権力に執着する怪物に止《とど》めを刺す相談をしたいのです。怪物を倒すには蝮《まむし》の毒が丁度いい〉

「止めを刺す？　そこまで関わるつもりはないよ」

〈協力いただければ、新風党政権が吹き飛ぶようなメガトン級のスクープを手にすることができる。このまま無難に出世する道を目指すのですか？　それとも悔いなき記者人生をまっとうしますか？〉

記者魂を揺さぶる言葉も忘れていなかった。

「……ひとつ確認したい。君は本気で黒崎倫太郎を潰すつもりか？」

〈潰す？　そんな生易しいものじゃありませんよ……。もう中国のスパイも動き始めています。連中に先を越されたら、日本は中国の政界工作によって大混乱に陥る。怪物を抹殺するのは日本人の手に委《ゆだ》ねたい。これもひとつの愛国心です〉

丹波はさも愉快そうに笑った。

■一週間後　神奈川　箱根

箱根の大観山パーキングに駐車した旧式ビートルの三角窓から冷たい風が流れ込んでいた。

「来ませんね……。もう三時だ……」運転席の奥野は腕時計を見ながら言った。

筒見は助手席で腕を組んだまま、漆黒に包まれた山々を見つめている。

丹波との約束は午前零時だった。何度も携帯に電話をかけたが、電源は切られている。何か予期せぬことでも起きたのだろうか。

空が白み始めた頃、ふいに筒見が口を開いた。

「なあ、奥野さん。どこまで調べた？」

その口ぶりには、サラの情報をもらったきり、音信不通のまま記事を発表したことを責める様子はなかった。

「これ……」

奥野は上着の内ポケットから折りたたんだ紙を取り出した。国会図書館で三日かけて探し出した、横浜中央新聞縮刷版のコピーだった。日付は一九九一年七月八日、夕刊の記事だ。


〈漁港から車が転落、父子死亡・姉妹は脱出救助―― 七日午前三時頃、三浦市晴海町の岸壁から車が海に転落した。通報を受けて駆けつけた警察や漁師らが捜索したところ、一時間後に、岸壁から五十メートル沖で漁具につかまって助けを求めている姉妹を発見し、救助した。都内在住の十四歳と四歳の姉妹で、妹は意識がなく、病院で手当てを受けている。警察が水深五メートルの海底から車を引き揚げたところ、車内から父親（五十五）とみられる男性と長男（二）とみられる男の子の遺体が見つかった。長女は「ドライブに来ていたが、お父さんが突然車のスピードを上げて海に突っ込んだ」と話している。父親が会社の倒産や病気で悩んでいたとのことから、警察は無理心中の可能性が高いと見て、長女から事情を聞いている。母親は二年前から行方が分からなくなっていた〉

桃香の戸籍謄本を調べたところ、父・幸市と弟・和樹は一九九一年七月十二日、同じ日に死亡の届出がなされていた。父子が同時に死亡するのは、事件、事故、心中のいずれかだ。無理心中の線で片端から新聞の縮刷版をあたると、この記事が見つかったのだ。家族構成、年齢は松島一家のものと一致している。幸市が経営していた東光商事はこの三ヵ月前に倒産していたことも判った。

「さすが奥野さんだ。一家心中の二年前、母親の張美鈴は北京で身柄を拘束されて、消息不明になった。桃香は妹をロサンゼルスに住んでいる美鈴の親戚夫婦の元に養子に出し、生き残った二人さえもばらばらになった。この一家の悲劇に、黒崎が関わっている」

「政務秘書官の丹波隼人ですが……慶應の学生時代、銀座のクラブ『シャンボール』でアルバイトしていました。当時店のナンバーワンだったのが、松島桃香です。二人は十七年前からの恋人です。つまり二人は最初から黒崎への報復を……」

やがて、相模湾からの日の出で富士山が紅色に染まった。

「行こう。俺が運転する」

筒見がハンドルを握るビートルは、エンジンを載せ替えたかのようなスピードで、朝靄《あさもや》のかかった芦ノ湖へと下った。湖沿いの林道を疾走し、桃源台から強羅《ごうら》方面に向った。そして別荘地の一本道から、ログハウスの庭先にビートルを突っ込んで、筒見はエンジンを切った。

銀色の大型バイクとワゴン車の先客がある。ログハウスのドアが開き、スキンヘッドのヤクザっぽい男が親指を立てると、筒見は車を降りた。

けたたましいキジの鳴き声が冷えた空気を切り裂いた。スキンヘッドに続いてログハウスに入ると、暖炉《だんろ》の前のソファに座っていた二人の男が立ち上がって、筒見に頭を下げた。

室内はちょっとした戦略基地のようだった。テーブルには三台の液晶モニターが設置され、ひとつの建物をあらゆる角度から映し出している。ノートパソコンの地図には赤いドットが点滅していた。

「動きはあったか？」

　筒見が言うのとほぼ同時に、坊主頭の中年男がテーブルに地図を広げていた。

「私たちがいるのはこの地図で青い丸を付けた地点です。この別荘地から外に出る道は前の一本道だけです。松島たちがいるのは一番奥にある別荘で、ここから百メートル離れています。敷地が広くて道路から五十メートルほど入ったところに建物がありますます。きのう午後五時半頃、丹波がマセラティで食料品の買出しに出た以外の動きはありません。きょう未明に対象の建物の周囲にカメラを三台設置、車のバンパー裏にGPSを取り付けました」

　松島と丹波——？　彼らは二人の居場所を知っているのか。筒見は呆気にとられる奥野には見向きもせず、矢継ぎ早に質問を続けた。

「買い物のとき、第三者との接触は？」

「箱根湯本のスーパーですが、店内での接触はありません」

　白髪の紳士が答える。白いフィッシャーマンズセーターが暖炉とマッチしている。

「別荘地への人の出入りは？」

「平日ですから別荘はほとんどが無人です。十八戸中、昨夜の時点で有人の別荘は三戸です。前を通過した車はのべ十二台。対象の敷地には郵便局の車が、昨日午後六時四十二分に入っています。丹波が買い物に行って留守中のことです」

奥野が脇からテーブルの紙を覗き込んだ。エクセルで作成された一覧表に、この二日あまりの車や人の出入りが記されている。

「ちょっといいですか。この車……」奥野は郵便集配車の出入りを指した。

「郵便局がこの時間に集配するのは珍しいですね。通常は午後五時に終了です。理由を郵便局に聞いてみたらいかがでしょう」

全員が奥野の顔を一斉に見た。筒見が目配《めくば》せすると、スキンヘッドがナンバーをメモして、飛び出していった。

「あなたが奥野さんですね。お噂はかねがね。丸岡といいます」

白髪の紳士が右手を差し出してきた。

「岩城です」

坊主頭のずんぐりした男が頭を下げた。

「……そしてさっき出て行った禿《は》げ頭のチンピラが鴨居だ。君を信頼して顔と名前を晒《さら》したが、この場限りで忘れて欲しい」

筒見が念を押した。

この男たちは何者だ？　無駄口を叩かず、筒見の合図に精密機械のように反応する。視線の走らせ方、音を立てぬ動き、すべてが常人とはかけ離れていた。

「皆さんはなぜこの場所を……？」

奥野の問いに、岩城が微笑んだ。

「なぜ？　それは我々がスパイハンターだからです」

その眼には、自信と誇りが漲《みなぎ》っていた。

鴨居は午前九時半に戻るやいなや、ダイニングのテーブルに地図を広げた。

「集配車を運転していたのは、ここ、箱根町郵便局に勤務する加藤進一《かとうしんいち》、二十五歳です」

鴨居は太い指で、地図上の芦ノ湖遊覧船乗り場近くの郵便局の記号を指した。

「加藤は昨日の午後五時、集配を終えて、箱根神社近くを走行していたところ、同じ方向に歩いていた男が突然ふらついて、かすってしまったそうです。男が倒れて歩けないと言うので病院に連れて行こうとしたそうなんですが、男は『友人の別荘を訪ねるところなので送って欲しい』と言った。仕方なくここまで連れてきたそうです。それが丁度、午後六時四十分頃でした」

「どんな男だ」

「それが動転してよく見ていないらしくて……。年齢は不明、眼鏡にマスク、背の高さは百七十センチくらい。煉瓦《れんが》色のハーフ丈のマウンテンパーカ、グレーの野球帽をかぶって……、足が悪いようで、杖をついていたそうです」

「杖……劉剣か……？」

岩城が呟き、鴨居が頷いた。

「男はちょっとした訛《なま》りがあったそうです。別荘まで連れてくると、男は足が痛くて車から降りることが出来ない、と言ったため、加藤が替わりにインターホンを押した。女性が中からドアを開けた瞬間、男は加藤を押しのけて中に入っていったそうです」

「応対した女性は誰だ？」

「松島桃香です。写真を見せて確認しました。ちなみに……男はゴルフクラブを入れるバッグを背負っていたとのことです」

暖炉の薪《まき》が大きな音をたてて爆《は》ぜた。

「ゴルフバッグ……か。確かにゴルフコースはたくさんあるが……」

「我々が視察していることを察知して、わざわざ郵便集配車に当たったというわけですか……。劉らしい、手の込んだ手法だ。それにしてもゴルフバッグは気になりますね」

丸岡が筒見の表情を窺《うかが》う。誰もそれ以上言葉を発しなかった。

丹波から電話があったのは、五人でカップラーメンをすすっているときだった。奥野は人差し指を口に当てると、皆に聞こえるようスピーカーに切り替えた。

〈もしもし、奥野さん……〉

自信に溢《あふ》れた快活な口調はなりを潜め、暗く重い声だった。

〈約束を守れずにすいませんでした。……いまどちらに？〉

「ずっと待ってたよ。どうしたんだ？　自分で指定しておいて……」

〈本当に申し訳ありません……。筒見さんもいらっしゃいますか？〉

「ああ、一緒にいる」

〈午後二時に、これから言う場所に、来ていただけますか？　必ず筒見さんと一緒に来てください。すべてお話ししますから……住所は、足柄下《あしがらしも》郡箱根町元箱根……〉

別荘の住所を言い終わるかどうかのタイミングで、ぶつっと音を立てて電話は切れた。

午後二時、桃香たちが潜伏している別荘にビートルをつけた。三百坪ほどの敷地の真ん中に三角屋根の鉄筋の建物があり、白いマセラティが停めてあった。

筒見は車を降りると、ポケットから革手袋を取り出して両手にはめた。「奥野さんも」と渡された軍手をはめた。

玄関のインターホンを押すまえに扉が開き、丹波が顔を出した。いつものにやけ顔ではなく、表情が硬い。茶髪に艶はなく、古びた箒《ほうき》のようだった。

筒見はずかずかと玄関に入り、室内を見回した。玄関ホールは吹き抜けになっており、壁にヘラ鹿の頭部の剝製が飾られていた。

「立派なもんだな。靴のまま上がらせてもらうぞ」

筒見はブーツのまま上がった。何か考えがあってのことだろう。奥野も倣《なら》って、スニーカーのまま足を踏み入れた。

リビングの真ん中にある白いソファに桃香がぽつんと座っていた。奥野と視線が合ったが、眩しい笑顔はなかった。

大きなガラスの向こうには、深い森が広がっている。筒見は手前のダイニングテーブルの椅子に腰掛けた。

「どうぞこちらに……」桃香が白いソファを指した。

「いや、ここで話がしたい」

筒見は室内の隅々に視線を動かしながら言った。テーブルは二階に続くスケルトン階段の裏側にある。奥野が笑顔を作って眉を動かすと、桃香は小さく頷いてこちらに移ってきた。

「お呼びたてして申し訳ありませんでした。ご相談したいことがありました」

桃香は黒いクロップドパンツに、しなやかな体の線が際立つ白いセーターを着ていた。

「あんたは母親、いや家族が死んだ責任を黒崎に問うのか？」

筒見は唐突に切り出した。

「ええ、これからが本番です。次は巨大な組織への復讐よ。あなたがいた公安警察へのね。組織を理不尽な形で追われたあなたなら手を貸してくださるわね」

桃香の目が鋭さを増して、一層の輝きを放った。

「くだらん。おまえたち姉妹は中国に利用されているだけだ」

「利用ですって？」桃香の口元に嘲《あざけ》るような笑いが浮かぶ。

「……それって謀略史観？　噂に違わぬ人だわ。残念ながら劉剣さんは筒見さんが疑うような人じゃない。優秀な外交官で、私の中国でのビジネスを助けてくれた恩人よ。母の行方も調査して、教えてくれたの。日本の公安警察は母を利用し、黒崎は母を裏切った。母は彼らの恐ろしい策略の犠牲になったの。黒崎と公安警察は紛れもなく殺人者よ。その事実は、浜中が持っていた資料でも裏付けられているわ」

桃香の話を聞きながら、筒見が大きく息を吐いた。

「羨ましいよ。俺もそのくらい素直に人を信じたいものだ……」

「劉さんは、私たちと怒りを共有してくれる唯一の同志よ。……もしかして筒見さんはまだ、組織への未練があるの？　あなたこそ、現実を直視できない善人だわ」

いったい二人は何を話しているのだ。奥野が会話の行間を読み取ろうとした、そのとき、どこからか咳《せ》き込む音が聞こえた。桃香と丹波が同時に天井を見つめた。

「……上にいるお客さんは、煙草《タバコ》が切れて苛立《いらだ》っているはずだ。取りに来てもらおうか……」

筒見は未開封の煙草の箱をポケットから取り出すと、ダイニングの天井にある防犯カメラに向けて掲げて見せた。

すると、二階の部屋のドアが勢いよく開き、固いものが床を突く音が頭上から聞こえた。その音は階段のうえで止まった。

「さすがに俺の好みの銘柄も分っている……。待ってましたよ」

しわがれ声が響いた。

「こんなところで何やっている。病院で視察しているはずだろう」

筒見は乾いた微笑みを浮かべて言った。

「……申し訳ありません。あなたの指示より優先しなきゃいけないものがある」

「これが目的だったのか……」

「そうです。俺の特命は、こいつらがハマチュウから受け取ったファイルの回収です。ネットで暴露される前に、回収しなければならないのだが、こいつらはまだ隠している……」

「……何が足りないんですか？　ハードディスクの中に全部入っているはずです」

丹波はこう言いながら階段の下まで行くと、両手を小さく挙げた。顔がこわばり、その姿は銃口が向けられていることを知らせていた。

「ハマチュウの『ゼロ号ファイル』だ！」

男が叫んだ直後、何かが爆発した。リビングの窓ガラスが粉々に割れ、床に降り注いだ。火薬の凶暴な臭いが充満した。筒見がなぜ靴のまま上がりこみ、階段の裏側の死角に座ったのか、奥野ははじめて理解した。床で亀のように体を丸めた丹波が眼で合図している。外に逃げろ、と。桃香が激しくかぶりを振った。

コツン、と音がして、スケルトン階段の向こうに杖の先が見えた。降りてきた。男の足首が見える。続いて、女の素足。鈍く光る鉛色の金属。杖じゃない。猟銃だ。銃口で床を突きながら、ゆっくりと降りてきている。

若い女の腕を摑んだ、猫背の男。眼窩《がんか》から目玉が飛び出さんばかりにせり出し、興奮の光を帯びていた。呼吸のたびに喉が隙間風のように鳴っている。

「残念だよ。富松……」筒見は唸るように声を振り絞った。

奥野は、男が連れて降りてきた女の顔を見て驚いた。

「さ、サラ……なぜ……」

背中まであった長髪が短く刈り上げられているが、その童顔は紛《まぎ》れもなく「福星楼貴賓室」のサラだった。なぜここに……。混乱する頭の中に、松島家の戸籍にあった「讃良」という文字が浮かぶ。一家心中から桃香とともに生還した妹とは……。

サラは猟銃男に突き飛ばされて、奥野の足元に倒れた。

そのときキッチンの窓ガラスに岩城の顔が覗いた。

〈玄関のカギを開けて〉と書かれたメモを押し付けている。

丹波が奥野のほうを見て、眉をぴくりと動かし、猟銃男に向き直った。

「この姉妹を解放してくれ。ここには私が残る！」

大声で叫んだ丹波に銃口が向けられた。

その隙に、奥野はサラの腕を摑み、身を低くして、玄関に向かった。鍵を開けると、向こうから扉が強い力で引かれ、太い腕が伸びてきてサラとともに外に引っ張り出された。入れ替わりに丸岡と岩城、鴨居の三人が低い体勢で中に入った。

「警察が来る前に車で逃げて」岩城がすれ違いざまに囁いた。

ドアが閉まると中から鍵をかける音が聞こえた。次の瞬間、女の悲鳴が響き渡り、森の木々から野鳥が飛び立った。


岩城が身を低くしてリビングを覗いたとき、まず目に入ったのは床に仰向けに倒れた男だった。何があったんだ？

振り向いた男と視線が合う。かっと見開かれた眼。それは何かにとり憑《つ》かれたように、焦点が飛んでいる。

富松さん――。なぜここに……。なぜ猟銃を持っているんだ。目の前で起きている光景を理解するのにかなりの時間がかかった。

筒見の手を振りほどいた桃香が倒れた男に覆いかぶさった。倒れているのは丹波秘書官だ。頭から血を流して、ぴくりとも動かない。

「ト、トミーさん……」

岩城はそれ以上の言葉を失った。昨日朝の電話を思い出した。富松から桃香たちの居場所を教えろといわれて、別荘の住所を教えた。郵便集配車に乗り込んでやってきた杖の男って……まさか……。

富松が銃口をこちらに向けた。

「うわっ」と声をあげて、鴨居はキッチンの陰に身を隠した。

「やってみろ。富松よ。俺のここに穴あけろよ！」

筒見は自分の胸を指差しながら銃口に迫った。

うあああっ。富松は奇声をあげながら、両手で銃身を掴むと、銃床を筒見の側頭部に叩きつけた。がつっ、という鈍い音とともに、筒見の首が直角に折れ、大木のように床に倒れた。さらに富松はうつ伏せ状態の筒見に跨《またが》ると、後頭部に二回、三回と銃床を突き立てた。血が床に迸《ほとばし》る。筒見は頭を庇《かば》うこともなく、されるがままだった。

「トミーさん、やめろ！」丸岡が筒見に覆いかぶさった。

富松は凶暴な機械のように丸岡の頭にも銃床を叩きつけた。白髪が鮮血に染まる。

背後から忍び寄った鴨居に羽交《はが》い締《じ》めにされると、富松は興奮した獣のように激しく呼吸し、気管を鳴らした。やがて放心したかのように猟銃を放り投げ、崩れるように膝をついた。

「気が済んだか……」

筒見は震える腕で身体を支え、四つんばいになった。頭から大量の血を滴らせながら、長い脚を折って床に胡坐《あぐら》をかいた。ポケットをまさぐって煙草の箱を出すと、真っ赤な手で口に運んだ。鴨居が駆け寄って、ライターで火をつけた。

「……吸うか？」筒見は煙草の箱を床に滑らせた。

箱は富松の膝にあたった。骸骨のような指が煙草を挟んで口に運ぶ。鴨居が火をつけてやったが、富松は煙を吸うことが出来ず、激しく咳き込んだ。ようやく先端が赤く灯《とも》ると、目をつむって大きく深呼吸するように紫煙を吐き出した。

「すまねえ……。八年前にみんな気付いただろう。……モグラだよ」

しわがれた声ははっきりと聞き取れなかった。

「警察内部に国家安全部のモグラがいる。とてつもなく巨大なモグラたちが組織の中をずたずたに巣くっている。まさか、俺まで巻き込まれるとはね……。羽田空港のトイレで筒見さんが劉に尋問したとき、『警察にモグラがいる』って言っただろう？あの一言はモグラたちに伝わった。だから俺たちは組織を追われたんだ」

「まさか桜庭係長や馬宮もあなたが……」丸岡が拳を握っていた。

「すべてモグラの隠密部隊の仕業だ。桜庭はカネの流れを追って真相に迫りすぎた。馬宮はそれにビビって自首しようとした。倉持はモグラたちをゆすり始めた。だから消されたんだ。筒見さん、仲間を危険に晒《さら》したくなければ、すぐアメリカに戻ってくれ」

「おまえはいつからモグラになったんだ？」筒見は煙を吐きながら言った。

富松はその質問に答えず、両手をついてゆっくりと立ち上がった。ズボンのポケットに右手を入れながら、おぼつかぬ足取りでダイニングテーブルに向かった。テーブルの下には猟銃が落ちている。

「やめてください！」叫びながら、岩城は頭から滑り込んだ。

富松はそれよりも一瞬早く猟銃を拾い上げた。上下二連の散弾銃の銃口がゆっくりと、筒見に向けられた。

「最初は……、八年前。あのXデーの前日だ……。筒見さんが何を画策しているのかと、馬宮から根掘り葉掘り聴取されました。俺は瀬戸口にバンかける計画を喋っちまった。次は本部から隔離されて中野の拠点にいたときです。馬宮に呼び出されて、新宿中央公園の便所の窓枠にフィルムケースをデッドドロップしろと指示されました。

秘匿で潜っている捜査官への暗号指示だと……。気になってケースを開封したら、俺たち四係員の住所入りの名簿が入っていました。拓海君が死んだのはその二日後です。俺の責任だと思いましたが、すぐに罪悪感は消えました。なぜか分りますか？」

ここまでいって、富松は飛び出さんばかりに眼を剝いた。

「あんたを恨んでいたからだ！　命懸けでやっていたスパイハンターの仕事を、あんたのおかげで失うことが耐えられなかったんだ。あのときから俺は……」

筒見に向けられた銃口が震えた。二度大きく呼吸すると、富松は階段を上り始めた。

「まったく俺は馬鹿な男だよ。ミイラとりがミイラになっちまった……。みんな笑ってくれよ」

狂気に満ちていた顔には、微笑みが浮かんでいた。

このあと何が起きるのかは、全員が確信していたが、引き留めることはなかった。

二階から重い銃声が聞こえたのは一分後のことだ。筒見は胡坐をかいたまま、虚空を見つめていた。

〈続いては、今入ってきたニュースです。神奈川県箱根の貸し別荘で、元警察官の男性が猟銃で頭を撃って死亡しているのが見つかりました。同じ別荘内には、黒崎外務大臣の秘書官だった男性も大怪我をして倒れていました。

きょう午後、箱根町の別荘地で銃声が聞こえたと、近所の人から警察に通報がありました。警察官が駆けつけたところ、二階の寝室で、元警視庁警察官の富松新造さんが、猟銃で頭を撃って死亡しているのが見つかりました。部屋には遺書が残されており、「死によって罪を償う」などと書かれていたということです。この別荘を借りていたのは、黒崎外務大臣の秘書官だった丹波隼人さんで、居間で意識を失った状態で見つかりました。頭を強く殴られており、頭蓋骨を骨折する重傷です。神奈川県警は、丹波さんの回復を待って事情を聞く方針です〉（TNNイブニングニュース）

富松は銃身を握り締め、足の指で引き金を引いて事切れていた。喉に銃口を当てたらしく、顔面は存在せず、天井や壁一面に肉片と鮮血が飛び散っていた。富松が持ち込んだノートパソコンが桃香のハードディスクと繋がれたままになっていた。筒見の指示で、これらを回収し終えると、別荘の借主である丹波、死んだ富松以外の指紋、足跡、頭髪、すべての痕跡を室内から消し去った。

警察車両のサイレンが聞こえ始めた頃、丹波の息があることを確認すると、桃香を連れて、別荘裏手の森の中に逃げた。

その後の筒見の行動は、岩城にはまったく理解不能だった。箱根湯本駅まで行くと、奥野がサラを連れて待っていた。筒見は、桃香から何一つ聴取することなく車から降ろした。浜中忠一の死、秘密文書の漏洩、中国情報機関の動き……。山ほどもある謎を問いただすことなく、逃がしたのだ。八年前と同様、誰一人として筒見の判断に異論を唱えなかった。

皆の疑問を察してか、筒見は「このあとの決着は俺がつける。これで解散だ」とだけ言い残して、駅舎の中に消えた。

岩城と丸岡はデータの解析を一晩で終えた。桃香のハードディスクには、浜中が自宅に保管していたとみられる過去の捜査に関する手書きのメモから、外事二課の最新の秘密文書までが保管されていた。松島桃香は母・美鈴の死の経緯を知るために、浜中から文書を吸い上げていたのだ。その文書は倉持を通じて、劉剣に流れていたに違いない。浜中は買収されたのか、それとも騙されたのか。あの百戦錬磨の男が、かくも易々《やすやす》と文書を渡してしまった理由は不明だ。

そして、最大の謎は、富松がモグラの指示を受けて探していた『ゼロ号ファイル』

の中身と行方だ。モグラたちが隠蔽しなければならない重大な秘密が書かれているはずだ。

富松のパソコンには馬宮との間で交わされたメールも残されていた。富松は胃癌の手術を受けた直後、路頭に迷っているときに、馬宮から外二《ソトニ》の文書をパソコンに取り込む仕事をやって欲しいと依頼を受けていた。〈外部委託が難しい性質の業務なので、ＯＢを集めたデータ管理会社を作る計画がある。将来はその社長に〉という誘い文句だった。秘文書が中国情報機関に流されるとも知らずに、メールには〈外二の役に立ててうれしい〉という文句が何度も書かれていた。富松は古巣に復帰したかのような達成感を味わっていたのではないか。だが、二年経った頃、富松は〈北海道に戻って興信所を再開したい〉と申し出ている。自分が作成したデータが浜中に流れ、背後に倉持がいることに気付いたのだ。だが、その申し出は却下された。

富松はなぜ我々の捜査に加わったのだろう。モグラたちの手先として、筒見を監視するつもりだったのか。逆に、自らの手でモグラたちを殲滅《せんめつ》しようとしたのかもしれない。中国情報機関に取り込まれてしまった罪悪感、筒見への怨念、そしてスパイハンターとしての誇り……。複雑に絡み合った情念に衝き動かされていたのだ。

どこかに富松を操作していた連中がいる。国家を裏切り、殺人までも正当化する警察官が存在するのだ――。

■翌日　東京　駒沢

心地よい春の風に、固く閉じた桜の蕾《つぼみ》がほころびはじめていた。城東医科大学付属病院のガラス張りの建物は、柔らかい陽光を反射している。

麻里子は病室の窓辺で外をぼんやりと眺めていた。秀也の介護をしていたのだろう。ノーメイクのまま、髪を後ろに束ね、薄いピンクのTシャツにジーパンという出で立ちだった。

頭に包帯を巻いた筒見の姿を見ると、口に手を当てて、駆け寄ってきた。

「……いったい、何があったの？　ニュース見たわ」

震える麻里子の指先が頭の包帯に触れた。切れ長の大きな目はいつもより柔らかかった。

「……意識はあるのか？」

「あとで説明する。それより……」麻里子の指先から逃れた。

毛布に投げ出されていた秀也の両腕が宙をさまよいはじめ、しきりに何かを摑む動作を繰り返している。枯れ木のようだった腕はまるで水死体のそれのように浮腫《むく》み、指先は紫色に変色していた。

麻里子が首を横に振る。酸素吸入マスクをはずし、水を含ませたガーゼで唇をぬらしてやると、砂漠に水を撒《ま》くように乾いていった。

「ときどき、意識が戻るの。でも、すぐにうわごとを言い出して……。腹水もたまっているし、体が痛むみたい。強引に酸素を与えることによって秀也さんに苦しみを与えているんじゃないかしら」

くぐもった声が聞こえた。マスクの下の口が動いている。再び秀也の左腕が伸びた。その人差し指が向けられた病室の入り口に、薄いベージュのコートを羽織ったふくよかな女性が立っている。その優しげな目が筒見を見据えていた。

「あ、あなたは……奈津美さん？」

「慶太郎さん。相変わらず無茶しているみたいね」

浜中奈津美は筒見の両手を握った。

スパイやテロリストとの戦いを潜り抜け、公安警察の権力闘争を勝ち抜いた浜中忠一を、陰で支え続けた猛女。ハマチュウ機関の捜査員たちを、母のようにもてなした良妻。ひとり息子の直樹の話では、死んだ夫の不可解な行動に不信感を募らせ、床に臥《ふ》せっているとのことだった。

奈津美は秀也のベッドの脇に歩み寄り、枕もとの椅子に座った。

「秀也くん……苦しかったでしょう……もう隠さなくていいわ。私が全部お話しするからね。もういいよね……」

奈津美が頬を優しく撫でると、秀也は大きな呼吸をした。

「墓場まで持っていく約束だったけど、あなたには全てお話しするわ。忠一と私が秘密にしてきた、この兄弟の人生を……」

奈津美は決意のこもった視線を筒見に据えると、亡き夫と抱え続けてきた真実を語り始めた。高度成長期が終焉し、経済大国として羽ばたこうとしていた日本で、運命を変えようともがいた兄弟の悲劇だった。


奈津美を見送った後、筒見は病室の椅子に座り込んだ。激しい頭痛。眼前に黒い幕が下りていく——。


沼のほとりに小さな男の子が佇《たたず》んでいる。月光に照らされた首筋と手足が白く浮かび上がっている。

男の子はこちらに背を向けたまま、沼に足を踏み入れた。真っ黒な水面に波紋が広がる。ためらうことなく、深い沼の中央に向かう。やがて顔だけしか見えなくなると、男の子はくるりとこちらを向いてにっこりと笑った。

待ってくれ。叫んでも、喉から空気が漏れるだけだ。

次の瞬間、男の子は巨大な生き物に引き摺《ず》りこまれたかのように、泡だけを残して消えた。

男の子を追って、水に飛び込んだ。体が石のように重い。黒いヘドロがまとわりつき、体が沈んでいく。無音の世界で、水面のむこうに月の光が遠ざかる——。

背中に強い衝撃を感じて、眼を開けると天井が見えた。リノリウムの冷たい床。ここはどこだ。シャツがべっとりと濡れ、喉に何かが詰まったように苦しい。

「大丈夫？　筒見さん……」

「……いい。触るな」

助け起そうとする麻里子の手を振り払って立ち上がる。目の前のベッドに秀也が寝ているのを確認してはじめて、椅子から転がり落ちたことを悟った。

胸のポケットで携帯電話が震えているのに気づき、病室を出た。

〈警護課の清水です。深刻な事態が起きていまして……〉

外務大臣担当SPの清水雄一の切迫した声が聞こえた。午後九時を回っていた。

〈先ほど議員会館の事務所にいた大臣のもとにアポなしの来客がありました。中国大使館の方なのですが、お二人で食事に行くといって、大使館の車に乗っていかれました〉

「客は誰だ？」

〈中国大使館の劉剣という参事官です〉

「劉が……」

腹の底がかっと熱くなった。

〈劉参事官の口からまた、大志田という名前が出たのです。『大志田陸斗君の古くからの友人だ』と、訪ねてこられて……。いま二人を、タクシーで追いかけているところです。首都高横羽線の天王洲付近を猛スピードで南下しています〉

ついに劉剣が動き出した。倉持、そして松島姉妹というエージェントを失い、自ら浮上して黒崎のもとに姿を現したのだ。その劉が黒崎を連れて向かう場所はただひとつだ。

ベッドで動かなかった秀也の腕が浮いた。

「お、に、いちゃん……」

胸の中で何かが爆《は》ぜた。インクが水面に広がるように、経験したことのない感情が全身に滲んでいく。じんわりと指先まで温かくなる感覚。この気持ちに従って行動を起こせば、死んだ拓海が、愚かな父親の罪を赦《ゆる》してくれそうな気がした。

「行こう」

筒見が立ち上がると、麻里子が慌てて上着を着た。

完全犯罪によって生み出された人格はいま、原点に戻ろうとしている。その正体を知った中国スパイとともに……。

■同日　神奈川　川崎

不気味な姿をさらすアパートを目の当たりにすると、全身に鳥肌がたった。雨粒がトタン屋根を叩く音を聞いていると、煙草で焼かれた全身の古傷が疼《うず》く。

ボクは地獄の日々を送った部屋に三十八年ぶりに足を踏み入れた。暗闇に眼が慣れると、朽ちた台所の床に大きな穴が開いているのが分かった。その穴はまるで地底からの慟哭《どうこく》を運んでくるようだった。

いつかこの日が来ると思っていた。突然、ボクのすべてを知る者がやってくる。その恐怖で気が狂いそうになったのも、一度や二度ではない。だが、それが、かつての友人だとは想像もしなかったことだ。

「君は中国政府の人間だったのか……ケネス……」

ケネス・リウは、ハーバード法科大学院で一年間ともに学んだ留学仲間だ。右脚が付け根から義足で、杖を手放せなかったが、図抜けて優秀な男だった。中国を法治国家にすると夢を語っていたのだが、どういうわけか「中国大使館参事官・劉剣」と名乗っている。そしてボクを「大志田陸斗」と呼び、ここに連れてきた。

「……美鈴《みれい》さんを覚えているか？」

「美鈴……。君が紹介してくれた張美鈴《チャンメイリン》か……。もちろんよく覚えているよ」

ケネスが来日したのは、ボストン留学から帰国した翌年、ボクが司法修習生だったときのことだ。天安門事件で国外逃亡した中国人学生の実態調査が目的とのことだった。ニューヨーク州弁護士の資格を取り、人権ＮＧＯの法律専門家として働くリウは輝いていた。

ボクはターさんに頼まれて、ケネスを美鈴さんに引き合わせた。捜査で必要なことらしかったが、ターさんは理由を語らなかった。美鈴さんは、同じ目的を持つ同志として、ケネスと意気投合したようにボクには見えた。

「まさか、美鈴さんを香港に連れて行ったのも……。君が当局に密告したのか」

「密告？　勘違いしないでくれ。私は日本警察のスパイを発見し、摘発した。諜報員としての任務を遂行しただけだ」

「君が諜報員……？　美鈴さんが……スパイ……だと？」

「アヌビス……。これは日本警察が彼女につけたコードネームだ。彼女は中国共産党に深く食い込んだ女スパイだ」

心臓を握りつぶされたような気がした。ターさんは美鈴さんをスパイとして利用していたのか。ボクは何も知らずに……。膝ががくがくと震えだした。

「張美鈴は尋問ですべて喋ったそうだ。君の人生のすべてをね。黒崎倫太郎……四十年前、東京江東区で行方不明になった少年の名前だ。両親は死に、親戚の家で虐待を受けながら盥回《たらい》しにされた。君の人生に似ている……。でも、決定的に違うところがある。黒崎倫太郎には発達障害があり、就学年齢になっても言葉を発することができなかった。つまり君は……不幸な少年の人生を乗っ取ったのだ」

見開かれたケネスの眼が近づいてきた。吸い込まれそうになるのを堪《こら》えた。

「さあ、大臣。ここで外交交渉をしようじゃないか。君に選択肢は二つしかない。人権外交政策をすべて取り下げて日中の関係修復に力を注ぐか、職を辞するか、だ」

「……決裂だ。恩人との約束を破るわけにはいかない」

声を喉から振り絞った。

「人権外交は張美鈴との約束か。ふふふっ、まさか、その恩人の娘が君に報復することになるとは思わなかっただろう」

「美鈴さんに娘が……？」

「そうだ。私の同志……松島桃香と讃良だ」

ケネスの言葉に、頭の中が白く溶け落ちるほどの衝撃を受けた。残念ながら、中国の諜報員は、ボクが抱いていた謎の答えをすべて持っているようだ。

「そういうことだったのか……。つまり、君は、松島姉妹に欺瞞《ぎまん》情報を流して、復讐心を焚きつけたというわけだな……」

「欺瞞だと？」ケネスは目を見開いた。「……私は真相を伝えただけだ。大志田陸斗は中国の諜報員に張美鈴の正体を明かし、引き合わせた。それは紛れもない真実じゃないか」

「すべて君が仕組んだことだったのか……。アヌビスからの手紙と香水瓶をニューヨークのホテルの部屋に置いたのも……」

ボクは息苦しさを堪えながら言った。

「私が育てた有能な同志にとって容易《たやす》いことだ。でも、まさか君がカプセルを飲むとは思わなかった。でも、陸斗さん、君は分かっていたはずだ。カプセルの中身が、あの時と同じ猛毒だということを……」

ケネスは笑いを堪えるように、口角を捻じ曲げた。

「あの時、か……。なるほど……だから君は大志田譲を名乗る男を、ボクのもとに寄越したのか……」

「幽霊を見たと思ったか？　君は私が書いた脚本を完璧に演じてくれた。すばらしい役者だったよ」

白い歯が闇に浮かぶのを見ているうちに、ぐらぐらと沸き立つような怒りで身体がはち切れそうになった。ボクは無意識のうちに、落ちていたスコップを担いでいた。

「君はすべて知ってしまったのか……薄汚れたこの人生を！」

台所のガラスに叩きつけた。頭の芯がバチバチと音を立てる。訳のわからない叫び声を発しているが、制御できなかった。何度もスコップを振り上げ、所構わず殴りつけた。蛍光灯が割れて飛び散り、襖《ふすま》がぐしゃぐしゃになった。天井が軋《きし》む。古い木造船のようだった。

「聞け！　大志田陸斗！」ケネスは髪を振り乱して叫び、杖の先端をボクの鼻先に突き出した。

「……美しい言葉の裏には、血と汚物にまみれた歴史がある。あのとき君は、私の正体を知ったうえで、美鈴に引き合わせた。義父を殺し、他人に成り済ました自分の人生を完璧なものにするために、美鈴の口を封じた。つまり君は、二人の人間を殺したのだ」

「ち、違う……」喉に石が詰まったように声が出ない。

「君の唱える人権外交など、その罪滅ぼしに過ぎない。そんなものは捨ててしまえ！」

身体から血が抜けていくような感覚に耐え、両足を踏ん張った。野球の打者のように両手でスコップを握り、大きく息を吸いながら頭上に振り上げた。そして、渾身《こんしん》の力をこめてケネスの左脚に叩きつけた。左の膝上に刃先が突き刺さった。悲鳴とともにケネスが転がった。

「申し訳ない、ケネス。こんなことをして……」

ボクは部屋の外まで追いかけ、左膝の傷口を強く踏んだ。鉄錆《てつさび》に似た血の臭いが広がる。

「最後に教えてくれ。美鈴さんは生きているのか？　生きているのなら、救い出す手段はないだろうか？」

さらに体重を乗せ、靴を回転させる。食いしばった歯の隙間から呻《うめ》きを漏らしながら、ケネスは両手でボクの足首を摑んだ。

「……不可能だ。すべてを喋って、彼女は死んだ……。祖国を裏切った者には死あるのみだ」

再びスコップを両手に握り、大きく持ち上げた。

「動くな！　黒崎！」「もうやめて！」

背中のほうから、男女の鋭い声が響いた。

構わず、スコップをケネスの頭めがけて振り下ろした。刃先は標的に命中せず、外階段の支柱を叩いた。次の瞬間、空がぐらりと動いた。雷のような大音響とともに、強い風に煽《あお》られ、土埃に包まれた。

何も見えない。暗闇にいる。頰に冷たいものが触れる。この匂い……枯れ草だ。ボクは地べたに寝ているのか。首が痛んだ。誰かに強い力で背中を突き飛ばされたような気がする。ケネスはどこだ。いったい何が起きたんだ。

そのとき、頭上を覆っていた壁が大きく動き、気合とともに撥《は》ね除《の》けられた。煤《すす》色の空が広がり、雨粒が顔に当たった。

「清水君……。何故ここに……」

肩を押さえてうずくまった清水を、駆け寄ってきた髪の長い女が支えた。もうひとり、背の高い男がボクを見下ろしていた。男の右手にはケネスの襟首が握られていた。乱れた髪に包帯が巻かれ、その下から、清潔な光を湛えた両眼がこちらに向けられている。

同じ眼だ。ボクはターさんを思い出した。人生が変わったあの瞬間を——。

「いますぐに病院に来てくれ。時間がない……」


いまでもときどきあのときの夢を見る。秀也が光を失った日の出来事だ。

ボクは小学三年、秀也は一年だった。きっかけは秀也が夕飯で食べたものを吐いてしまったことだった。おかずはゆで卵ひとつ。以前にも卵を食べた後、吐いたことがあったから、アレルギーだったのかもしれない。片付け始めたボクは譲に蹴飛ばされた。秀也に片付けさせろ、それが躾《しつけ》だといった。二人とも素っ裸にされ、外に連れて行かれた。ボクは秀也を殴るよう命じられた。拒否すると譲はベルトでボクを打ち始めた。金具で背中の皮膚が裂け、生暖かいものが流れた。眼が合った秀也が頷いて目をつむった。殴れというのか——。ごめん。心の中で謝りながら頬を張った。ふらついていた秀也は植え込みのツツジに頭から突っ込んだ。ぎゃっ、と小さな悲鳴。助け起すと、秀也は両目から血を流していた。眼球摘出手術の麻酔が覚めた後、秀也に失明を知らせた。秀也は黙ってうつむいただけだった。

このとき芽生えた復讐心を、ボクは胸に秘めて生きてきた。それはとてつもない残虐性を帯びながら膨らんでいた。

美鈴さんからもらったあの水色の瓶。中に入っていたカプセルの効果は絶大だった。二週間、食事に振りかけ続けた結果、ある朝、譲は煎餅《せんべい》布団の上で枯れ木のように横たわっていた。

秀也には何も知らせず、シーツと荷造り用のロープで、譲の死体をぐるぐる巻きに包んだ。そしてボクは秘めていた計画を実行した。死体の前に正座し、シーツの上から眼球の位置を確かめると、鉛筆を握り締めた右手を振り下ろした。豆腐のように柔らかかった。鉛筆は十センチほど突き刺さり、鉛筆を引き抜くと、ボクの頬に液体が飛んだ。手の甲で拭《ぬぐ》う。真っ黒な血を見て、笑いが止まらなかった。もう一方の眼球にも鉛筆をつきたてた。

丸一日かけて鋸《のこぎり》で床をくりぬき、スコップで床下を掘り始めた。固い地面は十歳になったばかりの子供には歯が立たなかった。二日後、手を血まみれにして途方にくれているとき、玄関のドアをノックする者がいた。のぞき穴の向こうにターさんとなっちゃんが立っていた。ボクはほっとして泣き出してしまった。秀也も一緒に泣いていた。

「こんなことになってすまない」ターさんはひとこと言うと、黙々と穴を掘り始めた。なっちゃんが持ってきたおにぎりを、譲の死体の横で食べた。

背丈ほどの穴に、死体を放り込んだのは、翌日の昼過ぎのことだ。穴に土を戻し終わると、ターさんはボストンバッグの中から、黒い像を取り出した。無表情な犬の顔に、筋骨隆々の人間の体。美鈴さんの部屋で見たのと同じものだった。

「アヌビスだ。こいつは死んだ人間を安らかな眠りに導いて、墓を守るんだ」

地面にアヌビスを据えつけ、四人で手を合わせたとき、小学校から午後五時を知らせる歌が聞こえてきたのを覚えている。

　おうちがだんだんとおくなる。
　とおくなる。
　いまきたこのみちかえりゃんせ。

ボクたち兄弟はなっちゃんが運転する車で、生まれ育った町をあとにした。ボクは工業地帯の夜景を眺めながら、秀也の手を握り締めていた。

美鈴さんの家に到着した日の深夜、隣のベッドで寝ていた秀也の言葉をボクは、いまでもはっきりと覚えている。

「お兄ちゃん。ボクたちずっと一緒だよね？」

ボクは背中を向けたまま「あたりまえだ」とだけ言った。

あのとき秀也の顔を一目見ておけばと後悔したものだ。翌朝、眼覚めたときには、秀也の姿はなかった。家の何処を探してもいなかった。

その様子を見た美鈴さんはこういった。

「あなたは今日から、『黒崎倫太郎』に生まれ変わる。年齢は十二歳。中学一年生よ。勉強が得意なあなたならきっと大丈夫よね。秀也君は一足先に『今井大輔』として新しい人生をスタートさせたわ。あなたの人生が成功したときに、迎えに行ってあげなさい」

翌週には、美鈴さんが勧めるがままに、鹿児島にある全寮制の中高一貫校を受験、中学一年に編入した。一気に学年が二つあがったうえ、はじめての寮生活。その日から、ボクは秀也のことを頭の片隅に追いやり、黒崎倫太郎として、どう生きていくかで頭が一杯になった。このとき、ボクは気づいてしまった。心のどこかで秀也の存在が重荷になっていたのだ。自分の内面にいつの間にか根付いていた冷酷さに気づいた瞬間だった。

秀也との再会は、二期目の衆議院選挙の街頭演説でターミナル駅前にたったときのことだ。聴衆の中に車椅子に乗った青年がいた。青年は付き添いの中年女性に車椅子を押され、ボクの目の前までやってきた。眼窩の形状が盲目であることを示しており、両脚がなかった。ボクの演説が終わると、彼はにこにこ笑いながら拍手した。無意識のうちに、彼の前に立っていた。手を握ったときの感触は忘れられない。人目をはばからず、抱きしめて泣いた。

秀也。おまえには本当に苦労をかけた。ボクと別れたあと、養護施設で暮らしていたんだね。電車に飛び込んで、両脚も失ったというおまえは、自ら命を絶とうとした理由を明かそうとしなかった。いつか迎えに来ると信じていた兄が、過去をすべて忘れてしまったかのように、ひたすら権力闘争にあけくれている。そんな姿がおまえを絶望させたのだろう?

今度はボクが罰を受ける番だ。そのまえに、楽にしてあげるよ。もう苦しまなくていい。ボクもすぐに追いかける。また二人で自転車に乗って遠くに行こう。今度はしつかり摑《つか》まっていろよ――。

■一週間後　神奈川　新百合ヶ丘

浜中宅の檜《ひのき》のテーブルの上には、折り畳まれた新聞が置かれていた。〈黒崎外相が議員辞職〉という大きな見出しが躍っている。

黒崎の後任には、村尾副大臣が昇格。就任会見で「黒崎が掲げた人権外交政策を見直し、中国との関係修復に努める」と宣言したそうだ。

「大志田陸斗さんは秀也さんの最期に立ち会いました。自らの手で人工呼吸器をはずして、心臓が止まるまで秀也さんを抱きしめていました。昨日、議員辞職してから、行方が分かっていません……」

筒見が言うと、奈津美は何かを堪《こら》えるように目を閉じた。

「そう……。私たちは皆を不幸にした。陸斗君たちも、美鈴さんの家族も……」

「松島姉妹は国外に出ました。でも、どこかで結末を見届けたはずです」

奈津美は両手を顔に当てて泣いた。

三十八年前、本田《ほんでん》警察署に勤務していた浜中忠一は、義父の激しい虐待から逃れて、家出していた兄弟に出会った。兄の陸斗、弟の秀也。その過酷な人生に衝撃を受けた浜中は、二人を救うために、警察官としての一線を越えた決意をした。それは自らの協力者である張美鈴のもとに兄弟を預け、新たな人生を与えるという壮大な計画だった。

だが、義父の大志田譲は、獣《けもの》のような嗅覚で、兄弟の居場所を突き止めた。そして、浜中の婚約者だった奈津美を暴行した。兄弟が家に戻されることになったとき、美鈴は陸斗に猛毒入りのカプセルを与えた。美鈴からその話を打ち明けられた浜中が駆けつけたとき、譲はすでに死んでいた。

「陸斗君たちは何度も児童相談所に保護されたけど、そのたびに義父が暴れて連れ戻されていたの。当時の行政は児童虐待に対応し切れなかった。だから忠一さんは悩みぬいた末に二人を救うことを決断したの。大事な協力者である美鈴さんと共犯関係になることで、信頼関係を深めようという打算もあったのかもしれない。でも、誓《ちか》って言うけど、忠一さんは陸斗君が義父を殺すことになるなんて想像もしていなかった。その事実を知ったときには、もう後戻りは出来なかった。私たちは二人で相談して遺体を埋めることにしたの」

その後、美鈴は身寄りのない行方不明者の戸籍を兄弟に買い与えた。警察の記録を調べて、発覚の危険性が低い戸籍を選別したのは浜中だった。

「……私たちは罪を犯した。でも……警察の中に、国を売り飛ばした大悪人がいるのも事実よ。慶太郎さん、これを持って行って」

本棚から奈津美が取り出したのは青い表紙のファイルだった。表紙に「0」の文字。ノートを三冊綴《と》じたものだ。開くと浜中の力強い文字が躍《おど》っていた。まさしく、富松が探していた「ゼロ号ファイル」だった。

「このページ、読んで……」

奈津美はファイルを開き、筒見の前に押しやった。

〈アヌビスの足跡に関する香港、マカオへの出張調査〉

張美鈴が国家安全部に拘束されてから、二ヵ月後、浜中と伊賀は身分を秘して現地入りし、美鈴の足取りを調査していた。二人は美鈴が加わっていた反体制派学生の脱出支援作戦「黄 雀《イエローバード》行動」に従事する活動家たちを虱《しらみ》潰しに当たった。

そしてその中の一人から極めて重要な証言を得る。

〈日本人の男が張美鈴を迎えに来て、身の安全を約束して北京に連れて行きました。私は危険だと懸命に引き留めたのですが、彼女は言葉巧みに説得されて旅立ってしまいました〉

「ここをよく見て。美鈴さんを連れ去ったのは日本大使館員よ」

「大使館員？」

　奈津美の指先はその文字を指していた。

〈在中国日本大使館政治部一等書記官Ａ（コードネーム：ホルス）〉

〈黄雀メンバーの証言によると、ホルスは「本庁からの指示で迎えに来た。身辺を警護するので安心して欲しい」などとアヌビスを説得した。警察官僚の地位を利用して、本国からの指示であるかのように誤認させ、北京に誘い出したものとみられる。英秘密情報部香港駐在員はホルスについて中国国家安全部の協力者とみている〉

「警察官僚」の文字に筒見は釘付けになった。

　筒見の頭の中には、ホルスの顔がはっきりと浮かんでいた。天安門事件のころ、在中国日本大使館に警察庁から派遣されていたキャリア官僚で、浜中を出し抜くほどの実力を持った男となれば、ただひとりに絞られる。

　警察中枢に国家安全部のエージェントがいる。浜中と伊賀はその恐るべき事実を四半世紀前に把握し、その男に「ホルス」というコードネームを付けた。伊賀は警察を去ることを選び、残った浜中はホルスが順調に出世していくのを注視し続けた。いつか証拠を握るために……。ホルスもまた狙われていることに気付いていたのだろう。

「実は……忠一さんは勇退前から初期のアルツハイマー型認知症だったの。公園に散歩に出て家に戻れなくなったり、電話の相手のことを思い出せなかったり。だから、ホルスが勧めるがままに、ノーチラスグループに再就職した」

「ホルスがノーチラスを紹介したのですか?」

「そう。忠一さんは、ホルスの策略も、桃香さんの意図も理解していたと思う。彼は松島家を滅茶苦茶にした日本の公安警察への恨みを一身に受け止めた。それが、あの人なりの罪滅ぼしだったのよ」

奈津美はハンカチで零《こぼ》れる涙を拭《ふ》いた。

中国国家安全部は、松島姉妹だけでなく、ホルスまで巻き込んだ諜報網を作り上げていた。だが、松島姉妹は母の死に、劉とホルスが関わっていたことを知らぬまま、国外に行方をくらましてしまった。幼い頃に家族を失った姉妹の怨念は、諜報戦に利用されていたのだ。そしてアルツハイマーを患《わずら》った浜中も……。

「忠一さんは、自分が衰えていく姿を家族に見せたくないから出て行ったのだと思う。彼は最後にこう言い残したわ。慶太郎が帰国したら、このファイルを渡せ。闘えるのは慶太郎しかいないって……」

あのとき、劉剣スパイ事件は上層部の指示で潰された。その判断を下したのは、公安部を率いていたホルスだった。その正体を知っていたからこそ、浜中は筒見に命じた。

〈劉剣をこのまま帰らせるな。日本の防諜機関の恐怖を叩き込んで、モグラを焙《あぶ》り出せ〉

あの命令は警察トップに向けて出世の階段を駆け上っていこうとするホルスへの恫《どう》喝《かつ》だったのだ。

筒見が仏壇の前に座ると、奈津美が写真に向かって言った。

「ターさん。慶太郎さんが帰ってきたわよ……」

八年ぶりに会う浜中忠一は貫禄のある笑みを浮かべていた。線香を手向けて手を合わせると、自然と涙が零れた。

浜中邸の前に、麻里子が運転する車が横付けされ、筒見が乗り込もうとした、そのときだった。

「おい。慶太郎じゃねえか！」

西川春風が立っていた。

「フウさん……」

公安捜査官独特の全身を這い回るような視線を感じた。

「収穫はあったのか？」

「残念ですが、空振りです。ご覧の通り、ここには何もありません」

両手を挙げて見せた。

「そっか……。俺は今度の異動で外事二課長になった。おまえ、戻ってくる気はねえか？」

「いえ、結構です。自分は八年間、ずっと戻りたいと願っていました。でも今は違う。しばらく海外にいることにします」

「おまえと一緒に事件をやりたかったが、残念だよ」

西川の大きな溜息を聞きながら、踵《きびす》を返した。

「慶太郎！」

車のドアを開けたところで、再び呼び止められた。昔と同じ、豪快で明るい声だった。

「この前、偶然、七海ちゃんを見かけたよ。剣道、頑張っているみたいじゃないか。残された可愛い一人娘だろ。親父のせいで辛い思いをさせるなよ」

心臓を握りつぶされるような痛みを感じ、弾かれたように振り向いた。西川は黄色い歯を剥いていた。傷痕が頬の皮膚を引き攣《つ》らせ、ひどく残忍な表情を作り出していた。

「そのときは俺と組織の戦争です。刺し違える覚悟でクビを取りに行きます。……河野長官にもよろしくお伝えください」

運転席の麻里子は大きな目を見開いたまま固まっていた。

「あの髭《ひげ》の男……セントラルパークで……」

ハンドルを握る両手が震えている。

「……どうした？」

「あのとき背中と太股に針が刺さったような痛みを感じて、バチンと音がして全身に痛みが走った。まるで電流を流されたみたいに……振り向いたとき。あの耳……」

麻里子は勝気な黒い瞳を尖らせて、西川を睨み付けた。

「私を襲ったのはあいつよ……。間違いない」

「出発しろ。駅前で重要書類を回収する」

麻里子がアクセルを強く踏み、西川の覗き込むような視線を置き去りにした。

「ゼロ号ファイル」は一足先に出かけた浜中直樹が鞄に入れて持ち出した。駅前駐輪場の一番奥、赤い自転車の籠にデッドドロップすることになっていた。

駅前広場には桜の花びらが散り始めていた。バスから竹刀《しない》を担いで降りてきた七海はベンチに座る筒見の前で立ち止まった。生命力に溢《あふ》れた美しい瞳がこちらを見据えたまま動かない。風に吹かれた白い花弁が七海の艶やかな髪に舞い落ちた。

「もしかして……お父さん？」

「ああ。七海、元気だったか」

会話が途切れた。互いに次の言葉が出てこなかった。

一緒に降りてきた三つ編みの小柄な少女が、七海に「あっちで待ってるよ」と言って、駅のほうへ歩いていく。

「親友のミキよ。去年、転校してきたばかりだけど、剣道のライバルなの」

「剣道、上手になったみたいだな。この前の市民大会見てたよ」

「えーっ！　黙って見てたの？　ストーカーみたいなことしないでよ」

七海がはじめて笑って、筒見の隣に腰掛けた。そして、定期入れの中の一枚の写真を自慢げに見せた。

拓海の死を乗り越えようと家族三人で山中湖に行ったときのものだった。観光客に撮ってもらったもので、硬い表情の両親の間で、七海がおどけたポーズをとっている。この半年後に筒見はニューヨークに単身赴任し、家族はばらばらになった。

しばらく二人で黙って写真を眺めた。

「ほら、友達が待ってるぞ。父さんはこれからアメリカに戻る。……剣道、頑張れよ。お母さん孝行もな」

頭に手を置いて、撫《な》ぜると、七海は照れくさそうに顔を綻《ほころ》ばせた。

「もう行っちゃうんだ。……ありがとう。また会いに来てね」

互いに右手を出して握手した。離したくないと思った。

七海が一緒に来た友人を探して、辺りを見回した。

「あれ？　ミキ、どこだろう？　あっ、また……あの人来てる」

三つ編みの少女と話している車椅子の男。そのうしろ姿に胸の中がざわついた。

「あの子が話しているのは……？」

「ミキの亡くなったお父さんの友達らしいの。彼女は前の学校で苛《いじ》められて、あの人が転校先を紹介してくれたんだって……。海外のお土産くれたり、剣道の試合の応援に来てくれたり、とても優しい人みたい。でも、どうしたんだろう？　いつも杖だったけど、今日は車椅子だ」

少女は車椅子の男に手を振ると、こちらに駆けてきた。

「私のお父さんよ」と、七海が紹介すると、少女は眩しい笑みを浮かべた。

「瀬戸口美希子です。はじめまして」

「せ、瀬戸口……さん」

頭をぶん殴られたかのような衝撃だった。二重の大きな眼に瀬戸口顕一の面影がある。あのとき、変わり果てた父親の前で立ち尽くしていた少女。口を懸命に動かして呼吸をしようとしていた──。目の前の現実が、筒見の喉元をぎりぎりと締め上げた。

茫然自失の状態で、七海と美希子の後姿を見送った。すると、背後から「筒見さん」と声をかけられた。

「やあ、またお会いしましたね。先日はお世話になりました」

車椅子に座ったあの男が、清々しい笑顔で見上げていた。

「劉……」

「病院に運んでくださったおかげで左足は回復しそうです。ありがとうございました。帰朝命令が出ましたので、明日北京に戻ります。今回ばかりは私の負けです。私もあなたのように、冷や飯を食うことになりそうだ」

「なぜ……あの娘を……」

「私もひとりの人間です。友人が遺《のこ》した美希子さんに、素晴らしい友達を持ってもらいたい。半分は、親心のようなものです。残りの半分はご想像にお任せしますがね」

勝者の笑顔だった。だが、差し出された手を握ると、思いのほか温かかった。

■八月　東京　深沢警察署

「岩ちゃん。副署長が呼んでる。すぐ行って」

退屈な署長訓示と基本方針の唱和が終わると、地域課長から耳打ちされた。

一階のデスクで、副署長は腕を組んだまま、苦虫を噛《か》み潰したような顔をしていた。

「何年ぶりの復帰だ？」

「えっ？」

「本部は何年ぶりだと聞いているんだ」

「本部……？　九年前に追い出されたきりですが……」

「公安部外事第二課へ異動だ。発令は来週月曜だ。事情聴取すると言ったかと思えば、今度は人材として欠かせないとか言い出した。公安は何を考えているか分からん、やっぱり謎の組織だよ……」

夢の中の出来事のように、副署長の声が遠くに聞こえた。その場を辞して、自転車で交番に向かった。一年前なら小躍りしていたかもしれない。しかし、いまはペダルを漕《こ》ぐ足は重かった。

結局、公安警察に潜ったモグラは地中から引きずり出されることはなかった。だが今になって、水面下で重要な動きが出ている。

相模湖畔で見つかった馬宮理事官の遺体から新証拠が発見され、神奈川県警捜査一課が殺人事件として再捜査を始めたのだ。新証拠は馬宮のシャツとズボンに見つかった小さな穴とその周囲のわずかな焦《こ》げなのだそうだ。

神奈川県警はアメリカ製の「テーザーガン」という高圧電流銃を取り寄せて実験している。テーザーガンは二つの電極針を相手に飛ばして服や体に突き刺し、引き金を引くと、五万ボルトの高圧電流が流れる仕組みで、アメリカでは警察官が抵抗する犯人の制圧に使用している。馬宮はテーザーガンによって高圧電流を流され、気を失ったところで、硫化水素入りのゴミ袋を被せられて殺害されたというのが捜査の見立てなのだ。長野県警にも捜査員を派遣したというので、桜庭の死にも同様の疑いがあるようだ。

丸岡が定年退職、筒見が本来の米国勤務に戻った今、警察に残っているのは岩城だけだ。公安部内に取り込んで、動向を監視しようという腹なのだろうか――。

そのとき、交番のドアの隙間から小さな体がするりと入ってきた。

「やあ、陽太君！」

「あの……夏休みの宿題で、自分が将来なりたい仕事の研究をしてるんです。岩城さんの仕事している写真撮らせてください」

「もちろんだ。じゃあ、交通整理やっているところでいいかい？」

「うん！……あれ？　この万年筆……」

陽太が机のうえの小箱を見つめている。中には一本の万年筆が銀色に輝いていた。浜中が大事にしていたもので、「T・H」のイニシャルが入っている。こいつのおかげで、桜庭から浜中殺しを追及された。岩城にとっては忌《い》まわしいものなのだが、きのう津村がやってきて、浜中の家族に返して欲しいと置いていったのだ。

「ん？　それがどうした？」

「……この万年筆、あの事故の夜、知らないおじいさんにもらったんだ。ハクビシンとの約束があったから、餌をあげていたら、優しい子だ、って。ハンカチで膝の血を拭《ふ》いてくれて……」

「おじいさんって、もしかして白髪頭の……？」

岩城は交番に駆け戻って、机の中から浜中の顔写真を取り出して見せた。口を真一文字に結んだ勇退直前の写真だった。

「うん。この人。眉毛がゲジゲジで、つながってた。『これを持っていれば幸せになれる。おじいさんは悪いことしちゃったから君にあげる』って言ってた。そのあと、おじいさんは橋のうえから、雨にぬれたまま、川をずっと見てたよ」

浜中を川に突き落としたのは馬宮ではなかったのだ。馬宮が車で現場を立ち去った後、浜中は橋から川面を見つめていた。生きていたのだ。

「その万年筆が何故交番の机に？」

「事故のことでお母さんと一緒に交番に相談にきたとき、岩城さんが事件現場に飛び出していったでしょう。そのとき机の上に忘れて行っちゃったんだ」

岩城は立ち上がって、万年筆を手に取ると、両手の指先でくるくると回転させた。太陽の光を浴びて、きらきらと光った。桜庭の言葉を思い出した。浜中が命を救った少年が大人になってプレゼントしたもの……。万年筆の贈り主は政治家・黒崎倫太郎に生まれ変わった大志田陸斗だったのだ。

浜中が陽太に言った「悪いことをした」という言葉の意味を確信した。アルツハイマーが進行し、記憶が混乱する中でも、浜中は過去の罪に苦しんでいた。あの晩、雨の中でハクビシンに餌をあげていた陽太と陸斗を重ね合わせたのかもしれない。大事にしていた万年筆を陽太にあげて、自ら命を絶った。それが彼の罪の償いだったのだろう。

「よし！　じゃあ、写真を撮りに行こうか！」

陽太がにこっと笑った。漆黒の瞳は、万年筆と同じように、きらきらとした輝きを放っていた。

■某日　神奈川　川崎

ボクは悪臭を放つ服に身を包んで、あの地獄に戻ってきた。ボクの人生は何ひとつ変わらなかったのだ。

錆付いたスコップを固い赤土に突き立てると、滴《したた》る汗が月明かりを浴びて光った。アパートのあった場所は更地に姿を変えていた。

ボクはあの晩、ターさんとなっちゃんが現れるまで、泣きながらこの土を掘った。あの時の狂気と恐怖がその後のボクの人生を支配し続けた。行政改革担当大臣として入閣し、世間の脚光を浴びたとき、ボクはとてつもない不安に襲われた。見えない力に足首を摑まれてアパートまで引き戻されていく恐怖を感じたのだ。

イニシャル入りの銀色の万年筆に、一文を添えて、ターさんの職場に郵送した。

〈私はこのまま生きていてよろしいのでしょうか。自問する毎日です。陸斗〉

返事はなかった。だが、三ヵ月後、連続テロ容疑者の逮捕を発表するターさんが記者会見に登壇したとき、あの万年筆を握っていた。ブラウン管の中で炯々《けいけい》と光る大きな眼は、途方に暮れて泣いていたボクの前に現れたときと同じだった。ボクの心は再び熱を帯びた。

コンクリのように感じた地面は、いまのボクには太刀打ちできないものではなくなっている。腰ぐらいの深さまで掘り進んだとき、空はすっかり暗くなっていた。スコップの先に固いものがあたった。それは高さ十センチほどの水色の香水瓶だった。灯りに向けて透かして見た。表面に花柄の彫刻が施されている。

ニューヨークのホテルで、同じ香水瓶とアヌビスからの手紙が部屋に置いてあった。ボクのすべてを知る者に、狙われていることを覚悟した。衝動的に瓶の中にあったものを口にした。そう。あのときボクは死を選択し、黒崎倫太郎としての人生は終焉を迎えたのだ。

わずかに覗いたコルクを人差し指と親指で摘《つま》んで引っ張った。ポンと音がして、コルクが抜け、懐かしい香りが広がった。美鈴さんはいつもこの柔らかい香りを身にまとっていた。この匂いに安らいだものだ。胸の奥に熱いものがこみ上げた。

瓶を逆さまにすると、中に入っていたものが土に落ちた。小さく折りたたまれた白い紙と、小指の先ほどの大きさの白いカプセル。そのとき雲間からの月明かりが紙を照らした。小さいが強い筆圧で書かれた文字が並んでいた。

未来のボクへ。
ボクはきょうからヘンシンし、罪とともに生きることにした。
この手紙を読むとき、ボクの人生は終着をむかえているはずだ。
一、幸せだったか？
二、夢はかなえたか？
三、後悔はないか？
確認したら、覚悟を決めよ。最後に勝利の雄叫びをあげよう。

十歳のボクは、いまよりもはるかに強かった。すべての困難を撥《は》ねのける生命力に満ちていた。三つの質問に答えよう。残念ながら、すべて「否」だ。
穴の中に黒ずんだシーツが覗いた。強く引き裂くと、髪の毛のようなものが見えた。立っていることができずに、その場に座り、そして寝そべった。指先に固いものが触れた。解体の重機に割られたのだろう。ジャッカルの頭だけになった「アヌビス」が、土の中から鼻先を出して、月明かりを浴びながらこちらを見つめていた。あのとき恐ろしいと思った顔が、笑っているように見えた。

懐かしい土の匂いに身を預けた。星空が広がっている。どこかで見た。そう。秀也と二人、あの夏の夜に見た星空だった。

●本書は、二〇一四年九月に小社より単行本として刊行されました。文庫化にあたり、一部を加筆・修正のうえ、改題しました。

竹内 明—1969年神奈川県生まれ。慶應義塾大学卒業後、TBSに入社。報道記者として警察・検察を担当。オウム真理教事件、警察庁長官狙撃事件、政界汚職事件などを取材。のちニューヨーク特派員となり、イスラム過激派やストリートギャングなど米国の裏社会を中心に取材。現在、報道番組「Nスタ」のキャスター。著書『秘匿捜査』『時効捜査』（ともに講談社）は日本の公安捜査の実態をノンフィクションで描き、公安警察を震撼させる。本作が初の小説となる。本シリーズ第2弾となる新刊『マルトク　特別協力者』（同）も発売前から話題に。

講談社+α文庫 ソトニ　警《けい》視《し》庁《ちょう》公《こう》安《あん》部《ぶ》外《がい》事《じ》二《に》課《か》
—シリーズ1　背乗り
竹内《たけうち》 明《めい》

2015年10月20日第1刷発行

発行者———鈴木 哲
発行所———株式会社 講談社
東京都文京区音羽2-12-21 〒112-8001
電話 編集(03)5395-3522
販売(03)5395-4415
業務(03)5395-3615

デザイン———鈴木成一デザイン室
カバー・本文印刷—凸版印刷株式会社
製本———株式会社国宝社

落丁本・乱丁本は購入書店名を明記のうえ、小社業務あてにお送りください。
送料は小社負担にてお取り替えします。
なお、この本の内容についてのお問い合わせは
第一事業局企画部「+α文庫」あてにお願いいたします。
Printed in Japan ISBN978-4-06-281626-7
定価はカバーに表示してあります。

講談社+α文庫 Ⓖビジネス・ノンフィクション

だれも書かなかった「部落」　寺園敦史
タブーにメス!! 京都市をめぐる同和利権の〝闇と病《や》み〟を情報公開で追う深層レポート
743円 G 114-1

絶頂の一族 プリンス・安倍晋三と六人の「ファミリー」　松田賢弥
「昭和の妖怪」の幻影を追う岸・安倍一族の謎に迫る！ 安倍晋三はかくして生まれた！
740円 G 119-3

鈴木敏文 商売の原点　緒方知行 編
創業から三十余年、一五〇〇回に及ぶ会議で語り続けた「商売の奥義」を明らかにする！
590円 G 123-1

＊**図解「人脈力」の作り方** 資金ゼロから大金持ちになる！　内田雅章
人脈力があれば六本木ヒルズも夢じゃない！ 社長五〇〇人と「即アポ」とれる秘密に迫る!!
780円 G 126-1

私の仕事術　松本大
お金よりも大切なことはやりたい仕事と信用だ。アナタの可能性を高める「ビジネス新常識」
648円 G 131-1

情と理 上 カミソリ後藤田回顧録　後藤田正晴 御厨貴 監修
〝政界のご意見番〟が自ら明かした激動の戦後秘史！ 上巻は軍隊時代から田中派参加まで
950円 G 137-1

情と理 下 カミソリ後藤田回顧録　後藤田正晴 御厨貴 監修
〝政界のご意見番〟が自ら明かした激動の戦後秘史！ 下巻は田中派の栄枯盛衰とその後
950円 G 137-2

成功者の告白 5年間の起業ノウハウを3時間で学べる物語《ストーリー》　神田昌典
カリスマコンサルタントのエッセンスを凝縮 R25編集長絶賛のベストセラー待望の文庫化
840円 G 141-1

あなたの前にある宝の探し方 現状を一瞬で変える47のヒント　神田昌典
カリスマ経営コンサルタントが全国から寄せられた切実な悩みに本音で答える人生指南書
800円 G 141-3

虚像に囚われた政治家 小沢一郎の真実　平野貞夫
次の10年を決める男の実像は梟雄《きょうゆう》か英雄か？ 側近中の側近が初めて語る「豪腕」の真実!!
838円 G 143-2

＊印は書き下ろし・オリジナル作品　　表示価格はすべて本体価格(税別)です。本体価格は変更することがあります

自伝大木金太郎 伝説のパッチギ王
大木金太郎
太刀川正樹 訳
'60年代、「頭突き」を武器に、日本中を沸かせたプロレスラー大木金太郎、感動の自伝
848円 G 221-1

マネジメント革命 「燃える集団」をつくる日本式「徳」の経営
天外伺朗
指示・命令をしないビジネス・スタイルが組織を活性化する。元ソニー上席常務の逆転経営学
819円 G 222-1

人材は「不良社員」からさがせ 奇跡を生む「燃える集団」の秘密
天外伺朗
仕事ができる「人材」は「不良社員」に化けている！ 彼らを活かすのが上司の仕事だ
667円 G 222-2

エンデの遺言 根源からお金を問うこと
河邑厚徳＋グループ現代
ベストセラー『モモ』を生んだ作家が問う。「暴走するお金」から自由になる仕組みとは
850円 G 223-1

本がどんどん読める本 記憶が脳に定着する速習法！
園　善博
「読字障害」を克服しながら著者が編み出した、記憶がきっちり脳に定着する読書法
600円 G 224-1

情報への作法
日垣　隆
徹底した現場密着主義が生みだした、永遠に読み継がれるべき25本のルポルタージュ集
952円 G 225-1

ネタになる「統計データ」
松尾貴史
ふだんはあまり気にしないような統計情報。松尾貴史が、縦横無尽に統計データを「怪析」
571円 G 226-1

原子力神話からの解放 日本を滅ぼす九つの呪縛
高木仁三郎
原子力という「パンドラの箱」を開けた人類に明日は来るのか。人類が選ぶべき道とは？
762円 G 227-1

大きな成功をつくる超具体的「88」の習慣
小宮一慶
将来の大きな目標達成のために、今日からできる目標設定の方法と、簡単な日常習慣を紹介
562円 G 228-1

「仁義なき戦い」悪の金言
平成仁義ビジネス研究所 編
名作『仁義なき戦い』五部作から、無秩序の中を生き抜く「悪」の知恵を学ぶ！
724円 G 229-1

＊印は書き下ろし・オリジナル作品

表示価格はすべて本体価格(税別)です。本体価格は変更することがあります